Eva Breunig

Vergessene Träume

Roman

Eva Breunig

Vergessene Träume

Roman

Schulte & Gerth

Für die beiden besten Sylvias der Welt

Best.-Nr. 815 932
ISBN 3-89437-932-4
1. Auflage 2004
Umschlaggestaltung: Hanni Plato
Titelfoto: Taxi
Satz: Typostudio Rücker, Linden
Druck und Verarbeitung: Ebner & Spiegel, Ulm
Printed in Germany

1. Kapitel

Mitten in der Nacht ertönte plötzlich ein ohrenbetäubendes Krachen und Poltern. Veronika schreckte hoch, setzte sich im Bett auf und stieß prompt mit dem Kopf gegen das obere Stockbett.

„Au!“

„Was is’n los?“ Das verschlafene Gesicht von Titania, Veronikas elfjähriger Tochter, tauchte über der Kante auf.

„Keine Ahnung. Irgendwas hat gekracht.“

„Glaubst du, es sind Einbrecher?“, piepste Titania. Sie rieb sich die Augen. Ihre hellblonden Haare standen zerzaust vom Kopf ab.

„Kann ich mir eigentlich nicht vorstellen. Ich schau mal nach.“

„Warte! Ich komm mit!“ Der Gedanke, allein im Zimmer zu bleiben, während draußen Einbrecher, wilde Tiere oder noch schrecklichere Sachen herumschlichen, ließ Titania schlagartig wach werden.

Veronika hatte vor kurzem das Gartenhäuschen ihrer verstorbenen Großmutter geerbt und an diesem März-Wochenende übernachteten sie und ihre Tochter zum ersten Mal hier.

Allein.

Morgana, Veronikas Freundin aus dem magischen Zirkel, wäre zwar gerne mitgekommen, aber dieses Haus steckte so voller Erinnerungen, daher wollte Veronika die erste Nacht nach 20 Jahren lieber ohne fremde Begleitung dort verbringen. Im Augenblick bereute sie diese Entscheidung jedoch. Vielleicht wäre es doch besser gewesen, die starke und mutige Morgana dabeizuhaben? Der Garten lag ganz in der Nähe der Donau und wegen der regelmäßig eintretenden Überschwemmungen war das ganze Haus wie ein Pfahlbau auf Stelzen errichtet worden. Unter dem Haus gab es jede Menge dunkle Nischen und Verstecke. Eigentlich war es schon ein bisschen unheimlich! Zudem war gegen Abend ein frischer Wind aufgekommen, der sich im Laufe der Nacht zu einem regelrechten Sturm ausgewachsen hatte und Furcht erregende Geräusche hervorbrachte.

Sie lauschten sorgfältig, bevor sie die Türe öffneten, aber das Heulen und Rauschen des Windes war so laut, dass sie nichts anderes hören konnten. Vorsichtig drückte Veronika die Klinke herunter und lugte in das dunkle Wohnzimmer hinaus. Nichts. Titanias dünner kleiner Körper drängte sich dicht an sie. Keine Spur von Einbrechern.

„Bestimmt ist es von draußen gekommen!", flüsterte Veronika. „Ich geh raus!"

„Nimmst du keine Waffe mit?", piepste Titania.

„Waffe?"

„In den Filmen ist das immer so, dass die Einbrecher ums Haus schleichen, und wenn man sie dabei findet, dann ..." Titania fuhr mit der Hand waagerecht an ihrem Hals vorbei, um anzudeuten, was dann passierte. Im Dunkeln war diese Geste nur zu erahnen.

„Ich bitte dich! Du schaust viel zu viel fern!"

„Gar nicht! Ich bin nur vorsichtig!"

„Nein, gewalttätig bist du! Man löst Konflikte nicht, indem man zuschlägt! Wie oft soll ich dir das noch sagen? Man kann Konflikte ..."

„Mama, *bitte*!" Allein am Tonfall konnte Veronika hören, wie Titania die Augen verdrehte, auch wenn sie es nicht sehen konnte. „Es geht um *Einbrecher*!"

„Also gut." Veronika seufzte und bewaffnete sich mit einem Fußschemel. „Bleib da im Zimmer!" Sie schlich zur Verandatür, schloss sie leise auf und öffnete sie einen Spalt weit. Ein Windstoß fuhr herein und ließ Veronikas Haare flattern.

Sie hatte erwartet, dass es draußen stockdunkel sein würde, aber das stimmte nicht. Der Sturm jagte die Wolken im Eiltempo über den Himmel und dazwischen schaute immer wieder der Mond heraus und ließ gespenstische

Schatten tanzen. Veronika ließ den Schemel sinken und trat auf die Veranda hinaus. Der Wind zerrte an ihrem Nachthemd, aber sie spürte die Kälte nicht. Die Größe des Naturschauspiels überwältigte sie. Äste und Zweige bogen sich im peitschenden Sturm, ein Brausen und Dröhnen erfüllte die Luft, und darüber der Sternenhimmel, über den die Wolken flogen … Es war gewaltig!

„Ist Ihnen was passiert?“, rief eine Männerstimme durch das Rauschen.

Veronika sah sich um. In einem der Nachbarhäuser war das Licht angegangen und ein Mann war aus der Tür getreten. Er trug anscheinend einen Mantel über seinem Pyjama und ließ den dünnen Strahl einer Taschenlampe durch den Garten wandern.

„Nein, ich denke nicht!“, rief Veronika zurück. Plötzlich kam sie sich mit dem Schemel in der Hand sehr blöd vor. Sie stellte ihn ab und schlug die Arme um ihren Körper. „Was war denn das für ein Krach vorhin?“

„Da muss ein Baum umgestürzt sein!“, kam die Antwort. „Oder zumindest ist ein großer Ast irgendwo abgebrochen. Kein Wunder, bei dem Sturm! Hoffentlich lässt er bald nach!“

Der Lichtstrahl irrte jetzt durch Veronikas Garten und fand die große Birke, die sich dicht über dem Boden in fünf mächtige Stämme teilte. Früher, als Veronika klein gewesen war, hatte hier ihre Schaukel gehangen.

„Da! Sehen Sie?“, rief der Mann. „Ich habe Ihrer Großmutter immer wieder gesagt, dass der Baum morsch ist, aber sie wollte ihn ja nicht fällen!“

Die Wolken gaben den Mond frei. Für einige Augenblicke wurde es hell und Veronika konnte sehen, was ihr Nachbar meinte: Einer der großen Birkenstämme hatte sich der Länge nach gespalten und die Hälfte des Baumes war in den Garten gestürzt. Veronika schrie vor Schreck auf. Titania schoss aus dem Zimmer, um ihre Mutter zu verteidigen.

„Was ist?“

„Da, schau! Die Birke ist abgebrochen!“

„Da haben Sie aber ein saumäßiges Glück gehabt, dass der Baum nicht auf's Haus gefallen ist!“, rief der Nachbar durch das Tosen. „Da hätt ja sonst was passieren können!“

„Was muss ich denn jetzt tun?“, fragte Veronika eingeschüchtert und drückte Titania schützend an sich.

„Jetzt können Sie gar nichts tun! Morgen früh sollten Sie einen Gärtner kommen lassen!“

„Ja … und wenn noch ein Baum umstürzt?“

„Glaub ich nicht. Das war der einzige, der morsch war. Ich versteh ja nicht, warum Ihre Großmutter den nicht längst gefällt hat. Aber in der Beziehung war sie stur wie ein Wildesel!“ Er unterbrach sich. „Oh, Verzeihung! So was sagt man nicht, schon gar nicht von Verstorbenen. Aber sie war wirklich sehr … äh, willensstark.“

„Ja.“ Veronika rang sich ein dünnes Lächeln ab, obwohl ihr Nachbar das vom anderen Garten aus überhaupt nicht sehen konnte. „Danke.“

„Wenn Sie wollen, können Sie bei mir weiterschlafen“, bot der Mann an. „Ich hab schon vor Jahren alle großen Bäume rund um mein Haus fällen lassen.“

„Ja. Nein. Äh, ich meine, vielen Dank, aber wenn Sie meinen, dass keine Gefahr mehr besteht, dann können wir ruhig wieder ins Bett gehen …“ Der Gedanke, einem wildfremden Nachbarn zur Last zu fallen, war Veronika fast noch unangenehmer, als von einem umstürzenden Baum erschlagen zu werden.

„Ich denke, es passiert nichts mehr. Der Sturm lässt außerdem schon nach, finden Sie nicht?“

„Ja, doch … vielleicht … Also vielen Dank. Und gute Nacht!“

„Gute Nacht!“

Veronika sah dem Mann zu, wie er in seinem Haus verschwand. Kurz darauf ging bei ihm das Licht aus. Titania wand sich aus der Umarmung ihrer Mutter.

„Wollen wir nicht doch lieber bei ihm schlafen?", fragte sie zitternd.

„Du hast doch gehört, dass keine Gefahr mehr besteht!" *Ihn jetzt noch einmal aufwecken? Ausgeschlossen!* „Komm, wir gehen ins Bett. Du erfrierst mir ja!"

Dankbar schlüpfte Titania ins Haus und verkroch sich unter ihrer Decke. Veronika blieb noch eine Weile wach. Sie setzte sich ins Wohnzimmer in den Lichtkegel der Deckenlampe und hing ihren Erinnerungen nach. Jeder Baum, jeder Strauch, jeder Winkel der kleinen Hütte erinnerte sie an die unbeschwerten Sommer ihrer Kindheit …

Sie nahm das Lederband ab, das sie um ihren Hals trug, und legte es vor sich hin. Zwei in Gold gefasste Milchzähne und ein Ankh, ein ägyptisches Lebenskreuz, baumelten daran – Veronikas Talismane. Sie zog einen magischen Kreis um sich herum und versetzte sich in eine leichte Trance. Auf diese Weise trat sie mit der unsichtbaren Welt in spirituelle Verbindung. Sie rief die Mächte der Luft an und dankte ihnen für ihre Bewahrung und bat um Schutz. Jetzt fühlte sie sich sicherer. Der Nachbar hatte übrigens Recht, der Sturm ließ wirklich nach. Das Rauschen und Brausen wurde schon merklich leiser. Veronika dankte den Mächten aller vier Himmelsrichtungen, löste den Kreis auf und kroch dann auch wieder ins Bett.

Der Besuch in Großmutters Schrebergarten verlief jedenfalls wesentlich aufregender, als sie gedacht hatte!

*

Am Morgen war der Himmel blank geputzt und strahlend blau. Der Wind war zu einer sanften Brise abgeflaut. Die Sonne schien, sodass man fast meinen konnte, sie wärmte schon ein bisschen, und die Vögel probten den Frühling und zwitscherten aus voller Kehle.

Die Gegend war übersät mit abgerissenen Zweigen und Ästen. Davongewehter Hausrat lag umher. Gegenüber hatte der Sturm einen Gartentisch umgeworfen. Am spektakulärsten war jedoch der halbe Baum, der zwischen Holzsplittern und zertrümmerten Ästen in Veronikas Vorgarten lag. Veronika und Titania umrundeten ihn und fragten sich, wie sie das Ungetüm jemals fortschaffen sollten. Einen Gärtner rufen, hatte der Nachbar ihr geraten. Aber woher? Großmutter hatte kein Telefon gehabt, also gab es auch kein Telefonbuch oder ein Verzeichnis nützlicher Nummern. Während sie noch ratlos herumstanden, erschien der hilfsbereite Nachbar mit einer kleinen elektrischen Hand-Motorsäge und bot seine Dienste an.

„Ich hab schon jemanden angerufen, der das Holz abtransportiert", sagte er. „Oder brauchen Sie es? Vielleicht für'n Kamin?"

„Danke, ich habe keinen Kamin. Aber ich kann doch nicht verlangen, dass Sie ..."

„Sie verlangen es ja nicht!", grinste der Mann. „Ich mach's doch gern. Hab doch für Ihre Großmutter auch gearbeitet. Ach, übrigens, Kronsteiner mein Name. Paul Kronsteiner."

„Sehr erfreut. Engelhart", antwortete Veronika automatisch und streckte ihm die Hand entgegen. „Veronika", fügte sie dann hinzu.

Sie betrachtete ihren Nachbarn. Er war ein kräftiger Mann, vielleicht Anfang Fünfzig. Ein gutes, ehrliches Gesicht unter grauen Haaren. Grobe Hände, die an schwere Arbeit gewöhnt waren. Etwas Väterliches ging von ihm aus. Er wirkte, als ob man ihm vertrauen könnte. Immerhin schien er ihre Großmutter gut gekannt zu haben. Nun, was blieb Veronika auch anderes übrig, als ihn einfach arbeiten zu lassen? Der Baum musste nun einmal weg und Herr Kronsteiner war ohnehin nicht davon abzubringen. Bald erschien auch noch ein Mann mit einem Kleinlaster und gemeinsam zersägten sie den zerborstenen Stamm und schafften das Holz auf den Laster. Veronika merkte schnell, dass es am besten war, die beiden in Ruhe arbeiten zu lassen und Titania daran zu hindern, ihnen im Weg zu stehen.

Gegen Mittag war alles weg. Die Männer hatten auch den spitz in die Höhe ragenden Rest des Stammes abgesägt. Veronika war das alles wahnsinnig peinlich. Zwei wildfremde Männer, die das halbe Wochenende für sie arbeiteten!

„Darf ich Sie wenigstens zum Mittagessen einladen?“, fragte sie, als der Typ mit dem Laster sich schon verabschieden wollte.

„Ihn schon!“, antwortete der Lastwagenfahrer augenzwinkernd und deutete mit dem Kinn auf Paul. „Ich habe noch zu tun. Ich muss das Holz wegbringen.“

Veronika begriff, dass er ihren Baumstamm auf irgendeine Art zu Geld machen konnte, wahrscheinlich als Brennholz. Es erleichterte sie, dass er auf diese Weise nicht ganz umsonst für sie gearbeitet hatte.

„Ich muss Ihnen noch etwas zeigen“, sagte Paul, als der andere Mann bereits fort war. Er führte sie zum Stumpf der Birke. „Sehen Sie hier? Der Baum war nicht nur morsch, der war sogar schon hohl!“ Er zeigte ihr ein Loch, das im Holz nach unten führte.

„Ich weiß! Das Loch war schon da, als ich ein Kind war!“

„Es war wirklich unverantwortlich, diesen Baum so lange stehen zu lassen – so nah am Haus!“

„Oh, äh … Ich wusste ja nicht …“, stammelte Veronika schuldbewusst.

„Nein, ich meine doch nicht Sie!“, unterbrach sie der Nachbar. „Sie konnten es nicht wissen.“

„Hey, coooool!“, rief Titania, die das Loch im Baum näher untersucht hatte. „Da ist ja was drin!“ Sie zwängte ihren dünnen Arm in das Loch und griff hinein. „Eine Dose oder so was – wow, glaubst du, da ist ein Schatz versteckt?“ Sie mühte sich ab, schob den Arm bis zur Schulter hinein und rief: „Ich hab’s! Warte, gleich kommt es!“ Sie versuchte den Arm wieder herauszuziehen, aber jetzt, wo sie etwas Großes in der Hand hielt, brachte sie die Hand nicht mehr durch den schmalen Eingang. Ihr Gesicht wurde rot vor Anstrengung, aber es ging nicht.

„Warte“, sagte Herr Kronsteiner. „Lass es fallen und zieh den Arm heraus. Ich mach das Loch größer.“ Er ließ Titania zurücktreten und sägte ein keilförmiges Stück Holz heraus. „Jetzt müsste es gehen.“

Erwartungsvoll griff Titania in den hohlen Baum und zog den „Schatz“ heraus.

„Was ist es?“, fragte Veronika neugierig.

Titania hielt es hoch und Veronika nahm es ihr vorsichtig aus der Hand. Es handelte sich offenbar um eines von Großmutters Marmeladegläsern. Im Laufe der Jahre war es von Erde überkrustet und von Moos bewachsen worden, sodass man nicht genau sehen konnte, was drin war. Aber Marmelade war es jedenfalls nicht!

Und dann, plötzlich, fiel es Veronika wieder ein.

2. Kapitel

Altenburg, 1975

Die 15-jährige Veronika lag auf einer Luftmatratze auf dem Rücken, hatte die Hände hinterm Kopf verschränkt und starrte in den Nachthimmel.

„Ist es nicht unglaublich?“, schwärmte sie. „All diese Sterne … die sind Millionen, Milliarden Kilometer entfernt! In jeder Sekunde dringt mein Blick dreihunderttausend Kilometer tiefer in den Weltraum vor! Und trotzdem kann ich stundenlang so schauen und komme nie an ein Ende! Ist das nicht Wahnsinn?“

„Das stimmt nicht ganz“, ließ ihre Freundin Claudia sich vernehmen. „Das *Licht* legt dreihunderttausend Kilometer in der Sekunde zurück, nicht dein *Blick*!“

„Das ist doch dasselbe!“, fand Veronika.

„Nein, ist es nicht! Und ob das Weltall unendlich ist, wissen wir nicht!“, beharrte Claudia. Sie hockte neben dem fast erloschenen Lagerfeuer und stocherte mit einem Stock in der Asche herum, wo sie noch irgendwo eine Kartoffel zu finden hoffte.

„Ist doch nicht so wichtig!“, mischte Xenia sich ein und schüttelte ihre langen blonden Locken hinter sich. „Ich finde es jedenfalls auch erhebend, so in den Himmel zu schauen und die Unendlichkeit zu spüren ... Man kommt sich plötzlich so klein vor, findet ihr nicht?“

„Und irgendwie ein bisschen verloren“, murmelte Judith, die zusammengekauert auf ihrer Matratze hockte und das Kinn auf die Knie stützte.

Xenia legte ihren Arm um sie, als ob sie ihr damit angesichts der kosmischen Unendlichkeit etwas mehr Geborgenheit vermitteln könnte, und fuhr enthusiastisch fort:

„Ich würde wahnsinnig gern ins Weltall reisen! Wenigstens zum Mond, das wäre doch was! Die Erde als blauweiße Scheibe am Himmel stehen zu sehen ...“

„Also, ich finde diese Vorstellung irgendwie unheimlich!“, murmelte Judith und umklammerte ihre Knie.

„Oder gar zu fernen Galaxien!“, schwärmte Xenia weiter. „Vielleicht gibt’s dort Lebewesen – ich meine, ist es nicht äußerst unwahrscheinlich, dass von all diesen Milliarden von Sternen ausgerechnet die Erde der einzige ist, der bewohnt ist?“

„Die Erde ist kein Stern!“, bemerkte Claudia mit vollem Mund, denn sie hatte inzwischen eine sehr gut durchgebratene Kartoffel aus der Asche geklaubt. „Sie ist ein Planet. Und außerdem ist es unmöglich, zu fernen Galaxien zu reisen. Es würde viel zu lange dauern!“

„Sicher macht bald jemand eine Erfindung, sodass es

dann doch möglich wird!", mischte Veronika sich beschwichtigend ein. „Schließlich hat bis vor kurzem auch niemand geglaubt, dass man auf den Mond fliegen kann, und es geht doch!"

Dass die Mädchen einander neckten, war normal, aber Veronika wollte auf jeden Fall verhindern, dass Claudia mit ihrer obergescheiten Besserwisserei einen Streit anfing. Dazu war ihr die Zeit mit ihren Freundinnen viel zu kostbar. Sie konnte ja noch immer kaum glauben, dass ihr Traum in Erfüllung gegangen war: Großmutter hatte ihr erlaubt, anlässlich ihres 15. Geburtstages alle drei Mädchen nach Altenburg einzuladen – und das gleich für eine ganze Woche! Veronika war selig. Es hatte zunächst wegen des Termins einiges Hin und Her gegeben, denn Judiths Sommerferien waren schon zu einem Großteil verplant gewesen, und auch Claudias Eltern hatten bereits einen Urlaub gebucht. So lag Veronikas Geburtstag schon einige Wochen zurück, als es endlich so weit war. Aber jetzt waren sie da!

Xenia hatte die Idee gehabt, nicht im Haus zu schlafen, sondern im Garten ein Zelt aufzustellen. Den ganzen Nachmittag hatten sie damit verbracht, einen Platz auszusuchen und sich häuslich einzurichten. Dann hatten sie am Lagerfeuer Würstchen, Brot und Kartoffeln gebraten. Und jetzt sah es so aus, als ob sie das Zelt gar nicht brauchten, weil sie ohnehin unter freiem Himmel schlafen würden.

Es war aber auch wirklich idyllisch. Die Luft war dunkel und warm und streichelte ihre Gesichter wie Seide. Blätter säuselten, Grillen zirpten, und aus dem nahen Auwald ertönte rhythmisch der melancholische Ruf der Unken. Die verlöschende Glut ihres Feuers und die unzähligen Sterne spendeten genug Licht, um die Umrisse ihrer Umgebung zu erkennen. Die Stille und die Dunkelheit waren wie geschaffen für ein tief schürfendes Gespräch unter Mädchen, bei dem es um die *wirklich wichtigen* Dinge des Lebens ging.

Einige der wichtigsten – Martin, Johannes und Thomas – hatten sie bereits durch. Natürlich würde dergleichen noch genügend Gesprächsstoff für die ganze Woche liefern; ein solches Thema war ja eigentlich unerschöpflich. Aber jetzt, tief in der Nacht, wo sie wahrscheinlich als Einzige in ganz Altenburg und Umgebung noch wach waren, allein unterm Sternenhimmel – da schien es irgendwie unpassend zu sein, Gedanken über Jungen, Kleider oder Frisuren auszutauschen. Die Größe der stillen Natur beeindruckte die Stadtkinder mehr als sie sich selbst eingestehen wollten. Die Situation verlangte nach etwas Hehrem, nach ewigen Erkenntnissen mit philosophischem Tiefgang, nicht nach banalen Alltagsgesprächen.

Lange Zeit saßen sie schweigend da.

„Irgendwie ist das schon sehr seltsam“, bemerkte Xenia endlich. „Früher, als unsere Eltern Teenager waren, muss die Welt ganz anders gewesen sein als jetzt!“

„Ohne Mondlandung?“, murmelte Judith.

„Genau.“

„Damals hat's ja noch nicht einmal Fernsehen gegeben!“, stellte Claudia fest.

„Sogar noch nicht einmal die Beatles!“, trumpfte Veronika auf. „Und dabei sind die jetzt schon ein alter Hut!“

„Damals war Krieg!“, dozierte Xenia. „Da war *überhaupt* alles ganz anders!“

„Besonders die Mode!“ Judith kicherte und erwachte endlich aus ihrer Melancholie. „Ich hab ein Foto von meiner Mutter gesehen, in so einem weiten Rock, in der Taille ist er eng, und dann steht er ewig weit weg – unglaublich altmodisch! Und die Frisuren!“

„Diese Röcke waren in den fünfziger Jahren modern, nicht im Krieg!“, berichtigte Claudia.

„Ich kann mir überhaupt nicht vorstellen, dass meine Eltern einmal jung waren!“, murmelte Veronika nachdenklich.

„Ich eigentlich auch nicht“, gab Judith zu, „obwohl ich die Fotos gesehen hab – aber das passt irgendwie gar nicht zu meiner Mutter. Die war immer schon alt.“

„Und dann gehen diese alten Leute herum und schimpfen ‚also zu *meiner* Zeit war das alles ganz anders‘!“, beklagte sich Claudia. „Und was ist mit uns? Schließlich ist *das* jetzt *unsere* Zeit!“

„Ja, und in 30 Jahren gehen dann *wir* herum und beklagen uns, dass zu *unserer* Zeit alles ganz anders war!“, lachte Xenia.

„*Das* kann ich mir noch viel weniger vorstellen, dass ich mal so alt werde wie meine Mutter!“, sagte Veronika. „Überlegt doch: wie werdet ihr mit 40 sein? Oder gar mit 50? Könnt *ihr* euch das vorstellen?“

Judith hörte auf, ihre Knie zu umarmen und ließ sich rücklings auf ihre Luftmatratze plumpsen.

„Puuuhh!“ Sie stieß lang gezogen die Luft aus. „Das ist völlig unmöglich!“

Die anderen stimmten ihr zu. Keines der Mädchen konnte sich das vorstellen.

„Wisst ihr, wann wir 40 werden?“, fragte Claudia. „Im Jahr 2000!“

„Wahnsinn!“ Quietschen, Gekicher. Das Jahr 2000 war so fern wie der Mond – ja eigentlich noch viel ferner, denn auf dem Mond war ja immerhin schon jemand gewesen.

„Ob wir uns dann noch daran erinnern, was wir mit 15 gedacht haben?“, sinnierte Xenia.

„Selbstverständlich!“, antwortete Judith sofort. „Also, *ich* werde nicht vergessen, dass ich einmal jung war!“

„Das sagst du *jetzt*, weil du jung *bist*!“, konterte Claudia. „Aber schau dir doch all diese alten Leute an. Wer von denen erinnert sich denn *wirklich* daran?“

Sie überlegten. Jede von ihnen hätte auf Anhieb mehrere Personen nennen können, in deren Augen „Jugend“ eine Art lästige Krankheit war. Aber jemand, der wirklich noch zu wissen schien, wie es sich anfühlte, jung zu sein, und der infolgedessen Jugendliche wirklich verstehen konnte – also, das war echt schwierig!

Nach einem längeren Schweigen murmelte Judith: „Ich glaube, du hast Recht. Die haben das alle vergessen."

„Ja, denkt doch nur an die Simonek und die Groß und den Breitinger!", zählte Veronika einige ihrer gemeinsamen Lehrer auf. „Und dabei haben die ständig mit jungen Leuten zu tun!"

„Also, ich möchte nicht so werden!", stellte Xenia mit Nachdruck fest. „So ... so ernst. So ohne Spaß!"

„Verbittert", half Claudia aus.

„Genau."

Sie versanken in dumpfes Grübeln über die Rätsel der menschlichen Existenz. Schließlich schlug Judith vor: „Vielleicht würde es helfen, wenn wir unsere Gedanken aufschreiben würden. Ich ... ich meine, uns sozusagen selbst einen Brief schreiben, versteht ihr? ‚Liebe 40-jährige Judith, ich bin dein jüngeres Ich, und ich möchte dir etwas sagen'..." Sie verstummte, weil sie plötzlich Angst bekam, die anderen könnten die Idee blöd finden.

Aber Xenia stimmte gleich zu: „Hey, super! Wir könnten alles aufschreiben, was uns wichtig ist, und unserem späteren Ich einen Rat mitgeben!"

„Damit wir uns selbst treu bleiben und unsere Ideale nicht verraten!", schob Claudia nach.

„Toller Spruch! Aus welchem Film ist denn der?", neckte Xenia sie.

„Wir könnten auch Erinnerungsstücke dazulegen", warf Veronika schnell ein, bevor Claudia beleidigt reagieren konnte. „Zeichnungen, Zeitungsausschnitte oder so."

„Haarlocken", schlug Judith vor.

„Und wie bekommen wir später die Briefe?", gab Claudia zu bedenken. „Wir können sie nicht gut an uns selbst adressieren und draufschreiben ‚erst im Jahr 2000 zustellen', oder?"

„Bis dahin haben wir vielleicht geheiratet und heißen ganz anders", überlegte Judith.

„Wir verstecken alles in unserem hohlen Baum!", rief Veronika begeistert. „Da findet es keiner!"

„Gute Idee!"

Die restliche Woche gingen sie tagsüber in der Donau schwimmen, pflückten Kirschen und halfen Veronikas Großmutter beim Kuchenbacken (und anschließend beim Essen) und in den Nächten überlegten sie, welche wertvollen Erinnerungen sie der Nachwelt übermitteln wollten. Es war schön, 15 zu sein und sich selbst so wichtig nehmen zu dürfen. Keine von ihnen zweifelte daran, dass das, was sie der Welt zu sagen hatten, bedeutungsvoll und aufschreibenswert war. Sie waren Teenager. Sie kannten alle Fragen und wussten alle Antworten. Das Leben lag vor ihnen wie eine Wundertüte. Was mochte es wohl für sie bereithalten?

3. Kapitel

Wien, 2003

Mit langen Schritten hastete Xenia durch den Supermarkt. Jacob musste demnächst vom Kindergarten abgeholt werden und wie immer war sie spät dran. Jeden Tag nahm sie sich vor, das Pfarrbüro pünktlich zu verlassen, und jeden Tag kam genau dann jemand zur Tür herein, den sie nicht abwimmeln konnte, wenn sie gerade gehen wollte. Heute war es Frau Lindmaier gewesen, die erst vor kurzem Witwe geworden war – die konnte Xenia doch wirklich nicht nur kurz abfertigen!

Darum musste das Einkaufen jetzt umso schneller

gehen. Xenia fuhr sich zerstreut durch ihre kurzen blonden Locken, die schon ganz wirr vom Kopf abstanden. Bananen? Äpfel? Das Handy in ihrer Tasche piepste die Melodie von „Lobe den Herrn, meine Seele". Auch das noch! Sie klemmte sich das Ding zwischen Schulter und Ohr, um mit der freien Hand die Bananen auf die Waage zu bugsieren.

„Ja, hallo?"

„Hallo, äh, hier spricht Veronika Engelhart ..." Die Stimme am Telefon klang ein bisschen nervös. „Ich suche eine Xenia, die früher Wildmoser geheißen hat ..."

„Veronika? Veronika Engelhart?" Xenia runzelte verständnislos die Stirn, doch dann erhellte sich ihr Gesicht. „Ja ... gibt's denn das? Veronika! Ich bin's, Xenia! Das ist ja toll, nach all den Jahren von dir zu hören!"

Die Stimme am anderen Ende der Leitung stieß einen Seufzer der Erleichterung aus.

„Na endlich! Du bist nämlich schon die elfte Xenia, die ich heute anrufe!"

„Ehrlich? Wie hast du mich gefunden?"

„Ich hab einfach im Internet-Telefonbuch nach deinem Vornamen gesucht. Xenia ist ja kein so besonders häufiger Name – hab ich zumindest gedacht."

Xenia lachte. „Und? Wie viele Xenias gibt es?"

„Achtundzwanzig, allein in Wien."

„Und ich bin die elfte?"

„Ja. *Xenia Moorhofer*! Du hast immer Namen, die irgendwie an Landschaften erinnern."

„Stimmt, das ist mir noch nie aufgefallen! Du bist aber ganz schön ausdauernd. Ein Glück, dass ich nicht mehr Wildmoser heiße, dann wäre ich wahrscheinlich die Vorletzte gewesen!"

Veronika lachte auch, um ihre Befangenheit zu überspielen.

„Dann hätte ich dich ja gleich gefunden."

„Auch wieder wahr. Hast du einen besonderen Grund,

mich anzurufen?“, fragte Xenia. „Oder wolltest du dich einfach nur mal melden?“ Ihr Blick glitt geistesabwesend über das Regal mit den Frühstücksflocken. Es gab irgendeine Sorte, die Clara nicht ausstehen konnte – welche war das nur? Honig-Crunchies? Oder Zimt-Ringe?

„Ja. Nein. Äh, ja.“

„Finde ich übrigens eine tolle Idee!“, versicherte Xenia. „Das hätten wir längst einmal machen sollen!“ Sie entschied sich kurzerhand für die Honig-Crunchies, weil in der Packung eine Biene-Maja-Figur war.

„Ja. Äh, also, erinnerst du dich an diese Ferien, in denen wir alle bei meiner Großmutter im Garten waren, du, Judith, Claudia und ich?“

„Wo es dieses Haus auf Stelzen gegeben hat? Und wir im Zelt geschlafen haben? Und als es so fürchterlich geregnet hat, haben wir das Zelt einfach unters Haus gestellt? Und irgendeine von uns, ich glaub es war Judith, wäre auf ihrer Luftmatratze fast bis Budapest gespült worden, wenn wir sie nicht rausgefischt hätten?“

„Ja, genau!“ Veronika freute sich, dass Xenia sich sogar noch an solche Details erinnerte.

„Na sicher weiß ich das noch! Schließlich hab ich ansonsten die meisten Ferien zu Hause auf dem Balkon verbracht!“ (*Gurken? Reis? Küchenrolle?*)

„Erinnerst du dich auch noch an diese … äh, Briefe in die Zukunft, die wir damals geschrieben haben?“

Xenia hielt mit einer Tüte Mehl in der Hand inne und runzelte die Stirn. „Briefe an die Zukunft?“

Veronika erklärte es ihr. „Ja, und stell dir vor, ich hab jetzt diese Briefe wiedergefunden, weil der hohle Baum umgestürzt ist.“

„Nein, ehrlich? Ist ja spannend! Was steht denn drin?“

„Deswegen rufe ich ja an. Ich hab mir gedacht … also, ich finde, wir sollten diese Briefe gemeinsam öffnen. Wir vier. Weil wir sie damals auch gemeinsam geschrieben haben. Ich habe das Gefühl … Irgendwie, denke ich, führt uns das Schicksal wieder zusammen … wenn du verstehst, was ich meine."

„Das ist ja eine lustige Idee! Natürlich! Das machen wir!"

Veronika entspannte sich ein bisschen, weil Xenia so begeistert klang. Sie hatte gefürchtet, auf Ablehnung oder Missbilligung zu stoßen, wenn sie nach so langer Zeit plötzlich anrief. Na ja, im Grunde fürchtete sie sich *immer* vor Ablehnung, unabhängig von den Umständen. Aber Xenia war zum Glück genauso unkompliziert und begeisterungsfähig wie damals.

„Hast du denn die anderen schon angerufen?", wollte Xenia wissen. (*Kakao? Eier? Milch?*)

„Hm, nein … du bist die Erste. Ich hab gedacht, du bist am leichtesten zu finden."

„Weißt du denn was von den beiden?"

„Nein, gar nichts. Genau wie bei dir. Hast *du* denn je wieder was von ihnen gehört?"

„Nein. Ich versteh gar nicht, wieso wir uns so vollkommen aus den Augen verlieren konnten. Wir waren doch damals so gut befreundet. Es ist ja richtig ein Glück, dass du diese komischen Briefe gefunden hast!"

„Ja, nicht wahr? Das muss ein Zeichen sein!"

„Wie willst du denn die zwei anderen aufstöbern? Die haben keine so ausgefallenen Namen wie ich!" (*Brot? Gummibärchen?*)

„Na ja, ich schau erst mal im Telefonbuch nach. Falls sie nicht geheiratet haben, müssten sie unter ihren alten Namen zu finden sein. Oder vielleicht wohnen ihre Eltern noch an derselben Adresse, dann kann ich dort fragen."

„Soll ich eine von den beiden übernehmen?", bot Xenia an, während sie eilig der Kasse zustrebte.

„Oh ja, gut! Dann versuche ich Judith zu erreichen und du suchst Claudia, ja?"

„Einverstanden! Und wenn wir alle gefunden haben, rufen wir uns gegenseitig an und machen ein Treffen aus.

Ich bin ja mordsgespannt, was ich mir damals für einen Brief geschrieben hab!"

*

„Jako Nane gessen!" Zum Beweis seiner Behauptung spreizte Jacob seine Finger, die mit Bananenschleim verschmiert waren, und streckte sie Xenia entgegen.

Xenia sah von ihrer Arbeit auf und musste lachen. „Ja, das seh ich, du Ferkel!" Außer an den Fingern hatte Jacob die Überreste der Banane auch noch im Gesicht, auf dem Pullover und überall an seinem Hochstühlchen. Wo war denn eigentlich das Lätzchen?

„Na komm!" Xenia griff nach einem Handtuch, das zufällig gerade in Reichweite lag, und wischte an ihrem Sohn herum.

„Jako wieda sauba!", bemerkte der Kleine befriedigt. Er griff nach seiner Safttasse und führte sie so schwungvoll zum Mund, dass der Saft auf beiden Seiten über die runden Wangen floss.

Xenia verdrehte die Augen. Mit einem Kleinkind im Haus kam man sich vor wie eine Vollzeit-Putzfrau! Sie nahm eine bananenschleimfreie Ecke des Handtuchs und wischte wieder, während sie mit halber Aufmerksamkeit in ihren Papieren blätterte.

Für morgen standen ein Taufgespräch und ein Ehevorbereitungsgespräch im Kalender. Gut. Bei freudigen Anlässen war es einfach, den Leuten von Gottes Liebe vorzuschwärmen. Alles Gute kam von Gott und hier passierte eindeutig etwas Gutes. Punkt. Allerdings wollte sie auch nicht den Eindruck erwecken, dass mit dem durchaus möglichen Verschwinden des Glücks auch Gottes Liebe verschwinden würde. Im Gegenteil! Sie selbst zum Beispiel hatte das Gefühl, dass Gott ihr seit dem schmerzlichen Scheitern ihrer Ehe noch viel näher war als vorher. Andererseits ...

„Maaamiii! Wie schreibt man ‚Chamäleon'?", schrie Clara aus dem Nebenzimmer.

„Wieso bist du noch nicht im Bett?", rief Xenia zurück. „Machst du immer noch deine Hausaufgaben?"

Clara erschien im Türrahmen. Sie war mit ihrem Minni-Maus-Pyjama bekleidet und raufte sich die blonden Locken.

„Nein! Ich will doch eine Schülerzeitung machen! Erinnerst du dich denn an *gar* nichts?"

„Doch, natürlich!", versicherte Xenia eilig. „Ich hab nur nicht gewusst, dass dein Artikel von einem Chamäleon handelt!" *Apropos Artikel, das Pfarrblatt muss auch demnächst raus!* Sie kritzelte „Chamäleon" in Großbuchstaben auf die Rückseite eines ihrer Blätter. „Den Zettel brauch ich aber noch! Jacob, hast du jetzt genug gegessen?"

Clara zog mit dem Zettel ab und Jacob ließ sich aus dem Hochstuhl heben. Das Handy piepste „Lobe den Herrn, meine Seele". Xenia klemmte es zwischen Schulter und Ohr, sagte: „Ja, hallo?", und begann vorsichtig, Jacob seinen Pullover über den Kopf zu ziehen, ohne die Bananenreste allzu sehr in seine Haare zu schmieren.

„Hallo, hier ist Veronika."

„Oh, hi!" Das letzte Telefonat mit Veronika lag schon drei Wochen zurück und Xenia hatte fast nicht mehr daran gedacht.

„Störe ich gerade?"

„Nein, nein, geht schon." Xenia war es gewohnt, mehrere Dinge gleichzeitig zu tun. Als allein erziehende Mutter war das quasi eine Überlebensfrage.

„Ja, also, es tut mir echt Leid, dass ich mich so lang nicht gemeldet habe, aber es war sehr schwierig, Judith ausfindig zu machen. Hast du's denn bei Claudia schon probiert?"

„Ja, das war ganz einfach. Ich hab im Telefonbuch unter ‚Bachler' nachgeschaut und zwei Claudias darunter gefunden. Eine davon war sie."

„Also ist sie nicht verheiratet?"

„Keine Ahnung. Schaut wohl nicht so aus, aber vielleicht hat sie ja auch einen Mann, der ihren Namen angenommen hat? Ich hab nur kurz mit ihr geredet, weil sie grade irgendwohin gehen wollte. Sie scheint sehr beschäftigt zu sein." Xenia schälte den strampelnden Jacob aus der Strumpfhose und machte sich auf die Suche nach seinem Pyjama.

„Und? Macht sie mit?", fragte Veronika gespannt.

„Ja, sie wirkte eigentlich recht erfreut, etwas von uns zu hören. Sie sagt, sie kann sich sogar noch an diese Briefe erinnern. *Ich* hab das total vergessen, aber sie hat ja immer schon ein phänomenales Gedächtnis gehabt. Und du? Hast du Judith denn nun gefunden oder nicht?"

Jacob plauderte vor sich hin, während Xenia ihn frisch wickelte. Sie musste das Handy fest ans Ohr drücken, um zu verstehen, was Veronika sagte.

„Ja, aber das war nicht leicht! Ich hab zuerst unter ‚Kunz' im Telefonbuch geschaut. Davon gibt's leider eine ganze Menge. Es waren drei Judiths dabei, aber keine davon war sie. Dann ist mir ihre frühere Adresse wieder eingefallen und so bin ich schließlich an ihre Eltern gelangt. Die haben mir erzählt, dass sie jetzt Mondel heißt, und haben mir ihre Nummer gegeben. Aber dort bin ich tagelang nur an ihren Mann oder an die Kinder gekommen, sie selbst war nie da. Endlich hat mir der Mann ihre Handynummer gegeben und dort hab ich's dann auch noch Dutzende Male versucht. Ich hab ihr schließlich auf die Mailbox geredet, obwohl ich lieber persönlich mit ihr gesprochen hätte. Schließlich hat sie mich zurückgerufen."

„Wow! Und, ist sie dabei?" Xenia nahm den fertig umgezogenen Jacob auf den Arm und trug ihn ins Badezimmer. Wo konnten bloß diese Hustentropfen wieder sein?

„Ja, ich hatte den Eindruck, dass sie sich sehr freut."

„Jetzt müssen wir nur noch einen Termin finden!" Xenia schmierte Kinderzahnpasta auf Jacobs Zahnbürste und half ihm, sich die Zähne zu putzen. „Das wird gar nicht so einfach, bei derart vielbeschäftigten Karrierefrauen wie uns!"

Veronika lachte auf, oder war es ein verächtliches Schnauben? Oder ein Mittelding aus beidem?

„Also ich bin flexibel, und Judith ist auch alles recht."

„Das wundert mich – wo sie nie zu Hause ist, da muss sie doch ständig was vorhaben?", antwortete Xenia.

„Keine Ahnung. Sie war nicht besonders mitteilsam, was das betrifft. Also, was hältst du vom 15. Mai?"

4. Kapitel

Ende April ließ sich der Frühling endlich nicht mehr aufhalten. In Altenburg begannen die Bäume zu blühen und Veronika war ganz berauscht von dem Duft und dem geschäftigen Gesumm der Insekten, das die Luft erfüllte. Sooft sie konnte, fuhr sie jetzt nach der Arbeit hinaus, um im Garten zu werkeln. Anfangs versuchte Titania sich diesen Ausflügen zu entziehen, indem sie bei ihrer Freundin blieb, aber als es langsam wärmer wurde und man im Garten spielen konnte, fand sogar sie Gefallen daran. Anfang Mai fragte sie sogar um Erlaubnis, ihre Freundin einmal mitzubringen, und weil Elina diesen Nachmittag ganz toll fand, stieg das Ansehen des Gartens auch in Titanias Augen.

Das Datum, auf das Veronika sich mit ihren ehemaligen Freundinnen letztendlich geeinigt hatte, ein Wochenende Anfang Juni, rückte immer näher. Sie merkte, wie aufgeregt sie war. Was mochten die anderen Mädchen (die inzwischen auch Frauen in den besten Jahren waren) in all der Zeit erlebt haben? Außer über den Termin hatten sie am Telefon nur wenig geredet. Ohne dass sie das abgesprochen hätten, wollten alle sich lieber persönlich gegenübersitzen, wenn sie einander von den vergangenen Jahren erzählten.

Der bewusste Samstag brach warm und sonnig an. Der Garten stand in vollem Saft: Die Rosen blühten, die Kirschen röteten sich und über allem lag der Geruch von frisch gemähtem Gras. Es war perfekt. Titania verbrachte das Wochenende bei Elina, denn bei diesem Treffen wollten sie allein sein – nur die vier Freundinnen. Das Öffnen der Briefe, die 28 Jahre lang im Dunkel eines hohlen Baumes auf diesen Augenblick gewartet hatten, war eine sehr persönliche und intime Sache. Und außerdem gab es im Haus nur vier Betten.

Während es langsam auf vier Uhr zuging, wuchs Veronikas Nervosität. Ach, wie würde das bloß auf ihre Freundinnen wirken! Um sich zu beruhigen, beschloss sie, noch eine kurze Reise in ihr Inneres zu machen. Das half ihr immer.

Sie schloss sich im Schlafzimmer ein, um nicht gestört zu werden, zündete ein duftendes Räucherstäbchen an und legte ihre Talismane vor sich hin. Dann zog sie einen magischen Kreis um sich, schloss die Augen und stellte sich vor, wie sie an das schilfbewachsene Ufer eines breiten, ruhigen Flusses hinunterstieg. Hier wartete schon ihr innerer Führer auf sie, ein großer, starker Mann in einem Mönchsgewand. Seine Kapuze hing ihm tief ins Gesicht; tatsächlich hatte Veronika sein Gesicht noch nie gesehen, obwohl ihr der Mann während ihrer Meditationen seit Jahren begegnete. Aber sie war sich sicher, dass er sie gütig anlächelte. Er führte sie in einen lichten Wald und zeigte ihr eine Gruppe spielender Kinder. Veronika wusste sofort, dass das ein Blick in die Vergangenheit war. Die Kinder waren sie und ihre Freundinnen. Xenia stürmte voran durch den Wald, während Claudia halb spöttisch, halb abwartend dahinter blieb. Judith versuchte den Anschluss nicht zu verlieren und die kleine Veronika bemühte sich, alles richtig zu machen.

Schlagartig erkannte Veronika, was ihr Führer ihr sagen wollte. Als Kind hatte sie sich immer gefragt, warum die anderen sie überhaupt zur Freundin haben wollten, und hatte versucht, möglichst gefällig und angenehm zu sein, damit sie bloß nicht merkten, dass sie ja nur die kleine, unscheinbare, nicht sonderlich gescheite Veronika war. Sie hatte die drei anderen immer für besser, klüger und attraktiver gehalten und sich immer gefürchtet, plötzlich ihre Freundschaft zu verlieren. Aber das war vor fast dreißig Jahren gewesen. Inzwischen waren sie alle erwachsen geworden und Veronika meisterte ihr Leben nicht schlechter als jeder andere. Es gab keinen Grund mehr, sich minderwertig zu fühlen! Veronika dankte ihrem Führer und kehrte an ihren Ausgangspunkt zurück. Sie ließ sich Zeit, um in die Gegenwart zurückzufinden, dann löste sie den magischen Kreis auf, band sich die Lederkette mit dem Ankh und den Milchzähnen wieder um den Hals und atmete tief durch. Sie war Veronika, und dafür brauchte sie sich nicht zu schämen.

Jetzt konnten die anderen kommen.

*

Wenige Minuten nach vier hielt ein roter Mini vor Veronikas Gartentor und hupte dreimal. Veronikas Herz begann trotz allem wild zu klopfen. Welche würde wohl die Erste sein?

Aus dem Wagen stieg eine Frau mit einer sorgfältig frisierten Dauerwelle, einem roten Kostüm mit kurzärmeligem Blazer und eleganten Pumps. Eine Perlenkette und Perlen-Ohrstecker machten die Erscheinung komplett. Claudia!

Für einen Augenblick erstarrte Veronika in ihrem Garten-T-Shirt und den abgeschnittenen Jeans. Oh weh, sie war absolut underdressed! Aber sie gab sich einen Ruck und lächelte. Claudia war diejenige, die vollkommen falsch angezogen war, nicht sie!

„Hallo, Claudia!“ Sie streckte ihr die Hand entgegen und die Frau schüttelte sie.

„Grüß dich, Veronika! Na, du hast mich gleich erkannt?“

„Natürlich! Du hast dich ja überhaupt nicht verändert!“ *Ihre Hüften sind ganz schön in die Breite gegangen. Na ja, superschlank war sie nie … Und diese Eleganz! Was erwartet sie? Ein Galadinner? Ich sagte doch, ein Gartenpicknick!*

„Du aber auch nicht!“ Claudia musterte Veronika von oben bis unten. „Ach, ich Dummkopf, ich hab dir ja was mitgebracht!“ Sie tauchte mit ihrem wohlfrisierten Kopf in das Auto und holte ein sperriges Etwas vom Rücksitz. „Hier, das kann man einpflanzen!“ Sie überreichte Veronika einen Strauch samt Wurzelballen.

„Oh, ein Mandelröschen!“, rief Veronika aus. „Meine Großmutter hatte eines, aber es ist bei einer Überschwemmung ertrunken!“

Claudia lächelte zufrieden.

„Und das ist der Garten, in dem wir damals Ferien gemacht haben? Ach ja, ich erinnere mich!“ Sie trat durch das Gartentor und schaute sich um. In diesem Augenblick hielt ein großer weißer Volvo hinter Claudias Wagen und jemand winkte aus dem Fenster.

„Bin ich hier richtig bei Engelhart?“, rief eine dunkelhaarige Frau hinter dem Steuer, die ein helles Sommerkleid trug.

„Judith!“ Freudiges Händeschütteln, Begrüßen, heimliches Begutachten.

„Jetzt fehlt nur noch Xenia, dann sind wir …“

„Komplett!“, ergänzte eine Stimme lachend. Xenia setzte ihren Rucksack ab und wischte sich den Schweiß von der Stirn. „Meine Güte, ist es *schön* hier!“, sprudelte sie hervor. „Ich bin mit dem Zug gekommen. Die Wanderung vom Bahnhof hierher war ein Genuss! Wer hätte gedacht, dass wir vier noch einmal hier Urlaub machen würden? Ist das nicht wunderbar?“ Xenia sprach noch immer sehr schnell – genau wie damals als Jugendliche. Sie hatte inzwischen gelernt, sich zurückzuhalten, wenn fremde Leute ihr zuhörten, aber dies waren alte Freundinnen, und außerdem war auch sie aufgeregt. „Ich hab einen Gugelhupf gebacken, vielleicht findet sich ja eine Gelegenheit, ihn zu essen!"

„Danke! Aber kommt, gehen wir doch rein! Ich hab Kaffee gemacht." Veronika konnte den Kuchen gar nicht mehr in Empfang nehmen, weil sie zwei Flaschen edlen Wein und das Mandelröschen in den Händen hielt. Sie stiegen auf die Terrasse des Pfahlbaus hinauf und setzten sich in den Halbschatten des wilden Weins, der sich an den Stützbalken bis zum Vordach emporrankte. Veronika servierte Kaffe und Xenias Gugelhupf.

„Unglaublich, das Haus steht immer noch auf Säulen! Die meisten anderen haben das nicht mehr!"

„Da ist noch diese riesige Birke, jetzt erinnere ich mich an sie!"

„Können wir nach dem Kaffee zur Donau runtergehen? Ich möchte wissen, ob diese kleine Sandbank noch da ist!"

„Glaubst du, sind die Kirschen schon reif?"

„Erinnert ihr euch an diesen unglaublichen Kirschkuchen von Veronikas Oma?" Die Stimmen schwirrten durcheinander. Wie es Veronika vor einigen Wochen ergangen war, so ging es jetzt auch den drei anderen: Alle fühlten sich schlagartig in ihre Jugend zurückversetzt. Und so, fernab von ihrem Alltag mit Job und Familie, waren sie plötzlich wieder Backfische, die eine unbeschwerte Ferienzeit vor sich hatten.

Das Eis zwischen ihnen war schnell gebrochen. Eigentlich war es fast genauso wie damals. Nach einem Spaziergang ans Donauufer tauschte Judith ihr luftiges Sommerkleid gegen alte Jeans, um für das abendliche Grillfest gerüstet zu sein. Veronika fand eine uralte Gartenhose von ihrer Großmutter und überredete Claudia, ihr elegantes Kostüm auszuziehen. Xenia war sowieso schon im richtigen Lagerfeuer-Look erschienen.

Das Herrichten der Salate, Brote und Aufstriche und das Vorbereiten des Grillgutes dauerte nicht lange, weil alle vier mithalfen. Veronika hatte schon vor Jahren begonnen, sich vegetarisch zu ernähren, aber für heute war sie über ihren Schatten gesprungen und hatte Würstchen eingekauft. Das gehörte einfach dazu.

Es war noch hell, als sie das Lagerfeuer anzündeten und sich im Kreis darum setzten. Claudia bevorzugte es (trotz Großmutters Gartenhose), auf einem Stuhl zu sitzen. Die drei anderen hockten sich um der alten Zeiten willen einfach ins Gras. Langsam senkte sich Abendstille über die Umgebung. Die Leute gingen in ihre Häuser zum Abendessen oder zum Fernsehen. Grillen zirpten und aus der Au tönte das melancholische „Uh-uh-uh" der Unken.

„Es ist ein Wahnsinn, wie schön es hier ist!", schwärmte Xenia. „Das ist so toll, Veronika! Findet ihr nicht, dass es genau wie damals ist?" Sie schlug mit der Hand nach einer Mücke, die sie sirrend umtanzte. „Sogar diese kleinen Blutsauger gibt es noch!" Sie lachte. „Und … ich weiß nicht, wie's euch geht … aber ich fühl mich unheimlich wohl mit euch … So, als ob gar nichts dazwischen gewesen wäre. Als ob wir einfach dort weitermachen könnten, wo wir vor zwanzig Jahren aufgehört haben. Ist es nicht so?" Sie schaute in die drei Gesichter, die zustimmend nickten. „Aber neugierig bin ich doch!", fuhr sie fort. „Wo wart ihr all die Zeit? Was habt ihr gemacht? Was tut ihr jetzt? Arbeitet ihr? Seid ihr verheiratet? Habt ihr Kinder?"

Jetzt wirkten alle fast ein bisschen erleichtert, so als hätten sie nur darauf gewartet, dass jemand endlich mit diesem Thema anfing. Denn bei all den gemeinsamen Jugenderinnerungen ließ es sich doch nicht wegleugnen, dass sie alle in den vergangenen zweieinhalb Jahrzehnten gewisse Erfahrungen gemacht hatten – gute wie schlechte – und dass sie sich sehr wohl verändert hatten, auch wenn es auf den ersten Blick nicht zu sehen war.

5. Kapitel

„Xenia, du fängst an!“, beschloss Claudia.

Xenia lachte.

„Du bist bestimmt Lehrerin geworden, stimmt's?“, gab sie zurück.

„Woher weißt du das?“, fragte Claudia verblüfft.

Xenia ahmte ihren Befehlston nach: *„Xenia, du fängst an!“* Sie kicherte wie ein Teenager. „Das war doch ein typischer Lehrertonfall!“ Jetzt lachten auch Judith und Veronika. Nur Claudia wusste noch nicht so recht, ob sie mitlachen oder sich ärgern sollte. Schnell setzte Xenia hinzu: „Außerdem wolltest du immer schon Lehrerin werden, weißt du nicht mehr? Und du warst doch so zielstrebig. Es hätte mich gewundert, wenn du's nicht geschafft hättest!“

Nun entschied sich auch Claudia fürs Mitlachen.

„Na und, du Hellseherin? Was sind die anderen geworden?“

„Hmmm, mal sehen ...“ Xenia musterte Veronika. „Du hast vielleicht Biologie studiert ... oder Tierarzt? Und du ...“ Sie wandte sich Judith zu. „Du bist Ärztin geworden!“

„Falsch!“ Judith grinste. „Na ja, aber fast. Ich habe einen Arzt geheiratet.“

„Puh, nah dran!“, tat Xenia erleichtert. „Und was machst du sonst?“

„Ich hab Kunstgeschichte studiert und arbeite jetzt halbtags in einer Galerie.“

„Hast du Kinder?“

„Ja, zwei. Einen Sohn, der heißt Roland und ist 16, und eine elfjährige Tochter namens Isabella.“

„Hey, ich hab auch eine elfjährige Tochter!“, freute sich Veronika. „Hast du Fotos von deinen Kindern?“

„Na sicher.“ Judith lächelte ein wenig verschämt, als ob ihr das Austauschen von Kinderfotos peinlich wäre, und kramte ein Mini-Album aus der Handtasche. „Wie heißt denn deine Tochter?"

„Titania."

„Ungewöhnlicher Name!"

„Es ist der Name der Elfenkönigin."

„Stimmt, das kommt im ‚Sommernachtstraum' von Shakespeare vor!", mischte sich Claudia wieder ein. „Die Frau von König Oberon."

Die Mütter schauten sich im rötlichen Schein der Lagerfeuerglut Schnappschüsse von ihren Kindern an. Xenia warf ein Bild von Clara und Jacob in die Schlacht.

„Und du?", wandte sie sich an Claudia.

„Keine Kinderfotos", wehrte diese ab. „Ich lebe allein mit meinem Dackel. Wollt ihr vielleicht von dem ein Foto sehen?"

Die Frage war im Spaß gestellt, aber sie waren alle in alberner Stimmung, und so wollten sie auch ein Foto von Claudias Rauhaardackel Napoleon sehen.

„Und hast du nun Biologie studiert, wie Xenia sagt?", wollte Judith von Veronika wissen.

Sie schüttelte den Kopf. „Ich habe tatsächlich mit diesem Gedanken gespielt", gestand sie. „Ich war sogar schon an der Universität eingeschrieben. Aber dann ist mein Vater gestorben und meine Mutter konnte es sich nicht leisten, mich studieren zu lassen. Also musste ich zu arbeiten beginnen."

„Oh, das tut mir aber Leid!" Xenia legte ihre Hand auf Veronikas Arm. „Aber warum hast du denn nie was von dir hören lassen? Ich meine – wir hätten dir doch beistehen können oder so ..."

Veronika schüttelte den Kopf.

„Ich weiß nicht ... ich war so mit mir selbst beschäftigt ... Und dann hat die Arbeit sehr viel Zeit gekostet ..."

Außerdem wäre es ihr vor ihren studierenden Freundinnen peinlich gewesen, dass sie nun nicht zur Uni gehen würde. Aber das hätte sie nie zugegeben.

„Und was arbeitest du?"

„Ich bin beim Stadtgartenamt. In der Verwaltung." Sie lachte. „Ist das nicht komisch? All die Jahre war ich im Stadtgartenamt und jetzt erst hab ich endlich einen eigenen Garten!"

„Bist du eigentlich verheiratet?", erkundigte sich Judith, die geduldig alle Fotos von Titanias erstem Schultag bis zum letzten Weihnachtsfest durchschaute.

„Nein. Titania und ich, wir kommen gut allein zurecht."

„Und wo ist ... ihr Vater? Habt ihr Kontakt zu ihm?"

„Nein. Der weiß gar nichts von ihr." Veronika wollte dieses Thema nicht unbedingt ausbreiten. „Ich denke, es passt so."

Xenia seufzte hörbar und stieß einen angekohlten Ast heftig in die glühende Asche.

„Aha!", ließ sich Claudia vernehmen, die das beobachtet hatte. „Jetzt mach ich mal einen Versuch im Hellsehen! Kann es sein, dass das Verhältnis zum Vater *deiner* Kinder nicht ganz ... äh ... unproblematisch ist, Xenia?"

Xenia rang sich ein Grinsen ab. Claudia konnte noch immer sehr direkt sein!

„Ist nicht so wichtig", versuchte sie auszuweichen.

„Na komm, erzähl' schon!", ermunterte sie Judith. „Du bist die Einzige, die noch gar nichts gesagt hat."

„Also gut. Ich war verheiratet, es ging nicht sehr gut, und als ich mit Jacob schwanger war, haben wir uns getrennt. Seither haben wir nur sporadisch Kontakt. Manchmal wünschte ich, ich würde ihn überhaupt nicht mehr sehen. Aber das geht nicht, wegen der Kinder. Tja. So ist das."

„Oh, du Arme! Während der Schwangerschaft! Das ist ja echt schlimm!", fand Judith mitfühlend.

„Geht so. Man hält viel aus."

„Und was machst du sonst? Bist du zu Hause? Zahlt er wenigstens?"

„Er verdient nicht viel. Ich kann mich jedenfalls nicht

darauf verlassen. Außerdem bin ich eh lieber unabhängig." Xenia lächelte, weil sie wusste, was jetzt gleich kommen würde. „Ich arbeite als Pastoralassistentin."

„Als was?", fragten alle drei im Chor – wie erwartet!

„Ja, genau! Ich bin ein Kirchenmensch!", bestätigte Xenia. „Na kommt, *so* absonderlich ist das nun auch wieder nicht!"

„Ja, äh, nein, natürlich nicht!", stotterte Veronika. „Es ist nur … gerade du? Ich hätte eher gedacht, du machst Karriere als Schauspielerin oder so was!"

„Stimmt, das war mal mein Traum. Jetzt fällt es mir wieder ein."

„Und was machst du da so, als Pastoralassistentin?", erkundigte sich Judith.

„Ich helfe in allen Angelegenheiten der Kirche. Organisiere Jugendstunden und Seniorentreffs und so. Manchmal auch einen Wortgottesdienst, wenn der Pfarrer verhindert ist. Irgendwie ist das eh so was Ähnliches wie Schauspielerei."

„Du meinst, du spielst den Leuten was vor? Du glaubst es nicht richtig?"

„Nein, nein! Das meinte ich überhaupt nicht! Ich … hm … ich versuche den Leuten eine gute Show zu bieten, um meine Botschaft überzeugend rüberzubringen."

„Ja, und du glaubst daran?"

„Woran genau?" Es war doch immer wieder seltsam, dachte Xenia, wie die Menschen sich plötzlich peinlich zu winden begannen und keine Worte mehr fanden, wenn es um Glaubensdinge ging.

„Na, an diese ganze Sache … mit einem Gott, der die Sünder bestraft, und so …" Veronika konnte nicht ganz verbergen, dass sie das kaum fassen konnte.

Xenia stocherte mit ihrem Ast in der Asche herum.

„Ich glaube an den Gott, der die Menschen *liebt*!", berichtigte sie. „Nein, ‚glauben' ist zu schwach. Ich kenne ihn!"

„Du *kennst* Gott?“, wiederholte Judith und beugte sich vor.

„Schau mich nicht so besorgt an, Frau Arztgattin!“, lachte Xenia heraus. „Ich bin nicht verrückt, keine Sorge. Ich hab nur … na ja, gewisse Erfahrungen gemacht. Wenn's euch interessiert, erzähl ich es euch einmal ausführlich. Aber was ist mit dir?“ Sie wandte sich an Claudia. „Du hast noch fast gar nichts erzählt! Wie ist denn dein Verhältnis zu Männern, hm?“

Das war die Retourkutsche für Claudias kühnen Vorstoß in Xenias Privatleben. Claudia nahm es gelassen.

„Äußerst entspannt. Napoleon ist der einzige Mann in meinem Leben, und seither gibt es keine Probleme mehr.“

Also gab es früher sehr wohl Probleme, dachte Xenia, aber sie hätte es unfair gefunden, hier noch einmal nachzuhaken.

Claudia schlüpfte mit dem rechten Fuß aus ihrem eleganten Schuh, der so gar nicht zur Gartenhose von Veronikas Oma passte, zog das Bein hoch und massierte sich die Zehen. „Ansonsten unterrichte ich Englisch und Geschichte im Gymnasium und bin ganz zufrieden damit.“

„Ha! Ich wette, du möchtest Direktorin werden!“, stichelte Judith.

„Ist heute der internationale Tag der Amateur-Hellseherinnen?“, gab Claudia spöttisch zurück. Aber irgendetwas an ihrem Tonfall verriet, dass Judith mit ihrer Bemerkung gar nicht so falsch lag.

„Warum hast du deinen Hund denn nicht mitgebracht?“, fragte Veronika, um das Thema zu wechseln. „Ein Garten hätte ihm sicher gefallen!“

„Ach, ich dachte, ihr bringt alle keinen Anhang mit. Da wollte ich auch lieber ohne meinen Lebensgefährten kommen“, meinte Claudia sarkastisch.

„Ja, wir wollten doch ganz unter uns sein, um diese ominösen Briefe zu lesen.“

Damit brachte Judith das Stichwort, auf das sie insgeheim gewartet hatten: die Briefe.

„Na gut, nachdem wir nun alle auf dem neuesten Stand sind, könnten wir's ja angehen." Veronika blickte fragend in die Runde. Inzwischen war es ganz dunkel geworden, nur die Glut warf einen rötlichen Schein auf die Gesichter, die Veronika erwartungsvoll ansahen.

„Also dann!" Sie stand auf und holte das moosbewachsene Marmeladeglas aus dem Haus. „Bitte sehr. Wer möchte es aufmachen?"

6. Kapitel

Sie legten ein paar trockene Zweige nach, sodass das Feuer wieder hell aufloderte und sie ein bisschen besser sehen konnten.

Das Glas war zwar außen überkrustet, aber weil es ein echtes Qualitäts-Marmeladeglas war, hatte es all die Jahre völlig dicht gehalten und der Inhalt war trocken und sauber. Veronika schüttete den Inhalt in ihren Schoß. Es waren vier zugeklebte, sorgfältig beschriftete Briefumschläge. Feierlich teilte Veronika sie aus. Es war ein erhabener Moment. Keine von ihnen sprach.

Xenia betrachtete ihr Kuvert im Schein des Feuers. „An die alte Xenia im Jahr 2000" stand darauf. Sie schüttelte leicht den Kopf und schmunzelte. Offenbar war ihr damals ihr zukünftiges 40-jähriges Ich schon uralt vorgekommen. Jetzt hingegen war sie 43 und fühlte sich keineswegs uralt, sondern eigentlich noch recht jugendlich. Alter war wohl doch eine sehr relative Sache!

„Lesen wir uns diese Briefe jetzt gegenseitig vor, oder wie?", fragte Claudia.

„Ich weiß nicht – darüber hab ich noch nicht nachgedacht“, gestand Veronika.

„Also ich möchte meinen lieber erst für mich lesen“, sagte Judith. „Vielleicht ist er ja – äh – persönlich.“

Die anderen murmelten ihre Zustimmung und machten sich ans Öffnen der Briefe. Xenia fingerte ihr kleines, unentbehrliches Schweizermesser, das sie stets bei sich trug, aus der Hosentasche und schlitzte den Umschlag auf.

„Ich auch!“ Judith, die ihren Brief vergeblich mit einem Ästchen zu öffnen versucht hatte, nahm ihr das Messer aus der Hand.

Als Erstes fand Xenia in ihrem Umschlag eine lange, blonde Haarlocke, die mit einem Bändchen zusammengebunden war und sich anmutig ringelte.

„Hey, seht mal, wie lang meine Haare damals waren!“ Sie glättete die Locke, die über einen halben Meter lang war, und fuhr sich unwillkürlich durch ihr Haar, das jetzt kurz (aber immer noch lockig) war.

Die anderen hatten ebenfalls Haare gefunden. Judiths Strähne war lang, glatt und fast schwarz.

„Jetzt muss ich sie schon färben“, seufzte Judith wehmütig. „Ich werde nämlich grau!“

„That's life!“, fand Claudia und betrachte ihr rotblondes Jugendhaar. „Ich färbe sie auch schon seit längerer Zeit.“

Veronika, deren Haar immer schon mausbraun gewesen war, hatte inzwischen einen kleinen Stein, ein getrocknetes Blatt und eine Feder aus ihrem Umschlag genommen und betrachtete sie ratlos. Offenbar wusste sie nicht mehr, woran sie diese Dinge erinnern sollten. Auch die anderen fanden diverse rätselhafte Kleinigkeiten in ihren Briefen. Zuletzt falteten sie alle die Briefe selbst auf und begannen zögernd zu lesen.

„*Hallo alte Xenia!*“, stand da in Xenias runder Mädchenhandschrift. „*Ich weiß nicht recht, ob ich dich mit ‚ich‘ oder mit ‚du‘ anreden soll. Einerseits wirst du ‚ich‘ sein, aber andererseits kann ich mir nicht vorstellen, jemals 40 zu sein, also nenne ich dich lieber ‚du'.*" Xenia grinste in sich hinein. Vier Zeilen allein für die Anrede! Sie war schon immer sehr kommunikativ gewesen. Zwar konnte sie sich an kein Wort dieses Briefes erinnern, aber es überraschte sie nicht, dass sie an sich selbst so ausführlich geschrieben hatte.

„*Ich bin sicher, dass die Menschheit sich gewaltig verändert haben wird, wenn du das liest. Man wird nicht nur zum Mond fliegen können, sondern auch zum Mars und zur Venus, wo bereits menschliche Siedlungen errichtet worden sind. Statt Autos hat man Miniflugzeuge, die lautlos durch die Luft gleiten.*" Xenia schüttelte belustigt den Kopf. Hatte sie damals wirklich solch futuristischen Quatsch geglaubt? Aber es kam noch besser: „*Die Menschen haben endlich gelernt, ihre Konflikte friedlich zu lösen. Es gibt keine Kriege mehr! Niemand stellt noch Waffen her. Hingegen wurde der Hunger in der Welt besiegt. Männer und Frauen sind endlich gleichberechtigt und niemand wird mehr unterdrückt. Wenn ich daran denke, wie die Gesellschaft sich entwickelt, dann beneide ich dich richtig. Gut, dass du eh ich bist!*"

„Du meine Güte, war ich wirklich *so* naiv?", murmelte Xenia. Vielleicht war aber auch „idealistisch" das treffendere Wort. In ihrer Unerfahrenheit hatte sie damals wirklich geglaubt, dass die Menschheit sich zum Guten verändern konnte und würde. Tja, diese Form der geistigen Unschuld hatte sie wohl inzwischen verloren ...

„*Ich hoffe, dass du – also ich – inzwischen so richtig berühmt bist. Ich wüsste ja zu gern, ob wir die Aufnahmeprüfung fürs Reinhard-Seminar geschafft haben. Hast du schon am Burgtheater gespielt? Oder in Hollywood? Ich finde ja Kinofilme noch besser als Theater, denn erstens sind sie meistens spannender und zweitens können viel mehr Leute sie sehen.*" Wieder staunte Xenia. Dass ihr Wunsch nach einer Schauspielkarriere so konkret gewesen war, hatte sie nicht mehr gewusst. Es war wirklich verblüffend, was sie alles vergessen hatte! Im Brief ging es weiter mit einer Beschreibung von Klein-Xenias Vorlieben: bewunderter Popsänger (Cat Stevens), angeschwärmter Schauspieler (James Coburn), menschliches Vorbild (Lateinlehrerin), beste Freundin (Claudia). Dann kamen die guten Ratschläge: „*Wenn du Kinder hast, darfst du ihnen nicht zu wenig Taschengeld geben. Erinnere dich, wie schlimm es ist, immer am wenigsten Geld von allen zu haben. Du musst ihnen Freiheiten lassen und akzeptieren, dass sie erwachsen werden.*" Das war natürlich nicht so sehr ein Rat an die zukünftige Xenia, sondern eine Klage der 15-jährigen, deren Mutter niemals genug Geld oder Zeit für sie hatte. Xenias Mutter war geschieden gewesen (was damals noch nicht so üblich und verbreitet war wie heute), und hatte versucht, diesen „Makel" durch alle möglichen Anstrengungen auszugleichen. Aber Xenia hatte stets das Gefühl gehabt, dabei ein wenig auf der Strecke zu bleiben.

Wider Willen musste sie plötzlich an Jacob und Clara denken. Immerhin waren die beiden in derselben Situation wie Xenia damals – als Kinder einer geschiedenen, berufstätigen Mutter. Hatte denn *diese* Mutter genug Zeit? Xenia starrte grimmig auf den Zettel in ihrer Hand. Nicht immer war das Leben so einfach, wie man sich das mit 15 vorstellte! Im Stillen tat sie ihrer Mutter Abbitte für die Vorwürfe, die sie damals heimlich im Herzen getragen hatte. Ihre Mutter hatte sich ja nicht freiwillig aus Jux und Tollerei scheiden lassen – genauso wenig wie Xenia selbst.

„*Aber noch besser wäre es, wenn du keine Familie hättest. Eigentlich möchte ich nie heiraten. Ich glaube, sich von einem Mann abhängig zu machen, ist das Dümmste, was man überhaupt tun kann.*"

Xenia glotzte diese Worte an und konnte es nicht fassen, dass sie das tatsächlich mit 15 geschrieben hatte. Wieso denn damals schon? War es das abschreckende Vorbild ihrer Mutter? Oder angeborene Bindungsangst? Sie hatte immer gezögert, eine Familie zu gründen, und sich erst sehr spät dazu entschließen können. Das erste Kind mit 35, das zweite mit 41 ... noch schnell, bevor's zu spät ist ... *Torschlusspanik*, kicherte eine böse Stimme in ihrem Hinterkopf, *deine biologische Uhr hat so laut getickt!* Xenia versuchte die Stimme abzuschütteln, aber das war gar nicht so einfach. Lang verdrängte Fragen kamen plötzlich hoch und forderten eine Antwort. Hätte sie Leonhard Moorhofer auch genommen, wenn er ihr 10 Jahre früher begegnet wäre? Oder hatte sie nicht doch in ihm ihre „letzte Chance“ gesehen, überhaupt noch zu einer Familie zu kommen? Warum hatte sie nicht auf all jene gehört, die sie warnen wollten – einschließlich dieser Stimme in ihrem Kopf? Warum, warum, warum? Hier hatte sie ihre Jugendträume vor sich, in tintenblauer Mädchenhandschrift, die Sehnsucht nach Freiheit und Unabhängigkeit, nach Geld und Ruhm – und was war daraus geworden? Lauter Scherben! Eine gescheiterte Ehe, allein erzogene Scheidungskinder, ein Job, der nicht viel Geld einbrachte und – halt!

Xenia zwang sich, diese Abwärtsspirale ihrer Gedanken anzuhalten. Was war das für ein Unsinn? Scherben, ihr Leben? Von wegen! Sie hatte zwei entzückende, wohlgeratene Kinder, einen Beruf, der ihr Freude machte und in dem sie etwas Sinnvolles tun konnte, und das Wichtigste: Sie hatte Gott kennen gelernt. Gott, der der tiefste Grund ihrer Existenz war. Gott, der die Antwort auf alle Fragen war. Sie musste die Angst vor Einsamkeit und Tod, die wohl alle Menschen quälte, nicht mehr mit irdischen Gütern oder leeren Vergnügungen betäuben. Geld und Ruhm? Wozu? Das brauchte sie nicht mehr. Das waren die Träume einer 15-Jährigen gewesen. Das war vorbei!

Xenia zerknüllte den Brief in der Hand und wollte ihn ins Feuer werfen. Dann überlegte sie es sich anders. Vielleicht war es ganz witzig, dieses Dokument ihrer Kindheit aufzubewahren. Eigentlich war es ganz interessant, einmal zurückzuschauen und zu sehen, wie sie sich weiterentwickelt hatte. Und es schadete bestimmt nicht, ab und zu über das eigene Leben nachzudenken und Bilanz zu ziehen.

Sie blickte auf. Ihre Freundinnen saßen schweigend um die Feuerstelle und starrten versunken in die Flammen. Jede hing ihren Gedanken nach und keine schien das Bedürfnis zu haben, ihren Brief öffentlich vorzulesen. Offenbar erging es ihnen genauso wie Xenia – angesichts ihrer Jugendträume dachten sie über ihr Leben nach, darüber, was sie erreicht hatten und (schlimmer) was sie nicht erreicht hatten. Wahrscheinlich hatte sich keine von ihnen vorher klar gemacht, wie aufwühlend die Konfrontation mit ihrer Vergangenheit sein würde. Xenia hatte sich vorgestellt, dass sie einander aus dem schwülstigen Unsinn vorlesen würden, den sie einst in ihrem jugendlichen Überschwang zu Papier gebracht hatten, und sich dabei halb kaputtlachen würden.

Aber im Moment sah eigentlich keine von ihnen besonders fröhlich drein.

*

Die nachdenkliche Stimmung wurde vom Schrillen eines Handys unterbrochen. Es war Judith, die zu so nächtlicher Stunde noch einen Anruf erhielt. Sie sprang auf und lief ein paar Schritte von der Feuerstelle fort, um ungestört zu sein. Xenia fürchtete schon, es könnte einen Notfall mit Judiths Kindern gegeben haben oder so, aber Judith zwitscherte und gurrte derart zärtlich ins Telefon, dass es wohl doch eher ein verliebter „Bist-du-noch-da?"-Anruf war. Xenia versuchte sich für Judith zu freuen, dass deren Ehe nach all den Jahren noch so intakt und lebendig war, aber einen kleinen Stich versetzte es ihr schon. Sie und Leonhard hatten nicht einmal sieben Jahre durchgehalten und die meiste Zeit davon war – äh, nun ja. Vorbei eben.

„Gibt's noch was von dieser köstlichen süßsauren Chilisoße?", fragte Claudia in das drückende Schweigen hinein und häufte sich eine Portion Nudelsalat auf ihren Teller.

„Hier. Magst du auch noch ein Würstchen?" Veronika

nutzte die Gelegenheit, um ebenfalls zur Tagesordnung überzugehen.

„Na, was steht denn nun in euren Briefen?", brachte Xenia sie gnadenlos aufs Thema zurück. Sie war viel zu neugierig, um sang- und klanglos einfach darüber hinwegzugehen!

„Was steht denn in deinem?", fragte Claudia statt einer Antwort und stopfte sich Nudeln mit Chilisoße in den Mund.

„Ach, na ja, lauter Kinderzeugs!" Xenia lachte und zuckte die Achseln. Sie glättete den zerknüllten Zettel und las die Passage mit Cat Stevens und James Coburn vor und dann noch die Stelle mit dem Reinhard-Seminar und Hollywood. Das, dachte sie, war unverfänglich genug.

Aber Claudia fragte sofort: „Na und, warum bist du nicht Schauspielerin geworden? Hat's mit der Aufnahmeprüfung nicht geklappt?"

„Erwischt!" Xenia schnitt eine Grimasse. „Nein, im Ernst, meine Mutter hat mir nicht erlaubt, es überhaupt zu versuchen. Sie hätte es sich nicht leisten können, mich studieren zu lassen, und außerdem – Schauspielerin?! Viel zu unsichere Sache! Sie hat mich überredet, in einer Bank zu arbeiten."

„In einer Bank?", wiederholte Veronika überrascht. „Ich hab geglaubt, du bist Kirchen-Dingsda!"

„Das kam erst später", berichtigte Xenia. „Nach meiner Bekehrung."

Judith hatte inzwischen ihr verliebtes Gezwitscher beendet und gesellte sich wieder zu den anderen. „Wer hat wen wozu bekehrt?", fragte sie und verstaute ihr Handy.

Xenia verdrehte die Augen.

„Ich hab mich zu Gott bekehrt", erklärte sie ungeduldig. „Und erst danach hab ich die Ausbildung zur Pastoralassistentin gemacht und in der Bank aufgehört. Und jetzt lest auch ihr mal was vor!"

„Na gut, bitte." Claudia kratzte die letzten Reste des

Nudelsalates zusammen und las mit pathetischer Stimme: „*Wenn ich meinen Schülern wirklich ein Vorbild sein will, darf ich niemals vergessen, wie es ist, jung zu sein – mit all den Schmerzen und Unsicherheiten des Erwachsenwerdens, aber auch mit der unbändigen Freude und dem Hunger nach Leben. Es ist schwer, sich wie ein Kind behandeln lassen zu müssen, wenn man im Inneren schon die geistige Reife der erwachsenen Frau verspürt …*'"

„Oh Mann, hör auf!", japste Judith. „Wo hast du denn *das* abgeschrieben?"

„Die *geistige Reife der erwachsenen Frau*!", quiekte Xenia. „Oder was wir damals eben dafür gehalten haben! Das ist ja zum Schreien komisch! Hast du noch mehr davon?"

„Klar, jede Menge!", grinste Claudia und drückte den Zettel an ihre Brust. „Aber manches davon ist privat." Sie zeigte auf Judith. „Jetzt du!"

Judith schloss schützend die Hände um ihren Brief. „Lieber nicht", bat sie. „Ich muss erst drüber nachdenken. Vielleicht morgen." Sie wandte sich an Veronika: „Ich würde jetzt ganz gern schlafen gehen – ich hatte eine ziemlich anstrengende Woche."

„Okay, ich zeig euch eure Betten!" Bereitwillig stand Veronika auf. Sie war dankbar für die Unterbrechung. Hoffentlich fiel es keinem auf, dass sie nun auch nichts vorgelesen hatte!

7. Kapitel

Die Nacht war heiß, und in dem kleinen Zimmer, das Xenia mit Claudia teilte, war es trotz des offenen Fensters stickig. Xenia konnte nicht schlafen. Draußen neben dem

Feuer waren sie von lästigen Stechmücken weitgehend verschont geblieben, aber hier im Zimmer glaubte sie ständig das Krabbeln winziger, hauchdünner Beine auf der Haut zu spüren, und das nervtötende hohe Summen erklang neben ihrem Ohr.

Unter ihr im unteren Stock des Bettes schlief Claudia. Sie atmete tief und gleichmäßig. Genau genommen schnarchte sie. Beneidenswert!

Xenia zog die dünne Decke über ihr Ohr. Das Schnarchen war trotzdem noch zu hören, aber wenigstens fühlte sie sich vor dem entsetzlichen Mücken-Sirren geschützt. Sie grub das andere Ohr in das Kissen und versuchte zu schlafen.

Patsch! Ein plötzlicher Juckreiz ließ sie hochfahren und auf ihr Bein schlagen. Das Bett wackelte. Ob sie den Übeltäter, der sie gestochen hatte, erwischt hatte, konnte sie im Dunkeln nicht sehen. Jedenfalls kratzte sie sich schon mal. Claudia im unteren Bett quittierte die Erschütterung mit einem Extra-Schnarcher und drehte sich um.

So konnte es nicht weitergehen. Die kleinen Blutsauger fraßen einen ja bei lebendigem Leib auf! Vor dem Abendessen hatten sie sich alle mit einer Anti-Mücken-Creme eingeschmiert, aber offenbar ließ die mückenvertreibende Wirkung des Duftes jetzt nach. Die Tube musste doch noch irgendwo sein – im Wohnzimmer oder draußen auf der Veranda?

Xenia beschloss aufzustehen. Claudia hatte mit der Begründung, ihr Bein sei eingeschlafen, das untere Bett für sich beansprucht und Xenia das obere überlassen. Zum Glück drang genug Mondlicht durch das Fenster, sodass Xenia die Leiter leicht fand. Leise stieg sie hinunter und schlich aus dem Zimmer. Claudia schnarchte ungerührt weiter.

Die Anti-Mücken-Creme lag draußen auf der Veranda. Nach der stickigen Hitze in dem kleinen Zimmer war die klare Nachtluft hier draußen eine Wohltat. Xenia beschloss, wenn sie nun schon wach war, einen kleinen Spaziergang im Mondenschein zu machen. Wie oft hatte sie schon Gelegenheit, die Natur zu genießen, überhaupt bei Nacht?

Wenig später verließ sie bekleidet mit Jeans, T-Shirt und Schuhen (und sehr viel Anti-Mücken-Creme) die Hütte. Der Himmel war samtschwarz und sternenübersät. Ein tief stehender halber Mond spendete ein bisschen Licht und ein kühles Lüftchen streichelte die Haut. Die Bäume raschelten leise. Sonst hörte man nur ein paar unermüdliche Grillen zirpen und von Ferne den Ruf der Unken. Xenia breitete die Arme aus und atmete tief ein. Ein seltenes Gefühl von Freiheit überkam sie. Es geschah nicht oft, dass sie für nichts und niemanden verantwortlich oder zuständig war, und eigentlich war das zur Abwechslung auch mal ganz angenehm!

Sie wanderte den kleinen Trampelpfad entlang, der zwischen dichten Büschen und Hecken in Richtung Donau führte. Bald trat sie auf den Uferweg hinaus. Breit wie ein See lag der träge dahinplätschernde Strom vor ihr. Es roch nach Wasser und Algen. Das Mondlicht glänzte auf dem schwarzen Fluss. Der Sternenhimmel war überwältigend. Xenia liebte den nächtlichen Himmel, weil er so unendlich weit war. Jedes irdische Problem wurde vor diesem Anblick winzig klein, und außerdem fühlte sie sich direkt mit der Größe Gottes verbunden, der diesen Himmel erschaffen hatte.

Sie marschierte ein Stück flussaufwärts und genoss die Nacht. Als sie sich der Sandbank näherte, hörte sie plötzlich Geräusche. Es klang wie Seufzen oder Stöhnen und dazwischen Platschen und Plumpsen. Neugierig schlich sie näher.

Auf der Sandbank war jemand.

Eine Gestalt lief am Ufer auf und ab, bückte sich wiederholt und schleuderte mit aller Kraft Steine in den dunklen Fluss. Dazu stöhnte oder fluchte sie unterdrückt.

Die Gestalt war Judith.

Xenia kletterte die Uferböschung hinunter, zog die Schuhe aus, krempelte die Hosenbeine auf und watete durch das seichte Wasser zur Sandbank. Sie musste aufpassen, auf den schlüpfrigen Steinen nicht auszurutschen. Dann stand sie hinter ihrer Freundin, die sie nicht kommen gehört hatte.

„Hallo, Judith! Eine herrliche Nacht, nicht wahr?"

Judith fuhr herum, als ob man sie bei etwas Verbotenem ertappt hätte. Schnell wischte sie sich mit dem Ärmel übers Gesicht und stotterte „H-hallo!"

Xenia konnte Judiths Gesicht im schwachen Mondlicht nicht deutlich sehen, aber an ihrer brüchigen Stimme erkannte sie, dass Judith geweint haben musste. Instinktiv legte sie den Arm um ihre Schultern, wie sie es auch als Jugendliche schon oft getan hatte. Judith ließ es geschehen. Sie zitterte.

„Was ist los?"

„Nichts." Gleichzeitig strafte Judith sich selbst Lügen, indem sie in Tränen ausbrach. Sie vergrub ihr Gesicht in den Händen und schluchzte. Xenia umarmte sie schweigend.

Nach ein paar Minuten beruhigte sich Judith so weit, dass sie wieder sprechen konnte.

„Es ist … wegen dem, was ich da geschrieben habe", brachte sie stockend hervor. „Ich hätte nicht gedacht, dass es … äh, mir so nahe gehen würde."

Xenia nickte verstehend. Sie setzten sich auf die flachen Steine der Sandbank und schauten auf den dunklen Fluss hinaus.

„Möchtest du's mir erzählen?" Die Seelsorgerin in Xenia ließ sich nicht unterdrücken. Aber Judith schien sowieso keine Aufforderung zu brauchen.

„Die Wahrheit!", stieß sie hervor. „Ich … ich hab nicht mehr gewusst, dass mir die Wahrheit so wichtig war!" Sie riss den zerknüllten Zettel aus der Brusttasche ihrer Bluse und glättete ihn. Das Licht war natürlich viel zu schwach zum Lesen. Offenbar konnte Judith den Satz bereits auswendig: „*Vor allem lass nicht zu, dass eine Lüge dein Leben zersetzt! Heimlichtuerei ist wie ein schleichendes Gift, das das Denken verdunkelt und die Angst im Herzen nährt.*'" Sie kicherte nervös. „Ich weiß nicht, was wir damals in Deutsch grad gelesen haben – es muss Goethe oder so was gewesen sein, weil wir uns alle derartig schwülstig ausgedrückt haben!"

Xenia sagte nichts. Sie grübelte darüber, warum Judith mit 15 einen solchen Satz geschrieben haben mochte. Hatte sie ein dunkles Geheimnis zu verbergen gehabt? Die Familie hatte nach außen hin immer so perfekt gewirkt – wer weiß, was da unter der schönen Oberfläche alles vertuscht werden musste! Eine schwere Bürde für ein wahrheitsliebendes junges Mädchen … Xenia wartete, ob Judith ihr die Sache näher erläutern wollte.

„Und jetzt", fuhr Judith erregt fort, „jetzt mach ich das selber – Heimlichtuerei, vertuschen, beschönigen … meine Kinder leben meinetwegen mit einer Lüge! Ich lüge allen etwas vor!" Und zögernd setzte sie hinzu: „Vielleicht sogar mir selbst …" Sie versank in dumpfes Grübeln.

Xenia wartete schweigend. Ihre Gedanken überschlugen sich und malten sich alle möglichen düsteren Heimlichkeiten aus. Ihre Neugierde ließ sich kaum beherrschen, aber sie zwang sich zur Ruhe. Es war offensichtlich, dass Judith Qualen litt. Wenn sie sie jetzt allzu forsch zum Reden drängte, verschloss sie sich womöglich ganz.

O Herr, betete Xenia im Stillen, *hilf mir, jetzt das Richtige zu sagen. Hilf mir, nicht blöd draufloszuquatschen! Rede du mit ihr, gib du ihr, was sie braucht!*

Es kostete sie ganz schön Überwindung, Judith nicht zum Weitersprechen zu ermuntern. Lange Zeit saßen sie so nebeneinander, lauschten dem Plätschern der Wellen und starrten in die Dunkelheit hinaus. Schließlich legte Xenia ihren Arm um Judiths Schultern, um der Freundin das Gefühl zu vermitteln, dass sie geborgen und geliebt war.

Es überraschte sie nicht, dass Judith daraufhin erneut zu weinen begann. Das Gefühl, geborgen und geliebt zu sein, war eine solch seltene Kostbarkeit geworden, dass es sie einfach überwältigte. Judith lehnte den Kopf an Xenias Schulter und schluchzte in ihr T-Shirt. Die Dunkelheit, die ungewohnte Umgebung und die alte Vertrautheit aus längst vergangenen Tagen machten es ihr möglich, sich auf diese Weise fallen zu lassen. Unter anderen Umständen – wahrscheinlich hätte es schon genügt, wenn es etwas heller gewesen wäre – hätte Judith niemals derart ihre Beherrschung aufgegeben.

Xenia umarmte sie. Es war leicht, sie zu lieben. Sie hatte Judith schon geliebt und vor der bösen Welt beschützt, als sie noch Kinder gewesen waren, und dieser Gefühlsausbruch jetzt war ein Vertrauensbeweis, der das Band zwischen ihnen erneuerte.

Endlich beruhigte sich Judith ein bisschen. Sie hatte kein Taschentuch, also zog sie durch die Nase hoch und wischte sich das Gesicht mit dem Ärmel ab.

„Meine Ehe ist am Ende", brachte sie mit zitternder Stimme hervor.

„Was?", platzte Xenia unüberlegt heraus. „Aber dein Mann hat doch vorhin so lieb ...!" Im nächsten Moment schlug sie sich die Hand vor den Mund. Sie und ihr schnelles Mundwerk! Sie hätte sich ohrfeigen können. Aber es war schon zu spät.

„Der Anruf, meinst du?", seufzte Judith. Xenia nickte in der Dunkelheit. *Der zärtliche „Bist-du-noch-da"-Anruf, um den ich dich so beneidet hab ... Dann waren's wohl doch nur die Kinder?*

„Das war nicht mein Mann", flüsterte Judith. „Das war ... ein Freund."

„Oh!" Auch dieser überraschte Ausruf rutschte Xenia unbedacht heraus. Verflixt, sie wollte doch auf ihr Mundwerk achten! Aber es überraschte sie wirklich, was Judith da sagte. Nicht der Mann? Nicht die Kinder? Ein „Freund"?

„Ich weiß, was du jetzt denkst", murmelte Judith mit gesenktem Kopf. „Du denkst, Judith hat einen Liebhaber." Sie senkte den Kopf noch tiefer und fuhr leise fort: „Aber das stimmt nicht."

Diesmal schaffte Xenia es, nichts zu sagen. Sie legte nur wieder ihren Arm um Judith. Fast hätte sie den nächsten Satz nicht gehört, weil Judith nur noch flüsterte:

„Ich habe mehrere."

8. Kapitel

Xenia musste sich diesmal erst gar nicht auf die Lippen beißen, denn es verschlug ihr die Sprache – und das kam selten vor. Was hatte Judith da gesagt? Ihre kleine, ängstliche, schüchterne Judith?! Sie musste sich räuspern, bevor sie die Sprache wiederfand.

„Besonders glücklich scheint dich das aber nicht zu machen!"

„Ja, blöd, nicht?" Judith lockerte Xenias Umarmung und wischte sich eine Träne aus dem Augenwinkel. Sie warf ihr Haar in den Nacken, als könnte ihr das helfen, sich wieder unter Kontrolle zu bringen. Ihre Stimme klang etwas fester, als sie versuchte, sich über sich selbst lustig zu machen. „Andere würden sich alle Finger lecken – ein reicher Mann *und* ein paar Lover, klingt doch toll. Nur ich sitze hier und heule!" Sie schüttelte den Kopf. „Mir kann man's nicht recht machen."

„Du hättest lieber klare Verhältnisse", half Xenia vorsichtig nach, die nicht vergessen hatte, was Judith zum Thema „Wahrheit" gesagt hatte.

„Stimmt. Eigentlich *hasse* ich jede Form von Heimlichtuerei. Ich versteh gar nicht, wie ich in so eine Situation geraten konnte ..." Sie verstummte.

„Möchtest du's erzählen?", fragte Xenia. „Von Anfang an? Zeit haben wir ja genug, oder?"

Judith presste ihre Lippen zusammen und nickte.

*

Wien, 1978

„Ich habe mich entschieden, Vati. Ich möchte Kunstgeschichte studieren." Das junge Mädchen mit dem langen dunklen Pferdeschwanz sah ihrem Vater fest in die Augen. Es entging ihr nicht, dass sein kantiges Gesicht noch ein bisschen verschlossener wurde, deshalb fügte sie schnell hinzu: „Ach komm, Vati, du hast doch eh den Christoph! Der kann dein Nachfolger werden! Mädchen sind doch eh zu blöd für so was!" Sie setzte sich auf seine Knie und umschlang seinen Hals. Gegen seinen Willen musste Dr. Kunz schmunzeln. Seine Tochter konnte ihn wirklich um den Finger wickeln!

„Du bist nicht zu blöd, um Medizin zu studieren!", protestierte er schwach.

„Na ja, zu blöd vielleicht nicht", schränkte sie ein und schmiegte sich an ihn. „Aber mir wird schlecht, wenn ich Blut seh. Und ich hab keine Geduld mit Kranken. Nein, das ist nichts für mich! Ich will nur schöne Sachen sehen. Kunst eben!"

Dr. Kunz seufzte. „Schöne Sachen sehen und von Vatis Erbe leben, ja?"

„Oh nein!" Judiths große Augen warfen ihm einen vorwurfsvollen Blick zu. „Ich werde natürlich arbeiten! In einem Museum oder besser noch, in einem Auktionshaus!"

„Natürlich. Und du glaubst, die zahlen dir genug, um

einen solchen Lebensstil zu finanzieren?" Dr. Kunz deutete mit dem Kinn auf die erlesene Einrichtung der eleganten großen Stadtwohnung – der furnierte Sekretär, die Glasvitrine mit dem feinen Porzellan, der Perserteppich. Er gab Judith einen Klaps. „Aber du bist ein fesches Mädel, du kannst ja reich heiraten", meinte er resigniert und schob sie von seinen Knien.

Zwei Jahre später machten er und seine Frau sich jedoch langsam ernste Sorgen, was das betraf. Judith war inzwischen zwanzig und sie führte zwar ein reges Gesellschaftsleben – aber mit was für einer Gesellschaft! Junge Leute in bunt geringelten Schlabberpullovern und mit wilden Afro-Frisuren, sodass man häufig gar nicht wusste, ob man einen Jungen oder ein Mädchen vor sich hatte. Oder dünne, bebrillte Kinder, die die Bezeichnung „Mann" noch nicht verdient hatten und die voller weltveränderndem Idealismus, jedoch bar jeglicher finanzieller Mittel waren. Jedenfalls war nicht ein einziger junger Mann dabei, der ernsthaft als Heiratskandidat in Frage gekommen wäre.

Christoph, Judiths jüngerer Bruder, hatte inzwischen auch die Schule abgeschlossen und – als wahrhafter Spross einer alteingesessenen Ärztedynastie – mit dem Medizinstudium begonnen. Er brachte auch bald die „richtige" Art von Freunden nach Hause, aber Judith schien sich für die Freunde ihres kleinen Bruders nicht im Mindesten zu interessieren.

Letztendlich griffen die Eltern Kunz zur Selbsthilfe und begannen jeden dritten Montag im Monat eine Gesellschaft zu geben. Schließlich hatten sie eine Menge Freunde, Bekannte und Kollegen mit aufstrebenden jungen Söhnen im passenden Alter, die einmal die Arztpraxen, Rechtsanwaltskanzleien und Steuerberatungsbüros ihrer Väter übernehmen würden – da würde doch wohl was Geeignetes dabei sein!

Aber Judith widerstand allen Bemühungen. Keiner der eleganten Alexanders, Roberts und Georgs konnte ihr

Herz gewinnen, und die Eltern Kunz waren nahe daran zu resignieren.

*

„Warum?“, fragte Xenia, als Judith mit ihrer Erzählung an diesen Punkt gekommen war. „Wieso hat dir denn keiner gefallen? Hunderte Mädchen wären doch heilfroh gewesen, wenn ihre Eltern ihnen eine Auswahl begehrenswerter Junggesellen auf dem Silbertablett serviert hätten!“

Bei der Vorstellung eines Jünglings auf einem Silbertablett musste Judith ein bisschen grinsen. Dann zuckte sie die Schultern. „Ich weiß nicht ... es war nicht so, dass mir keiner gefallen hätte ... ich glaube, ich hatte einfach Angst, dass ich *ihnen* nicht gefalle!“

„Warum denn das?“, fragte Xenia perplex. Die Idee, dass die hübsche, intelligente Judith mit ihren feinen Manieren einem Mann nicht gefallen könnte, war abwegig!

„Hmm ...“ Judith überlegte. „Wenn du mich so fragst ... ah, doch, ich hab's! Weil ich nicht Klavier spielen konnte!“

„Waaas?“ Xenia versuchte im Dunkeln einen Blick auf Judiths Gesicht zu erhaschen. „Jetzt machst du dich aber über mich lustig, oder?“

„Nein, ehrlich! Bei diesen Montagsgesellschaften wurde immer wieder gesungen oder getanzt und irgendwer hat dann immer Klavier gespielt ... Nicht nur die Jungen, auch die Mädchen ...“

„Waren denn noch andere Mädchen eingeladen?“

„Na sicher! Das hätte doch blöd ausgesehen, nur ich und ein Haufen Männer. Ich glaube übrigens, dass auf diesen Treffen mindestens drei Ehen gestiftet wurden. Bloß nicht meine eigene! Ich hatte immer panische Angst, dass jemand *mich* auffordern könnte, Klavier zu spielen, und dann würden alle merken, dass ich es nicht kann!“

Xenia konnte es nicht fassen. „Das ist doch verrückt! Ich

meine, die große Mehrheit der Menschen kann nicht Klavier spielen. Was ist denn dabei?"

Judith schüttelte den Kopf. „Ich weiß auch nicht. Jetzt, wo du das sagst, klingt es ganz logisch. Aber damals war es schrecklich. Ich hab mich vor diesen Abenden immer schon vorher gefürchtet … Dabei hab ich fünf Jahre lang Klavier gelernt, von 8 bis 13. Aber ich hab es nicht wirklich erlernt. Wahrscheinlich bin ich zu blöd oder unmusikalisch. Und irgendwie bin ich in dem Glauben aufgewachsen, dass ein Mädchen, das zum Klavierspielen zu dumm ist … äh … na ja … dass so ein Mädchen nichts wert ist. Verstehst du?" Ihre Stimme war wieder zu einem Flüstern herabgesunken, und daran merkte Xenia, wie ernst ihr die Sache war.

Wenn Xenia behauptet hätte, dass sie es verstehen konnte, wäre es eine Lüge gewesen, also beschränkte sie sich wieder einmal darauf, den Arm um Judith zu legen.

„Und wie hast du dann deinen Mann kennen gelernt?", fragte sie.

*

Mit 24 schloss Judith, immer noch unbemannt, ihr Studium ab. Von ihren ehemaligen Klassenkameradinnen aus dem Gymnasium trafen inzwischen die ersten Hochzeitsanzeigen und wenig später die ersten Geburtsanzeigen ein – was Judiths Eltern ein bisschen nervös machte. Judith beschloss deshalb, dass es an der Zeit war, die elterliche Wohnung zu verlassen und unabhängig zu werden. Sie fand einen Job als Museumsführerin und eine kleine Wohnung und begann das freie Leben.

Es traf sie völlig unvorbereitet.

Was sie theoretisch gewusst hatte – dass nämlich alles Geld kostete –, wurde plötzlich zur unausweichlichen Realität. Leider hatte sie nicht gewusst, wie *viel* Geld die Sachen kosteten – und wie *wenig* sie verdienen würde.

Allein dass die Wohnung neben der Miete auch noch Betriebskosten verschlang, besonders im Winter, und dass Strom, Gas und Telefon darüber hinaus auch noch extra zu bezahlen waren, überraschte sie. Das Essen reichte nur, wenn sie mittags bei den Eltern aß, und Kleidung oder gar Möbel gab es nur noch zum Geburtstag oder zu Weihnachten.

Nach einem Jahr auf freier Wildbahn war sie reif. Insgeheim verachtete sie sich selbst dafür, aber sie sehnte sich nach dem selbstverständlichen Luxus zurück, den sie in ihrem Elternhaus genossen hatte. Die Montagsgesellschaften hatten mit ihrem Auszug aufgehört, doch als ihre Mutter sie zu einem „netten Abendessen mit einem von Vatis Kollegen" einlud, sagte sie zu.

„Vatis Kollege" war zehn Jahre älter als Judith, gerade Oberarzt geworden und von sehr zurückhaltendem Charakter. Immerhin war er Manns genug, Judith ein paar Tage nach dem Abendessen anzurufen und ins Theater einzuladen. Einladungen in Restaurants, ins Kino und zum Tanzen folgten. Es war nicht nur der gehobene Lebensstil, den Judith so vermisst hatte, sondern durchaus auch Dr. Heinrich Mondels angenehme, stille Art, die sie anziehend fand. Sie heirateten nach einem knappen Jahr. Als Dr. Kunz seine hübsche Tochter endlich zum Altar führen durfte, wo ein standesgemäßer, gut betuchter Bräutigam auf sie wartete, strahlte er genauso wie die glückliche Braut.

Judith und ihr Mann zogen in ein Haus mit Garten in einem noblen Randbezirk von Wien. Den Job als Museumsführerin behielt sie zwar noch, um sich unabhängig zu fühlen, aber hauptsächlich verwendete sie ihr künstlerisches Talent auf die vollendete Einrichtung ihres Hauses. Als pünktlich nach einem Jahr der kleine Roland zur Welt kam, geriet der Museumsjob in Vergessenheit.

*

„Und?“, fragte Xenia. „Bisher klingt doch alles perfekt!“ Sie versuchte, keine Neidgefühle zuzulassen. Judiths Mann schien all das zu haben, was Leonhard nicht gehabt hatte … Verlässlichkeit, Seriosität, einen einträglichen Beruf … Nun ja, aber irgendetwas an ihm schien Judith trotzdem nicht zu gefallen. „Was ist denn passiert? Hat er dich betrogen? Oder geschlagen?“

„Wer? Heinrich?“ Diese Vorstellung war offenbar völlig absurd. „Ich bitte dich! Nie im Leben! Heinrich ist so was von … von zuverlässig …“ Judith fand kein Wort, das die Sache treffender beschreiben konnte.

„Dann hat er dich zu stark eingeschränkt?“

Judith schüttelte langsam den Kopf. „Nein … so könnte man das eigentlich auch nicht sagen … Er war ja nie da. Mein Vater ging in Pension und du darfst raten, wer seinen Posten gekriegt hat! Na ja, und von da an hab ich ihn noch weniger gesehen.“

„Dann hast du den ganzen Tag mit deinen Kindern zu Hause festgesessen?“

Judith zuckte hilflos die Achseln. „Solange die Kinder klein waren, hatte ich meistens ein Au-pair-Mädchen.“ Sie seufzte. „Nein, ich fürchte, ich kann ihm in Wirklichkeit keinen Vorwurf machen … außer, dass er so … so *langweilig* war!“ Sie bäumte sich trotzig auf und schleuderte einen Stein in die Dunkelheit hinaus. Es dauerte ein paar Augenblicke, bis er mit einem Plumps in der Donau versank.

„So langweilig?“ Xenia musste sich jetzt wirklich zusammenreißen. Ach, sie wünschte, das Leben an Leonhard Moorhofers Seite wäre ein bisschen langweiliger gewesen!

„Grrr! Er war so unerträglich spießig!“ Judith wirkte allerdings auch, als ob sie kurz vorm Platzen wäre. „Ohne eine Spur von … von Esprit oder Leidenschaft!“ Sie fuchtelte mit den Händen und rang um Worte. „Es war nicht auszuhalten! Ich fühlte mich neben ihm, als ob ich hundertdrei wäre – meine eigene Großmutter, verstehst du?“

Xenia verstand nicht ganz, deswegen schwieg sie.

„Ich ... ich ...“ Judith versuchte es zu erklären. „Ich war für ihn einfach nur da, aber ... wenn ich ein neues Kleid hatte, oder eine neue Frisur, dann hat er es nicht einmal bemerkt. Also, er hat schon ... na ja, Blumen zum Hochzeitstag gebracht, oder so. Seine Sekretärin hat ihn wahrscheinlich daran erinnert. Aber da war nichts von ... Begehren! Leidenschaft! Ich war für ihn ... wie ein Möbelstück. Ich hab mich überhaupt nicht mehr als Frau gefühlt!“ Sie war so aufgebracht, dass ihr Atem schwer ging.

Xenia hörte schweigend zu. Offenbar konnte es auch in „ganz normalen“ Ehen Probleme geben – Probleme, von denen sie nichts wusste.

„Und dann war da dieser Typ“, fuhr Judith etwas ruhiger fort. Sie stützte den Kopf in die Hände und verstummte.

„Was für ein Typ?“, half Xenia nach.

Judith seufzte. „Das war auf einer Vernissage. Ich wollte mich wieder etwas mehr mit Kunst beschäftigen – wozu hab ich das schließlich studiert? – und hab angefangen, Ausstellungen und Vernissagen zu besuchen, einfach um erst mal Kontakte zu knüpfen und Leute kennen zu lernen, die in der Kunstszene wichtig sind. Na ja, und dann war da dieser junge Künstler – er nannte sich Rex, obwohl das natürlich nicht wirklich sein Name war ...“ Judith raufte sich die Haare. „Er war eigentlich überhaupt nicht attraktiv ... genau genommen fand ich ihn sogar hässlich, er war sehr kräftig gebaut, richtig dick, und hatte langes Haar, was ich bei Männern nicht ausstehen kann – aber er war so voller *Leben*! So selbstbewusst, so vital! Bei ihm habe ich mich wieder lebendig gefühlt. Begehrt, attraktiv, wie eine Frau eben! Es war so ein Unterschied! Na ja ... so hat es angefangen.“ Sie seufzte, als ob das Erzählen sie erschöpft hätte.

Xenia schwieg. Was sollte sie ihrer Freundin sagen? Dass Ehebruch ein Unrecht war? Überhaupt gegenüber einem Ehemann, der nichts anderes verbrochen hatte als ein Spießer zu sein? Nun, Judith litt so offensichtlich – eine

Moralpredigt war wahrscheinlich das Letzte, was sie noch brauchte.

„Warum bist du trotzdem so unglücklich?“, fragte sie sanft, ohne sich auf irgendwelche weiteren Details über gegenwärtige oder verflossene Liebhaber einzulassen.

Judith seufzte, rang nach Worten, schüttelte den Kopf, setzte wieder an, hob hilflos die Hände und brachte endlich ein paar Worte hervor: „Es ist falsch!“

Xenia nickte in die Dunkelheit und verkniff sich eine Predigt.

„Ich meine, natürlich war es von Anfang an falsch“, fuhr Judith fort. „Aber es hat sich so gut angefühlt! Heinrich hat sowieso nichts davon gemerkt. Er war sogar froh, wenn ich öfter ausging, denn da musste er kein schlechtes Gewissen haben, dass er mich so oft allein ließ. Ich habe ja schließlich niemandem wehgetan, oder? Es war so gut, wieder zu leben! Es war toll, wieder eine Frau zu sein, auch mit 40 noch! Eine Wirkung auf Männer zu haben, sogar auf junge Männer ... Und es hat ja niemandem geschadet, im Gegenteil, ich war viel glücklicher und ausgeglichener ...“ Sie seufzte wieder. „Ich habe ihn verlassen“, flüsterte sie dann.

„Den Künstler?“, fragte Xenia wider besseres Wissen.

„Heinrich“, murmelte Judith mit zusammengebissenen Zähnen. „Ich habe mir eine Wohnung genommen. Und bevor du fragst: Die Kinder hab ich ihm überlassen.“

9. Kapitel

Trotz des warmen Sommerwetters tagsüber wurde es in der Nacht doch noch recht kühl. Als Xenia endlich wieder in ihr Stockwerkbett kletterte, war es fast vier Uhr früh. Sie fröstelte. Zähneklappernd zog sie sich die dünne Decke über die Ohren. Wenigstens war es jetzt nicht mehr so stickig im Zimmer. Unter ihr schnarchte Claudia ungestört vor sich hin.

Xenia fand, dass sie sich ganz gut geschlagen hatte. Sie hatte ihre Zunge im Zaum gehalten und – ganz christlich – Judith weder verurteilt noch Moral gepredigt. Aber in ihrem Inneren tobten die Gefühle und ein paar davon waren bestimmt nicht sehr christlich: Missbilligung, Verachtung, Mitleid ... und Neid.

Judith hat doch wirklich alles, was man sich nur wünschen kann, dachte sie eifersüchtig. Na ja, zumindest alles, was Xenia sich gewünscht hatte: einen netten, zuverlässigen Mann, der regelmäßig Geld nach Hause brachte und gut zu den Kindern war. (*Vielleicht kann ich ihn ja haben, falls Judith sich scheiden lässt? Pfui, Xenia! Das war jetzt aber wirklich ein abscheulicher, egoistischer Gedanke!*)

Und trotzdem war Judith nicht glücklich. Das Leben, das sie jetzt führte, in ihrer eigenen Wohnung, mit ihrem kleinen Galerie-Job, aber doch noch von Heinrichs Geld abhängig (*Der Mann hatte aber auch eine Eselsgeduld! Warum drehte er ihr nicht einfach den Geldhahn zu? Pfui, schon wieder dieser Neid ...!*), also, dieses Leben war eine Lüge. Und das wusste Judith auch. Ihre armen Kinder versuchten die Illusion aufrechtzuerhalten, dass ihre Mutter nur vorübergehend fort wäre, auf Urlaub oder so, indem sie niemandem von ihrem Auszug erzählten. Nicht ihren Freunden, nicht ihren Lehrern und schon gar nicht Mamis Bekannten. Wenn jemand anrief, sagten sie, Mami sei „gerade nicht zu Hause“, und wenn derjenige nicht lockerließ, gaben sie ihm einfach Judiths Handynummer. Xenia empfand Mitleid mit Judiths Kindern. Es musste eine große Belastung für sie sein, mit so einer Lüge zu leben. Und es war eine Last für Judith, dass sie ihre Kinder in diese Lage gebracht hatte.

Xenia wälzte sich herum. Wenigstens schienen die Stechmücken endlich schlafen gegangen zu sein. Warum ging Judith nicht einfach nach Hause, entschuldigte sich bei Heinrich und fertig? Aber so einfach liefen diese Dinge nicht, das wusste Xenia aus eigener Erfahrung. Ach, Leonhard ... Sie seufzte tief und dann schlief sie endlich ein.

*

Veronika erwachte vom Zwitschern der ersten Vögel, die die aufgehende Sonne begrüßten. Es war noch sehr früh. Von Judith, die in Großvaters Bett über ihr schlief, kam noch kein Lebenszeichen. Veronika stand leise auf und schlich in die Küche. Sie lauschte an der Tür des anderen Zimmers, aber außer einem gleichmäßigen Schnarchen war auch von Claudia und Xenia noch nichts zu hören.

Veronika schlüpfte in ihren Frotteemorgenmantel und trat auf die Veranda hinaus. Der Morgen war frisch und klar. Die frühe Sonne warf ein goldenes Licht auf die Blumen und ließ die Tautropfen funkeln. Veronika tappte barfuß die Treppe hinunter, machte ein paar Schritte im kühlen, feuchten Gras und genoss das Gefühl von Sonne, Tau und Sonntag. Hinter dem Blumenbeet, in dem die Pfingstrosen sich anschickten ihre Blüten zu öffnen, hatte sie einen geheimen Platz, der ihr schon als Kind gehört hatte. Da um diese frühe Zeit nicht damit zu rechnen war, dass jemand sie störte, zog sie einen magischen Kreis um sich, kniete sich in die feuchte Wiese und vollzog ein ausgiebiges Morgenritual. Sie begrüßte das Licht und die Luft und ihre spirituellen Begleiter und dankte den Mächten von Himmel und Erde für diesen herrlichen Tag. Dann meditierte sie ein bisschen, um ihre Energien zu zentrieren. Als sie schließlich den Kreis auflöste, war es halb acht und in manchen der umliegenden Gärten regten sich die ersten Stimmen.

Veronika schlich auf Zehenspitzen in die Küche, um

Kaffee zu kochen. Zu ihrer Überraschung traf sie dort auf Claudia, die bereits sorgfältig frisiert und fertig angezogen war (das rote Kostüm von gestern, aber mit einer frischen Bluse) und den Inhalt von Veronikas Kühlschrank inspizierte.

„Guten Morgen", grüßte Veronika leise, um die beiden anderen nicht zu wecken.

„Ah, da bist du ja!" Claudia fand solche Vorsicht offenbar nicht nötig und fragte in normaler Lautstärke: „Guten Morgen! Hast du vielleicht ein Stück Speck?"

Veronika schüttelte den Kopf. „Ich bin Vegetarierin."

„Schade! Darf ich denn ein paar Spiegeleier braten?"

„Natürlich, gern. Soll ich das machen?"

„Lass nur, ich mach es. Sag mir nur, wo du Öl hast."

Veronika gab ihr das Gewünschte und bereitete den Kaffee vor.

Da weder Judith noch Xenia sich von dem Getöse in der Küche aufwecken ließen, frühstückten sie zu zweit auf der Veranda unter den Weinranken. Claudia vertilgte mit Genuss drei Spiegeleier und mehrere Marmeladentoasts, dazu Orangensaft und Kaffee und erzählte ein paar Anekdoten aus ihrer Schule. Veronika entspannte sich. Sie merkte plötzlich, dass es ihr in ihrer Jugend stets Stress verursacht hatte, mit Claudia alleine zu sein. Claudia war schon immer so gebildet gewesen, sehr belesen und eine gute Schülerin, dazu noch gut gekleidet und einfach rundherum perfekt – also alles, was Veronika nicht war. Oder war es nur Claudias oberlehrerhafte Art, die in Veronika das Gefühl weckte, weniger klug, schön und wertvoll zu sein? Na ja, oberlehrerhaft war Claudia immer noch (jetzt sogar zu Recht), und ein bisschen besserwisserisch wohl auch, aber ihr zuzusehen, wie sie mit sichtlichem Vergnügen Unmengen von Essen in sich reinschaufelte, tat Veronika gut. Es machte Claudia irgendwie – menschlicher.

Nach dem Frühstück unternahmen sie einen kleinen Spaziergang zur Donau hinunter und streckten die Zehen ins Wasser, aber es war zum Baden zu kalt. Als sie zurückkehrten, war immerhin wenigstens Xenia schon aufgestanden und machte mit einer Tasse kaltem Kaffee eine Runde durch den Garten.

Erst als sie bereits das Mittagessen vorbereiteten, erschien auch Judith mit verquollenen Augen und zerstrubbelter Frisur. Sie schien nicht besonders gut geschlafen zu haben. Halt suchend umklammerte sie ihre Kaffeetasse und schwieg, während die anderen sich beim Salatschneiden unterhielten.

„Ich finde es schön, dass ihr alle gekommen seid“, wagte Veronika einen Vorstoß. „Und ich hoffe, dass wir uns diesmal nicht so bald wieder aus den Augen verlieren!“

Zustimmendes Gemurmel.

„Diese Briefe …“, meinte Xenia nachdenklich. „Also, ich weiß nicht, wie's euch geht, aber ich bin wirklich überrascht. Ich hätte nicht gedacht, dass ich … hm, wie soll ich sagen? Dass ich in meiner Naivität schon so schlau gewesen bin. Ich hab mit 15 schon genau gewusst, was für Fehler ich später einmal machen werde. Wie konnte ich das damals schon wissen? Und wieso habe ich die Fehler dann trotzdem gemacht? Was wäre passiert, wenn ich diesen Brief zehn Jahre früher in die Finger bekommen hätte?“

Sie blickte in die Runde. Die anderen senkten betreten den Blick.

„Na ja, nicht alles läuft so, wie man sich's als Backfisch vorstellt!“, gab Claudia zu. „Man muss halt Abstriche machen.“

„Abstriche?!“ Judith meldete sich so heftig zu Wort, dass der Kaffee in ihrer Tasse überschwappte. „Ist das alles? Abstriche? Totalschaden würd' ich das nennen! Oder sagt bloß, ihr habt alles erreicht, was ihr euch erträumt habt, damals!?“ Sie blickte wild um sich.

„Also, einiges hab ich schon erreicht“, wandte Claudia ein, aber Judith unterbrach sie aufgebracht:

„Einiges? Ach ja, du hast sicher immer schon davon geträumt, als männerhassende alte Jungfer mit einem *Dackel* zusammenzuleben!"

Veronikas Magen verwandelte sich in einen Eisklumpen. Plötzlich wünschte sie sich, ganz weit weg zu sein.

„Ich bin nicht alt", zischte Claudia ärgerlich, „und falls es dich interessiert: Jungfrau bin ich auch nicht mehr!"

„Natürlich nicht", fauchte Judith. „Irgendeinen Grund wird es schon geben, warum du die Männer hasst! Und du", fuhr sie an Veronika gewandt fort, „du wolltest sicher immer gern allein erziehende Mutter werden und in einem langweiligen Büro versauern, stimmt's?"

Veronika erbleichte. „Titania ist ein Beltane-Kind", erklärte sie zitternd. „Das ist was anderes. Und wenn mein Vater nicht gestorben wäre ..." Sie verstummte.

„Und Xenia hat wahrscheinlich nur geheiratet, weil sie so scharf drauf war, sich scheiden zu lassen, oder?", brachte Judith ihren Rundumschlag zu Ende, ohne auf den Einwurf zu achten. Sie atmete tief durch und blickte in drei Gesichter, die sie entgeistert anstarrten.

„Ich, ich meine", stotterte Judith, der schlagartig klar wurde, dass sie gerade alle drei Freundinnen beleidigt hatte, „ich meine ... schaut doch *mich* an ... ich hab doch auch alles vermasselt. Was ist denn aus all unseren Träumen geworden? Was ist schief gelaufen?" Ohne Vorwarnung fing sie zu weinen an.

Xenia, die als Einzige wusste, warum Judith so fassungslos war, legte ihr beschwichtigend die Hand auf den Arm.

„Sind wir alle im falschen Film?", stieß Judith hervor und schnäuzte sich in eine Papierserviette. „Warum schaffen wir es nicht, ein bisschen glücklich zu sein? Ich verlange ja nichts Großartiges – nur so ein kleines, alltägliches Glück. Was hindert uns daran?" Sie fuhr sich durch das ungekämmte Haar. „Wenn wir wenigstens einen Feind hätten! Dann ... dann wüsste man zumindest, wo man dran ist! Wisst ihr, so was wie ..., also, Robin Hood hat den Sheriff von Nottingham, Peter Pan hat Käpt'n Hook, und

Harry Potter hat Voldemort.“ Sie zuckte entschuldigend die Achseln. „Meine Tochter liest so was gern. Also, die haben alle einen Erzfeind, der ihnen das Leben schwer macht. Zumindest weiß man dann, wo die Probleme herkommen, und wogegen man kämpfen muss! Da gibt's einen Sündenbock, der an allem schuld ist. Aber wir? Wir schaffen es anscheinend ganz allein, uns das Leben schwer zu machen.“ Sie sackte erschöpft zusammen und starrte die hölzerne Tischplatte an.

Die anderen saßen wie versteinert da. Diesen unerwarteten Ausbruch mussten sie erst einmal verarbeiten.

„Der Teufel“, murmelte Xenia leise. „‚Euer Widersacher geht umher wie ein brüllender Löwe und sucht, wen er verschlingen kann.‘“

„Hä? Was?“, fragte Veronika.

„Steht im ersten Petrusbrief“, erklärte Xenia und fügte hinzu: „In der Bibel. Der Teufel versucht alle Menschen zu verführen und in Unglück und Sünde zu stürzen. *Er* ist unser Feind. Gegen ihn müssen wir kämpfen.“

„Und das glaubst du?“, murmelte Judith matt.

„Ja, das glaube ich“, bekräftigte Xenia.

„Also Moment, das seh ich aber anders“, fiel Veronika ein. „Der so genannte Teufel ist doch nichts als eine Konstruktion der Kirche, um ...“

„Halt, halt!“ Claudia hob die Hand, um die Diskussion abzuwürgen. „Leute, das führt zu weit. So wird das Essen ja nie fertig.“ (Hier musste Veronika trotz der hitzigen Stimmung flüchtig grinsen. Claudia dachte immer zuerst ans Essen!) „Ich denke, was Judith auf ihre etwas eigenwillige Art zu sagen versucht“, Claudia bedachte Judith einen Sekundenbruchteil lang mit einem verächtlichen Blick, „ist, dass wir alle unsere Jugendträume auf die eine oder andere Weise verfehlt haben. Jede von uns hat ihre eigene Methode, das Glück zu suchen, wenn man es so nennen will, aber der Erfolg ist, nun ja, unterschiedlich.“

„Das hast du schön gesagt“, nickte Judith.

„Ich für meinen Teil bin mit meinem Leben nicht unzufrieden", fuhr Claudia fort. „Aber es scheint mir, als ob die Wiederaufnahme unserer Freundschaft nach all den Jahren und besonders diese Briefe bei der einen oder anderen von uns gewisse – äh – Probleme an die Oberfläche gebracht haben, die bisher versteckt oder verdrängt waren."

„Jetzt merkt man erst so richtig, dass du Lehrerin bist", meinte Veronika bewundernd. „Wie druckreif du reden kannst!"

„Nur eine Frage der Übung", wehrte Claudia bescheiden ab. „Was haltet ihr davon, wenn wir uns diese verschiedenen Methoden, glücklich zu werden, einmal in Ruhe genauer anschauen?"

„Was meinst du damit?"

„Na ja, jede von uns hat ihre Strategie und ihre kleinen Tricks und Geheimrezepte, auf die sie schwört. Bei unserem nächsten Treffen könnten wir uns gegenseitig verraten, was wir so tun, um uns glücklich zu fühlen. Wir können vergleichen, was es bringt, und vielleicht sogar voneinander lernen."

„Klingt super!", fand Veronika, der vor allem die Aussicht auf ein „nächstes Treffen" gefiel.

Judith wiegte zweifelnd den Kopf hin und her, aber Xenia stimmte zu: „Vielleicht schaffen wir es sogar, den einen oder anderen Jugendtraum doch noch zu verwirklichen!" Sie lächelte Judith aufmunternd an, aber die lächelte nicht zurück.

„Gut, dann schlage ich vor, dass wir uns wieder hier treffen", bestimmte Claudia. „Ich werde für die Verpflegung sorgen, damit nicht du immer alle einladen musst." Sie sah Veronika an. „Ist dir das recht?"

*

Obwohl Judiths Ausbruch die Stimmung gedämpft und alle etwas nachdenklich zurückgelassen hatte, verlief das

Mittagessen recht friedlich und harmonisch. Nach dem Essen löste sich die Versammlung der alten Freundinnen rasch auf. Xenia hatte ihrer Mutter versprochen, um drei Uhr wieder bei den Kindern zu sein, und Claudia wollte ihre Hunde-Sitterin auch nicht warten lassen. So ließ es sich einrichten, dass Xenia in Claudias rotem Mini nach Wien mitfuhr.

„Also dann, vielen Dank! In vier Wochen kommen wir wieder!“ Xenia umarmte Veronika und Judith und warf ihren Rucksack auf den Rücksitz. Claudia verabschiedete sich ebenfalls und wandte sich dem Auto zu. Was dann geschah, konnte später niemand mehr so genau sagen. Jedenfalls ertönte ein spitzer Schmerzensschrei und im nächsten Augenblick lag Claudia der Länge nach auf der Schotterstraße, hielt sich den Ellbogen und biss sich vor Schmerz auf die Lippe.

10. Kapitel

Mit einem Satz waren die drei Freundinnen neben Claudia, hockten sich rund um sie auf den Boden und halfen ihr vorsichtig, sich aufzusetzen. Claudia stöhnte und rieb sich den aufgeschrammten Ellbogen, auf dem sich Blut mit Staub vermischte. Das kurzärmelige rote Kostüm war an der Hüfte zerrissen und ebenfalls völlig staubig.

„Was ist denn passiert?“

„Bist du gestolpert?“ Besorgt inspizierte Veronika die Schotterstraße, die zwar nicht asphaltiert und daher uneben war, aber kein Hindernis aufwies, das groß genug gewesen wäre, um darüber zu fallen.

„Bist du umgeknickt?“ Xenia fand elegante Pumps für eine Gartenparty sowieso ungeeignet.

„Lass mal den Ellbogen sehen! Ist was gebrochen?“, fragte die Arztfrau Judith.

Claudia schüttelte den Kopf, um alle drei Fragen gleichzeitig zu verneinen, und rieb sich jetzt die Hüfte, die sie sich ebenfalls angeschlagen hatte.

„Mein Bein ist schon wieder eingeschlafen!“, presste sie hervor.

„So schlimm, dass es dich überhaupt nicht mehr trägt?“ Judith schüttelte den Kopf. „Da stimmt doch was nicht. Du gehörst dringend zum Arzt!“

„Unsinn! Es geht schon wieder!“ Die Schmerzen im Ellbogen und in der Hüfte schienen nachzulassen. Claudia versuchte aufzustehen, aber ihr rechtes Bein wollte ihr nicht so recht gehorchen.

„Dringend!“, bekräftigte Judith. „Veronika, wo ist hier das nächste Krankenhaus?“

„In Klosterneuburg.“

„He! Hört mir hier überhaupt irgendjemand zu?“ Claudia versuchte sich vom Boden aus Gehör zu verschaffen, aber all ihre Einwände nützten nichts. Wenig später waren sie alle in zwei Autos unterwegs zum Krankenhaus.

*

„Da habt ihr mir was Schönes eingebrockt!“, jammerte Claudia. Sie saß in einem gelb bezogenen Krankenhausbett, angetan mit einem Krankenhausnachthemd, und schimpfte wie ein Rohrspatz. „Ich lasse nächste Woche in der 7A einen Test schreiben; ich kann meine Zeit nicht hier vergeuden! Was habt ihr euch nur gedacht?“

„Was hat der Arzt gesagt?“, erkundigte sich Judith, ohne auf das Gejammer einzugehen.

„Leichte Prellung und Abschürfung am Ellbogen, Bluterguss an der Hüfte“, murrte Claudia.

„Und warum musst du dann hier bleiben?“, wunderte sich Veronika.

„Der Neurologe will noch irgendwelche Tests machen. Freiheitsberaubung ist das, jawohl!"

„Im Gegenteil! Es wäre fahrlässig, wenn er's nicht täte!", fand Judith.

„Ich bin ja nur froh, dass ihr euch alle einig seid!", giftete Claudia.

„Ist dein Bein denn schon aufgewacht?", erkundigte sich Xenia.

„Ja, ja … zumindest ein bisschen."

„Brauchst du etwas? Sollen wir dir irgendwas bringen?"

„Was wird denn jetzt aus deinem Hund?"

„Um Napoleon kümmert sich die Hunde-Sitterin. Aber vielleicht könnt ihr mir was zu lesen ranschaffen, am besten ein Time-Magazin oder irgendwas Englisches. So kann ich die sinnlos vertane Zeit wenigstens ein bisschen nutzen", brummte Claudia vorwurfsvoll.

„Lieber Himmel, es ist schon vier Uhr vorbei!", stellte Xenia plötzlich entsetzt fest. „Ich wollte doch um drei – na ja, nicht so wichtig."

„Geh nur nach Hause", beruhigte Claudia sie. „Ich schaff das schon allein! Ich bin ein großes Mädchen, weißt du?"

„Es ist schwer, sich wie ein Kind behandeln lassen zu müssen, wenn man im Inneren schon die geistige Reife der erwachsenen Frau verspürt!", zitierte Xenia pathetisch aus Claudias Brief-aus-der-Vergangenheit.

Wie sie es erhofft hatte, mussten daraufhin alle lachen, sogar Claudia.

11. Kapitel

„Ja, hallo?“ Xenia klemmte sich das Handy zwischen Ohr und Schulter und fuhr fort, sich Sätze und Stichworte auf einen Zettel zu notieren. Mit dem anderen Ohr lauschte sie auf Jacob, der endlich eingeschlafen war.

„Hi, hier ist Judith!“

„Hi!“

„Wie geht's?“, begann Judith das Gespräch etwas zögerlich.

„Gut, und dir?“

„Danke. Hast du was von Claudia gehört?“

„Na ja, sie ist gestern entlassen worden, aber sie wissen noch nicht genau, was sie hat. Ihr rechtes Bein ist immer noch ein bisschen taub und kribbelt. Zur Sicherheit geht sie jetzt vorläufig einmal mit einer Krücke. Sie hat sich's trotzdem nicht ausreden lassen, in die Schule zu gehen.“

„Sie war immer schon sehr ehrgeizig, nicht wahr?“

„Ja.“ Xenia schrieb einige Party-Ideen für den Abschlussabend der Ministrantengruppe aus einem Buch ab und hatte noch viel zu tun. „War das der Grund, warum du anrufst?“

„Ja, na ja, nicht nur. Ich ... ich wollte dich eigentlich fragen ... also, wie geht es deinen Kindern damit, dass du ... äh, du und dein Mann ...“

„Du meinst, wie sie die Trennung verkraften?“, half Xenia nach.

„Ja, genau.“

„Willst du dich jetzt scheiden lassen?“ Xenia ahnte, dass Judith in Wirklichkeit nicht so sehr an ihren Erfahrungen interessiert war, sondern sich aussprechen wollte.

„Ich weiß nicht.“ Judith seufzte. „Auf der einen Seite wäre es nur fair, klare Fronten zu schaffen. Aber andererseits ... ich hab gestern meine Tochter gesehen, und ... ach, ich weiß überhaupt nichts mehr.“

Xenia unterdrückte einen Seufzer und schob ihre Papiere beiseite. Das würde ein längeres Gespräch werden. Wenigstens hatte Judith angerufen, so ging das Gespräch auf deren Rechnung.

„Liebst du deinen Mann denn noch?“, fragte sie.

„Frag lieber, ob ich ihn je geliebt habe!“, gab Judith sarkastisch zurück.

„Liebst du dann vielleicht einen deiner aktuellen Freunde?“

„Keine Ahnung. Ich ... ich fühle mich toll, wenn ich mit ihnen zusammen bin ... aber ist das Liebe?“ Judith gab ein Geräusch von sich, das sowohl Lachen als auch Schnauben sein konnte. „Die Wahrheit ist: Ich weiß nicht einmal, ob ich überhaupt weiß, was Liebe ist! Was ist mit dir, weißt *du*, was Liebe ist? Hast *du* deinen Mann geliebt?“

Xenia nahm ihr Handy in die Hand und reckte den Hals, den sie die ganze Zeit schief gehalten hatte.

„Frage eins: Ja, ich glaube schon. Frage zwei: Ich weiß es auch nicht.“

„Was heißt das?“ Judith klang jetzt ehrlich interessiert.

„Ich habe erst verstanden, was Liebe ist, als ich Gott kennen gelernt habe.“ Xenia wählte ihre Worte sorgfältig und wartete, ob sie eine Wirkung haben würden.

„Was meinst du mit ‚kennen gelernt‘?“, fragte Judith skeptisch.

„Na ja, weißt du, früher hab ich – wenn überhaupt – an eine unbestimmte Macht geglaubt, eine Art höhere Energie, die die Welt hervorgebracht hat, und so.“ Xenia wünschte sich, sie könnte ihrer Freundin gegenübersitzen und sie ansehen, während sie ihr diese doch sehr persönlichen Sachen erzählte. Aber was sein musste, musste eben sein, zur Not auch am Telefon. „Doch dann habe ich begriffen, dass Gott eine Person ist – ein Jemand, nicht ein Etwas – und dass ich ihm wichtig bin. Er kümmert sich um mich, er ist immer um mich, und er liebt mich.“

„Das verstehe ich nicht“, gestand Judith. „Wie bist du denn darauf gekommen?“

„Ich war sehr krank“, erzählte Xenia. „Mit 26 hatte ich eine schwere Lungenentzündung, an der ich fast gestorben wäre. So etwas bringt einen schon ins Grübeln. Ich meine, man denkt plötzlich darüber nach, wozu man hier ist, was man hier eigentlich soll und was danach kommt, verstehst du?“

„Hm, ja, schon irgendwie. Aber wie bist du ... äh, ausgerechnet auf *Gott* gestoßen?“

„Warte, das kommt gleich. Also, als ich endlich über den Berg war, war ich abgemagert und sehr geschwächt. Hinzu kam noch – äh, also, ich war damals mit einem Mann zusammen, und dieser Mann hatte sich während meiner Krankheit in meine beste Freundin verliebt.“

„So ein Mistkerl!“, entfuhr es Judith.

„Sie hat ihn immer angerufen, um sich nach mir zu erkundigen“, erklärte Xenia, fast als müsse sie ihre Freundin entschuldigen. „So sind sie sich näher gekommen. Also, du kannst dir vorstellen, dass ich ziemlich am Boden zerstört war ...“

„Allerdings!“

„Mein Leben lag in Scherben vor mir. Beziehung zum Mann kaputt, Beziehung zur Freundin kaputt, Gesundheit kaputt, und was von mir übrig geblieben wäre, wenn ich tatsächlich gestorben wäre, diese Frage war auch noch offen. In diesem Zustand bin ich zur Erholung aufs Land gefahren. Meine Mutter hat mich hingeschickt. Ich hab geglaubt, ich fahre auf einen Bauernhof oder so was, aber in Wirklichkeit war das eine Art Kloster – na, so ein Mittelding aus Kloster und Bauernhof. Ein Hof, der von Nonnen geleitet wird. Ich hab dort nicht nur frische Luft und wahnsinnig viel zu essen bekommen, sondern eine dieser Schwestern hat mich damals quasi adoptiert. Sie hat mich in die gemeinsamen Andachten geschleppt und in den Stall zum Melken mitgenommen. Und weil ich so total fertig war, hab ich ihr früher oder später mein ganzes Elend erzählt."

„Und dann?"

„Daraufhin hat sie mir die erstaunlichste Geschichte erzählt, die ich je gehört habe. Nämlich dass es einen Gott gibt, der das alles von mir weiß und der mich trotzdem liebt. Der sich danach sehnt, mich in die Arme zu nehmen und mich zu heilen und mein Leben in Ordnung zu bringen. Und der mir sogar ewiges Leben anbietet." Xenia musste sich räuspern. Nach all den Jahren überkam sie immer noch die Rührung, wenn sie das erzählte. „Schwester Margarete hat von Gott wie von einem alten Freund gesprochen. Das hatte ich noch nie zuvor erlebt."

„Und *das* hat dein Leben verändert?" Der Sarkasmus in Judiths Stimme war nicht zu überhören.

„Nicht sofort. Ich hab mich gesträubt. Auf der einen Seite war dieses Leben mit Gott schon attraktiv – ich meine, Schwester Margarete hatte eine solche Geborgenheit und Sicherheit wie niemand sonst, den ich kannte. Und mir war gerade der Boden unter den Füßen weggezogen worden. Irgendwie hätte ich schon gern diesen festen Untergrund gehabt, wie es der Glaube bei ihr war. Aber auf der anderen Seite war mir klar, dass ich mein Leben komplett verändern müsste, wenn ich mich darauf einlassen würde. Und das wollte ich dann auch wieder nicht."

„Aber irgendwie ist es dann doch passiert, ja?"

„Ja. Ich weiß nicht genau, wie. Gott hat mich verändert. Ich hab mir das alles angehört – wie Jesus am Kreuz gestorben ist, um für meine Sünden zu büßen und dieses ganze Zeugs, das ich immer für ein makaberes altes Märchen gehalten hatte – und hab nichts verstanden. Nichts! Und trotzdem – ich weiß nicht, wie – ist Gott zu mir gekommen." Jetzt musste sie sich eine verstohlene Träne aus dem Augenwinkel wischen. Doch gut, dass Judith sie nicht sehen konnte. Die würde sie für vollkommen sentimental halten.

Als Judith antwortete, hörte sie sich an, als fragte sie nach den Symptomen einer Ekel erregenden Krankheit: „Und … wie war das?"

„Schwester Margarete hat für mich gebetet, dass Jesus in mein Herz kommen möge oder so. Es war mir wahnsinnig peinlich. Trotzdem bin ich danach in die Kapelle gegangen. Frag mich nicht warum! Ich weiß es nicht. Es war ganz still dort, ich war ganz allein. Draußen war es wolkig an dem Tag, aber plötzlich ist ein Sonnenstrahl durch das bunte Glasfenster gedrungen und hat genau den geschnitzten Jesus vorne über dem Altar angestrahlt. Als wollte er mir zublinzeln. Und dann … ja, ich kann dir nichts anderes sagen als dass ich plötzlich ein solches Gefühl von Geliebtwerden hatte. Es war total überwältigend! Ich hab hemmungslos zu heulen angefangen und konnte überhaupt nicht mehr aufhören. Auf einmal hab ich all meine Fehler gesehen – meine Ichbezogenheit, meine Unzuverlässigkeit, meinen lockeren Umgang mit der Wahrheit, meine Großzügigkeit gegenüber meinen eigenen Fehlern, und so weiter. Ich hab erkannt, dass ich überhaupt nicht so war, wie ich bisher angenommen hatte, so cool und locker und total in Ordnung. Ich war – eine Sünderin. Mir fällt leider kein anderes Wort dafür ein. Und trotzdem, obwohl mir das klar wurde, hab ich mich im selben Augenblick so wahnsinnig geliebt und angenommen gefühlt wie nie zuvor in meinem Leben. Es war total paradox."

„Und du glaubst, dass das Gott persönlich war – nicht vielleicht ein prämenstrueller Gefühlsanfall oder eine psychische Reaktion auf deine Krankheit und die Trennung von deinem Freund?"

Xenia lachte. „Vielleicht sogar alle drei Sachen auf einmal! Aber das Gefühl war das eine. Das andere war, dass mein Leben danach wirklich besser geworden ist. Ich habe mich aus diesem Gefühlsanfall heraus dazu entschlossen, es mit Gott zu versuchen und alles Kleingedruckte in dem Vertrag mit zu unterschreiben. Das hat zum Beispiel bedeutet, nicht mehr die Wahrheit zurechtzubiegen, nicht nur an mich zu denken, meine Fehler einzugestehen, und kein uneheliches Verhältnis mehr. Das Letzte war leicht, denn mein Freund war eh grad weg. Aber komischerweise waren die anderen Sachen auch plötzlich leicht. Ich war wirklich verändert, nicht nur eine Stunde lang an jenem Nachmittag in der Kapelle, sondern dauerhaft."

„Hm." Das kam Judith merkwürdig vor, aber sie wusste nichts dagegen einzuwenden.

„Ich war insgesamt acht Wochen auf Erholungsurlaub. Am Ende war ich so weit, dass ich gedacht habe: Wenn ich den Job in der Bank nicht hätte, würde ich jetzt Theologie studieren."

„Hast du dann gekündigt?"

„Dazu wäre ich zu feige gewesen. Aber stell dir vor – die haben irgendeine Ungereimtheit in meiner Krankmeldung gefunden. Mein Arzt hatte irgendwelche Daten falsch angegeben oder eine Frist versäumt, ich weiß es nicht mehr genau, aber jedenfalls hat die Bank mich gekündigt, weil ich so lange krank war."

Judith zog scharf die Luft ein.

„Wovon hast du denn dann gelebt?"

„Das war das nächste Wunder. Mein Vater, von dem ich im Alter von sieben Jahren zuletzt etwas gehört hatte, hat sich plötzlich an mich erinnert. Er hat zu dieser Zeit zum zweiten Mal geheiratet und seine neue Frau war der Meinung, er sollte sich um mich kümmern. Er hat die ganzen Jahre über kaum jemals Alimente für mich gezahlt, weil er immer schwarz gearbeitet hat und offiziell kein Einkommen gehabt hat, aber seine Frau hat gemeint, dass ich wenigstens einen Teil des Geldes bekommen sollte, das mir zusteht. Und so habe ich unverhofft ein ziemlich dickes Sparbuch in der Hand gehabt. Dadurch konnte ich es mir leisten, die Ausbildung zur Pastoralassistentin zu machen. Und da bin ich jetzt."

„Das hört sich ja alles recht unglaublich an", murmelte

Judith. Dann fiel ihr etwas ein. „Na ja, aber ... deine Ehe? Wieso bist du geschieden, wenn dein famoser Gott jetzt alles für dich regelt?“

Xenia seufzte. Diese Frage hatte ja kommen müssen. „Das war meine eigene Schuld. Gott hat mich gewarnt, aber ich hab geglaubt, ich bin schlauer als er. Jetzt muss ich eben die Folgen tragen.“

„Das klingt alles ziemlich – verrückt“, meinte Judith.

„Na ja, vielleicht gewöhnungsbedürftig“, gab Xenia zu. „Wenn du möchtest, erzähle ich dir gern einmal mehr, aber es ist schon furchtbar spät. Wollen wir uns einmal auf einen Kaffee zusammensetzen?“

„Ja“, sagte Judith. „Gern.“

12. Kapitel

Veronika war mit dem Wiedersehenswochenende ziemlich zufrieden. Abgesehen von Claudias kleinem Unfall war alles wirklich gut gelaufen. Wenn sich vier Leute nach über 20 Jahren zum ersten Mal wieder trafen, konnte schließlich alles Mögliche passieren. Aber sie hatten sich gut verstanden. Veronika fiel es schwer, auf neue Leute zuzugehen, aber sie hatte tatsächlich die alten freundschaftlichen Gefühle wieder verspürt. Es war leichter, sich mit Leuten anzufreunden, die man schon einmal gern gehabt hatte, als mit neuen Menschen.

Nachdem sie Claudia im Krankenhaus abgeliefert hatten – was nach Judiths Meinung höchst überfällig gewesen war –, war Veronika allein nach Altenburg zurückgekehrt. Paul Kronsteiner hatte ihr beim Aufräumen geholfen und sie hatte ihn eingeladen, mit ihr die Reste zu vertilgen. Sie wusste inzwischen, dass er selten kochte und ganz froh war, ab und zu ein „richtiges" Essen zu bekommen. Und sie war froh, einen hilfsbereiten Nachbarn zu haben.

Nun war sie zurück in Wien und wartete auf den Besuch ihrer Freundin Morgana.

„Maaama!" Titania und ihre Freundin Elina stürmten übermütig in die Küche, wo Veronika gerade Kaffee aufgesetzt hatte. „Fahren wir am nächsten Wochenende wieder nach Altenburg?"

„Ja, schon, warum nicht? Das Wetter soll ja schön werden und ich muss den Rasen mähen."

„Kann die Elina mitkommen?"

„Von mir aus gern. Erlaubt es deine Mutter?", wandte Veronika sich an Elina.

„Glaub schon. Kann ich ein Stück Kuchen?" Elina schielte begehrlich nach dem Gugelhupf, den Veronika für Morgana bereitgestellt hatte.

„Haben!", verbesserte Veronika. „Kann ich *bitte* ein Stück Kuchen *haben*!"

„Ja. Kann ich?"

„Na gut." Veronika verdrehte heimlich die Augen. Im Gegensatz zu Titania, die – passend zu ihrem Elfennamen – elfenhaft zart war, war Elina pummelig und pausbäckig und musste ständig was im Mund haben. Veronika schnitt zwei Stücke Gugelhupf ab und legte sie auf einen Teller. Es war ihr völlig klar, dass Titania höchstens einmal abbeißen und Elina letztlich beide Stücke verputzen würde.

„Mama, dürfen wir dann ein Beet anlegen?", fragte Titania.

„Wir wollen Zauberkräuter anpflanzen!", bekräftigte Elina und begann schon mal mit dem Kuchen.

„Hey, das ist aber eine gute Idee! Dass ich nicht selbst darauf gekommen bin!", freute sich Veronika. Wer sagte schließlich, dass sie den Garten genauso lassen musste, wie ihre Großmutter ihn angelegt hatte? „Wir könnten das Tulpenbeet umgraben, denn die sind eh größtenteils schon verblüht."

„Wir machen ein richtiges Hexenbeet!“, begeisterte sich Elina.

„Mit Drachendistel und Basiliskenkraut und Zauberrunkel!“, zählte Titania auf.

„Und Schnittlauch und Kresse“, ergänzte Elina praktisch. „Fürs Butterbrot.“

„Geh, du Schmalspurhexe!“ Veronika stupste Titanias Nase. „Deine Zauberunkräuter gibt’s ja gar nicht! Aber Basilikum und Salbei und Lavendel könnten wir schon anpflanzen. Das wird ein toller Kräutergarten. Da gehen wir dann in Vollmondnächten im Morgentau hinaus und schneiden uns frische Kräuter ab!“

„Und dann kochen wir einen Zaubertrank und können fliegen!“, schwärmte Titania.

„Und den Meier in einen Frosch verwandeln!“, schlug Elina vor. Der Meier war ihr Mathelehrer, mit dem Elina auf Kriegsfuß stand.

Veronika schüttelte belustigt den Kopf. Die metaphysische Dimension der Magie hatten die Kinder noch nicht ganz verstanden.

Während die Mädchen mit ihrer bereits angebissenen Beute abzogen, musste sie an ihren Brief-aus-der-Vergangenheit denken, der seit dem Wochenende auf ihrem Nachttisch lag. Es hatte sie nicht überrascht, dass es darin viel um Freundschaft, Beliebtheit und Anerkennung ging. Schließlich waren das Dinge, mit denen sie immer schon Schwierigkeiten gehabt hatte. Sie war jedoch verblüfft gewesen, wie sehr sie sich damals schon mit der Magie beschäftigt hatte. Wenn jemand sie gefragt hätte, wann sie begonnen hatte, sich mit dem Unsichtbaren zu befassen, dann hätte sie wahrscheinlich als Zeitpunkt den Tod ihres Vaters genannt. Aber offenbar hatte ihr Interesse schon viel früher begonnen. In ihrem Brief war freilich die Rede von Zauberkünsten, die ihr Macht über andere Menschen verleihen sollten – hypnotische Fähigkeiten, um mühelos Freunde zu gewinnen, und beeindruckende Demonstrationen von magischen Kräften, die Angst und Bewunderung hervorrufen sollten. Die kleine, unscheinbare Veronika wollte auch einmal im Mittelpunkt stehen. Nun ja, von der metaphysischen Dimension war in ihrem Brief auch nicht viel zu merken. Anscheinend musste man erst ein gewisses Alter erreichen, um die Welt des Unsichtbaren richtig zu verstehen.

„Hallo!“ Morganas dunkle, volle Stimme holte Veronika aus ihren Tagträumen. „Ah, du hast einen Kuchen – Göttin sei Dank!“

Die vollbusige Frau mit der eindrucksvollen tizianroten Frisur warf ihren Schlüsselbund auf das Regal neben der Wohnungstür. Seit Morgana vor ein paar Jahren bei der Betreuung der windpockenkranken Titania eine große Hilfe gewesen war, besaß sie eigene Schlüssel zu Veronikas Wohnung.

„Komm, wir gehen ins Wohnzimmer.“ Veronika nahm das Tablett mit dem Kaffee und dem Kuchen und ging voraus. Morgana schnappte sich noch im Gehen ein Stück Kuchen und verschlang es mit drei großen Bissen.

„Uff, das hab ich jetzt gebraucht!“ Sie leckte die letzten Krümel von den Fingern, ließ sich auf die Wohnzimmercouch plumpsen und nahm sich gleich das nächste Stück. Veronika schenkte Kaffee ein.

„Schlimmen Tag gehabt?“, fragte sie pflichtschuldig.

Morgana nickte erschöpft, während sie das nächste Kuchenstück in sich reinstopfte. „Lang mach ich das nicht mehr mit. Mobbing ist das, richtiges Mobbing!“

„Was war denn wieder?“ Veronika wusste, dass sie sich die Geschichten von Morganas intriganten Kollegen anhören musste, bevor sie irgendein anderes Thema besprechen konnte. Morgana arbeitete seit Jahren in der Softwareentwicklung einer Telefonfirma, aber seit sie einen neuen Chef hatte (der ihr nebenbei den Posten weggeschnappt hatte, den sie selbst gern gehabt hätte), wurde sie immer unzufriedener. Plötzlich schien es, als ob immer, wenn etwas schief ging, die „rothaarige Hexe aus der Softwareabteilung“ daran schuld wäre. Kollegen, mit denen sie lange Zeit gut ausgekommen war, begannen hinter ihrem Rücken zu tuscheln und schlossen sie aus ihren Gesprächen aus. Immer öfter passierte es, dass sie wichtige Informationen schlichtweg nicht bekam, weil alle *vergessen* hatten, sie einzubeziehen. Daher war es kein Wunder, dass Morgana tatsächlich anfing, Fehler zu machen, und so schloss sich der Kreis.

„Sollen wir ein Ritual machen, um deine Kräfte zu erneuern?“, bot Veronika an, als Morgana mit der Schilderung der neuesten Vorfälle fertig war.

„Ich glaub, ich bin sogar dazu viel zu k.o.“

„Na gut. Ich schick dir ein paar positive Energien.“ Veronika schloss ihre Augen, berührte die Talismane an ihrem Hals und konzentrierte sich darauf, sich Morgana vorzustellen, wie sie in eine Wolke aus Licht, Kraft und Lebensfreude eingehüllt wurde. Sie konnte nicht feststellen, ob es etwas half, aber zumindest grunzte Morgana und nahm sich noch ein Stück Kuchen.

„Nächsten Montag sollten wir dieses Problem einmal bei unserem Treffen ansprechen“, schlug Veronika hilfreich vor. „Es wäre doch gelacht, wenn es nicht einen kleinen Zauber gäbe, der gegen schlechte Energien am Arbeitsplatz hilft.“

Morgana verzog geringschätzig das Gesicht. „Ach, das Treffen. Ich weiß nicht, ob ich überhaupt hingehe. Seit dieser Eric da ist, ist das alles so ... so krampfig geworden.“

„Also, ich finde, seit er da ist, haben unsere Zusammenkünfte – äh – an Tiefe gewonnen. Es ist viel ernsthafter. Spiritueller“, fand Veronika.

Morgana beachtete ihren Einwurf nicht, sondern fuhr ärgerlich fort: „Kommt einfach daher und schwingt sich gleich zum Guru auf! Was denkt der eigentlich? Dass wir nur auf ihn gewartet haben, damit Eric der Große uns sagen kann, wo's langgeht? Ich hab es früher viel gemütlicher gefunden. Viel persönlicher."

Veronika dämmerte die Erkenntnis, dass Morgana gerne selbst die Guru-Rolle in ihrer Gruppe von spirituell Suchenden übernommen hätte. Vor Erics Erscheinen hatte mal der eine, mal der andere Teilnehmer des magischen Zirkels den Abend gestaltet – meist derjenige, in dessen Wohnung das Treffen gerade stattfand. Doch seit Karin diesen hageren, undurchschaubaren Typen einmal mitgeschleppt hatte, übernahm dieser mehr und mehr die Rolle eines Meisters.

„Und wie all die blöden Weiber an seinen Lippen hängen", brummte Morgana verächtlich. „Ich wette, die träumen alle heimlich davon, mit ihm querfeldein durchs Kamasutra zu turnen!"

Veronika schwieg beschämt. Auch sie fand den drahtigen, dunkelhaarigen Mann mit der leicht dämonischen Ausstrahlung insgeheim attraktiv. Sie hätte das nur nie gezeigt, weil sie sich eine Zurückweisung (die nach ihrer Meinung unvermeidlich gewesen wäre) ersparen wollte. Jetzt war sie froh, dass niemand etwas davon gemerkt hatte. Sie wollte doch keinesfalls von Morgana mit „all den blöden Weibern" in einen Topf geworfen werden!

„Was ist denn schon dran an ihm?", fragte Morgana giftig. „Ein schwarzer Dreitagebart – Wahnsinn! Der wilde Blick – huch! Seine ‚tiefe Spiritualität', wow, hokus und pokus alle zusammen!" Sie verdrehte die Augen und Veronika begriff, dass Morgana selbst den Typen begehrenswert fand und ihn vor allem deswegen so verachtete, weil er sich nicht für sie interessierte.

„Ich fände es aber sehr schade, wenn du deswegen jetzt nicht mehr kämst", bemerkte Veronika schüchtern. *Du hast doch mich*, hätte sie gerne hinzugefügt, aber sie fürchtete, dass das kein besonders schlagendes Argument war. Veronika zu haben war nicht sehr viel ...

Morgana zuckte die Achseln.

„Mich freut's nicht mehr. Eigentlich freut mich momentan überhaupt nichts mehr. Es ist einfach alles so *mühsam*!"

„Du solltest dir etwas Ruhe und Entspannung gönnen", schlug Veronika vor. „Vielleicht schaffst du es doch am Montag zum Treffen. Und wenn nicht, dann werde ich vorschlagen, dass wir ein ganz starkes Ritual für dich durchführen. Das hilft bestimmt. Du wirst sehen, wie sich das Rad des Lebens weiterdreht und du aus dieser Phase gestärkt hervorgehen wirst." Sie hatte das Gefühl, dass Morgana etwas hoffnungsvoller dreinschaute, deswegen fügte sie noch hinzu: „Du bist so willensstark und ehrgeizig, aber du kannst halt auch nicht alles auf einmal erreichen. Immer schön eins nach dem anderen, kleine Schritte. Und was du in diesem Leben nicht erreichst, das schaffst du im nächsten. Bestimmt. Ich weiß, dass du stark bist!" Sie lächelte ihr aufmunternd zu.

„Na wenn du es sagst", murmelte Morgana und schenkte sich Kaffee nach.

13. Kapitel

Claudias Wohnung lag in einer ruhigen Seitenstraße gleich hinter dem botanischen Garten. Xenia schwebte mit dem Lift in den vierten Stock hinauf und läutete bei Bachler. Übermütiges Gebell antwortete von drinnen. Das musste wohl Claudias Dackel sein.

Es dauerte einige Zeit, bis Claudia die Tür öffnete. Sofort schoss eine Fellwalze bellend heraus und sprang an Xenia hoch. Das war ein Glück, denn so war Xenia für einen Augenblick beschäftigt, und dieser Augenblick genügte, um einen erschrockenen Aufschrei zu unterdrücken.

Claudia saß in einem Rollstuhl. Damit hatte Xenia nicht gerechnet. Mit einem Stock oder einer Krücke, ja, aber nicht mit einem Rollstuhl!

Sie tätschelte ausgiebig Napoleons Kopf. Der Hund war außer sich vor Freude, obwohl er Xenia noch nie gesehen hatte, und wedelte wie verrückt mit seinem dünnen Dackelschwanz. Das gab Xenia Gelegenheit, ihren Schrecken und ihre Überraschung zu überspielen.

„Servus, wie geht's dir?", begrüßte sie ihre Freundin in einem Ton, der fast unbefangen klang.

Claudia lachte. „Großartig! Ich hüpfe wie ein Reh von Ast zu Ast und freue mich des Lebens!"

„Eichhörnchen", verbesserte Xenia automatisch, wie sie auch Jacobs Sprachfehler immer verbesserte. „Rehe hüpfen nicht von Ast zu Ast!"

„Na und, *ich* vielleicht?", fragte Claudia sarkastisch.

Xenia schob den vor Freude übergeschnappten Napoleon ins Zimmer und schloss die Wohnungstür hinter sich.

„Machst du dich über *mich* lustig", erkundigte sie sich, „oder über dich selbst?"

Claudia zuckte die Achseln. „Beides wahrscheinlich", gab sie zu. „Du kannst mir glauben, dass ich mir diese Lage nicht ausgesucht habe!"

„Ist dein Bein noch immer gefühllos?"

„Ich glaube, es wird eher schlimmer."

„Seit wann hast du denn den Rollstuhl? Ich dachte, du gehst mit einer Krücke!"

„Ja, tu ich auch. Aber für zu Hause ist das hier einfacher. Mit der blöden Krücke hat man nie die Hände frei. Dieser Rollstuhl hat meiner verstorbenen Großtante Angelika gehört und da er bei meinem Onkel sowieso nur im Keller rumsteht und Staub fängt, benutze ich ihn halt derweil." Sie grinste halbherzig. „Meine Wohnung ist gar nicht so übel für eine Behinderte – niedrige Schwellen, breite Türen … Ich brauch nur noch einen Haltegriff für die Badewanne und eine Vorrichtung, mit der ich die Bücher aus den oberen Regalen nehmen kann, ohne dass sie mir auf den Kopf fallen."

„Red doch nicht so einen Unsinn!", platzte Xenia heraus. „Sie werden sicher bald herausfinden, was dir fehlt, und dann wirst du schnell wieder gesund!"

„Dein Wort in Gottes Ohr", murmelte Claudia. „Übrigens, du hast doch da spezielle Beziehungen, nicht?"

„Beziehungen?" Erhoffte Claudia sich Protektion bei irgendwelchen berühmten Ärzten? Xenia kannte keine berühmten Ärzte. Vielleicht wusste Judith einen, aber ...

„Zu Gottes Ohr!", half Claudia nach. „Da hast du doch Sonderkonditionen, oder?" Sie grinste und Xenia begriff, dass es ein Scherz war. „Möchtest du Kaffee oder was anderes? Wir haben noch genug Zeit."

„Nur wenn's keine Umstände macht", sagte Xenia höflich.

„Oh nein, kein Problem, alles behindertengerecht. Der Kaffee im unteren Fach, die Kaffeemaschine auch in leicht erreichbarer Nähe, Claudia kann das!" Sie grinste wieder. „Außerdem ist er eh schon fertig. Ich wusste ja, dass du kommst."

Mit einer Kaffeetasse in der Hand durfte Xenia die Wohnung besichtigen, drei helle Zimmer, zwei davon mit einer wunderbaren Aussicht auf den botanischen Garten, die Küche, das Bad (*noch* nicht behindertengerecht) und sogar den Abstellraum. Claudia besaß offenbar einen ausgeprägten Sinn für Ordnung, jedenfalls waren alle Schränke nach ausgeklügelten Systemen geordnet – die Blusen farblich sortiert und so weiter. Xenia dachte an die Wäscheberge bei sich zu Hause – Jacobs Benjamin-Blümchen-T-Shirt, Claras Minni-Maus-Pyjama, manche Lieblingssachen fanden überhaupt nie den Weg in den Schrank, weil sie von der Wäscheleine runter sofort wieder angezogen wurden. Farblich sortiert – ha!

Und erst die Bücher! Claudia besaß Hunderte, vielleicht sogar Tausende von Büchern. Doch statt sie in Stapeln aufzuhäufen, die gleich Stalagmiten immer höher wurden, standen sie in ordentlichen Regalen (Vollholz furniert, kein Ikea) an jeder freien Wandfläche und waren – Xenia konnte es kaum fassen – nach Epochen und Autoren geordnet. Napoleon schien daran gewöhnt zu sein, denn er zerkaute zwar hingebungsvoll die Tageszeitung, aber die Bücher, auch die im untersten Fach, wiesen kaum Nagespuren auf.

„Wie machst du das denn jetzt mit dem Hund?", fragte Xenia.

„Ach, Nadine kommt sowieso jeden Tag vorbei", erklärte Claudia. „Da kann sie auch gleich mit Napoleon rausgehen. Außerdem hab ich ihm auf dem Balkon ein Katzenklo aufgestellt, wenn es einmal ganz dringend ist."

„Dein Hund geht aufs Katzenklo?", staunte Xenia.

„Alles eine Frage der Erziehung. Er ist ja auch schon ein alter Herr, er braucht keine großen Fußmärsche mehr."

„Und woher hast du diese nützliche Nadine?"

„Eine ehemalige Schülerin. Verdient sich mit Hundesitten ein Taschengeld. Außerdem ..." Sie brach ab.

„Außerdem was?"

„Außerdem ... kriegt sie bei mir ein bisschen Zuwendung. Sie stammt aus ziemlich desolaten Verhältnissen."

„Hm." Xenia merkte, dass Claudia nicht mehr erzählen wollte. „Sollen wir langsam aufbrechen?"

„Wenn's denn sein muss", seufzte Claudia. „Auf zur Urteilsverkündung."

*

„Beide Kinder haben gegessen und Zähne geputzt", erstattete Xenias Mutter Bericht, als Xenia gegen Abend nach Hause kam. „Jacob hat eine frische Windel und Clara einen neuen Pyjama." Sie hievte Jacob auf Xenias Arm, von wo sich der Kleine sofort wieder zappelnd befreite.

„Einen neuen?" Xenia war in Gedanken noch ganz bei

den Ereignissen des Nachmittags und hörte nur mit halbem Ohr zu.

„Ja, dieser Minni-Maus-Pyjama, in dem sie ständig rumläuft, ist doch schrecklich! Verdreckt, verschlissen und auch schon zu klein."

„Der ist nicht verdreckt!", widersprach Xenia. „Der grüne Fleck ist Window-Color-Farbe, der geht nur nicht mehr raus. Das ist doch nicht so wichtig. Es ist ihr Lieblingspyjama!"

„Na, jetzt hat sie jedenfalls einen neuen!", bemerkte Hedi Wildmoser resolut. „Gell, Clara-Schatz?"

Clara war aus ihrem Zimmer gekommen. Sie trug einen hellblauen Pyjama, der mit Blümchen und Herzchen bedruckt war und tatsächlich viel adretter aussah als Minni-Maus. Außerdem bemerkte Xenia, wie ordentlich Claras blonde Locken frisiert waren.

„Du, Omi? Schaust du dir noch an, was ich über die Sonnenfinsternis gezeichnet hab?", fragte Clara eifrig. „Bitte!"

Hedi Wildmoser warf einen raschen Blick auf die Uhr. „Na gut. Aber ganz schnell!"

Beglückt zog Clara mit ihrer Omi ab. Jacob nutzte die Gelegenheit und leerte die Kiste mit den Duplo-Steinen aus, die seine Omi so sorgfältig eingeräumt hatte.

„Jako Haus baut!", verkündete er stolz.

„Nein, nein, nein, mein Herr! Du gehst jetzt ins Bett!", rief Xenia leicht entnervt. Sie schnappte Jacob, der in ein schrilles Geschrei ausbrach, und trug ihn ins Schlafzimmer. Sie setzte das zappelnde Kerlchen ins Bett.

„Jako is munter! Nicht Bett!", brüllte er.

„Wenn du jetzt nicht brav schlafen gehst, musst du im Gitterbett schlafen!", drohte Xenia. Jacob liebte es, die leere Hälfte von Xenias Ehebett einzunehmen. Die Drohung mit dem Gitterbett zog fast immer. Auch heute klappte Jacob den Mund zu, legte sich schnell ins Doppelbett und begann den Zipfel seines Schmusetuches zu lutschen zum Zeichen, dass er zum Schlafen bereit war.

„So ist es brav!“ Xenia deckte ihn zu und küsste ihn. Vielleicht war es nicht sehr pädagogisch, Jacob in ihrem Bett schlafen zu lassen, aber oft wusste sie sich nicht anders zu helfen. Irgendwie, irgendwann würde er schon in sein eigenes Bett übersiedeln. Es war ja nicht so wichtig …

„Brauchst du noch was? Sonst geh ich jetzt!“, rief Xenias Mutter von der Türe her.

„Ist gut! Danke, Mama!“, rief Xenia ihr nach.

„Du, Mami?“ Clara kam ins Schlafzimmer und zupfte Xenia am Ärmel. „Wie schreibt man ‚Ekliptik‘?“

„Keine Ahnung!“ Xenia zog Jacobs Spieluhr auf, löschte das Licht und zog Clara aus dem Zimmer. „Ich weiß nicht einmal genau, was das ist! Wofür brauchst du das denn?“

„Für meine Schülerzeitung. Es bedeutet die scheinbare Umlaufbahn der Sonne um die Erde. Hast du das nicht gewusst?“

„Ich dachte, die Erde dreht sich um die Sonne, nicht andersrum?“ Xenia hatte eigentlich wirklich keinen Kopf für so was. Sie musste noch die Lieder für die Seelenmesse von Frau Lindmaiers verstorbenem Mann zusammenstellen, und …

„Deswegen ist es ja auch nur eine *scheinbare* Umlaufbahn!“, erklärte Clara ungeduldig. „Möchtest du sehen, was ich gezeichnet hab?“

„Jetzt nicht, Liebling. Solltest du nicht auch ins Bett gehen? Morgen ist Schule!“

„Nie schaust du dir meine Zeitung an!“, schmollte Clara beleidigt.

„Also gut, gleich morgen ...“ Ein Klingeln an der Gegensprechanlage unterbrach Xenia. „Hm? Wer kommt denn jetzt?“

Clara war sofort zur Tür gestürzt und hatte auf den Türöffner gedrückt, ohne nach dem Namen des Besuchers zu fragen. Xenia verdrehte entnervt die Augen. Wie oft hatte sie Clara schon gepredigt, dass sie erst fragen musste, bevor sie jemanden ins Haus ließ! Jetzt konnte sie nur noch ins

Treppenhaus hinaustreten und warten, bis der Gast heraufgestapft kam.

„Hallo!", rief Judiths Stimme von weiter unten. „Ich bin doch nicht zu früh?"

Judith! Die hatte Xenia ganz vergessen. Doch, ja, sie hatten sich auf einen Plausch verabredet. Wieso hatte sie das nur vergessen? Und wie es in der Wohnung aussah! Xenia raffte benutztes Geschirr zusammen und trug es schnell in die Küche, dann schaufelte sie hastig die Duplo-Steine in den Korb. Mehr konnte man von einer Zwanzig-Sekunden-Aufräumung wirklich nicht erwarten. Schon erschien Judith in der Tür. Sie trug ein helles Leinenkleid und wirkte trotz der vorgerückten Stunde und der sommerlichen Hitze taufrisch.

„Hallo-oh!", rief sie fröhlich und schwenkte eine Flasche Wein. „Hi! Du musst die Clara sein, stimmt's?"

Clara nickte und wollte etwas sagen, aber Xenia sprang herbei und schob sie in Richtung ihres Zimmers.

„Ja, und die Clara wollte gerade ins Bett gehen!", behauptete sie nicht ganz wahrheitsgemäß. „Komm rein und mach dir's gemütlich!"

„Jako Hunger!", greinte eine kleine Stimme aus dem Schlafzimmer. Oh Mann! Warum konnte er nicht *einmal* zur richtigen Zeit Ruhe geben? Xenia war sich sicher, dass ihre Mutter ihn mit Essen voll gestopft hatte, bis es ihm zu den Ohren wieder rauskam. Das tat sie immer. Aber kaum war Besuch da, musste Jacob sich natürlich in Erinnerung bringen …!

„Bin gleich wieder da!", versicherte Xenia und eilte ins Schlafzimmer. Sie versuchte Jacob davon zu überzeugen, dass er gar nicht hungrig war, denn es war klar, dass er sich nur wichtig machen wollte. Nach einiger Diskussion, die von Jacobs Seite nicht ganz fair geführt wurde (er heulte), einigten sie sich darauf, dass Jacob den Besuch begrüßen durfte und danach wieder ins Bett ging. Wundersamerweise vertrieb dieser Vorschlag auch den Hunger.

Xenia trug Jacob hinaus und fand Judith in Claras Zimmer über den Schreibtisch gebeugt.

„Also, hast du das gesehen?“, fragte Judith begeistert. „Das musst du dir anschauen!“

„Gleich!“, versicherte Xenia. „So, Jacob, sag guten Abend!“

Natürlich sagte Jacob weder guten Abend noch sonst was, sondern versteckte scheu sein Gesicht in Xenias Halsgrube.

„Bitte begrüß ihn!“, flüsterte Xenia.

„Guten Abend, mein Herr!“, grüßte Judith folgsam.

Jacob schielte kurz aus seinem Versteck heraus und schaute dann schnell wieder weg.

„So, jetzt hat sie dich begrüßt, nun kannst du beruhigt schlafen gehen“, fand Xenia und transportierte ihn ab.

*

Eine Viertelstunde später saßen die Freundinnen dann endlich miteinander am Tisch. Xenia hatte eine Kerze angezündet und zwei Gläser für den Wein gebracht.

„Puh, das ist manchmal ein Stress, bis die endlich im Bett sind!“, stöhnte Xenia und strich sich erschöpft die Haare aus der Stirn.

„Das kenn ich!“, versicherte Judith. „Meine waren schließlich auch einmal klein. Aber was deine Tochter da fabriziert hat, das solltest du dir unbedingt einmal ansehen. Das ist wirklich außergewöhnlich.“

„Ja? Findest du?“ Innerlich machte Xenia sich eine Notiz: *Endlich Claras Schülerzeitung lesen!*

„Ja, sie ist unglaublich kreativ. Und was sie alles weiß, über Sonnenfinsternisse und Pyramiden und Chamäleons! Sie hat eine richtige Wissenschaftszeitung für Kinder gemacht, mit tollen Zeichnungen. Woher hat sie das alles?“

Xenia zuckte die Achseln. „Wahrscheinlich bringt

ihr das ihr goldener Papi bei“, murmelte sie beiläufig und nippte an ihrem Wein.

Judith setzte einen strengen Blick auf.

„Also jetzt erzählst du mir aber endlich einmal was von diesem Typen! Was war los mit dem? Warum habt ihr euch getrennt?“

14. Kapitel

Xenia seufzte schwer und drehte ihr Glas zwischen den Fingern. Sie warf einen Blick in Richtung Claras Zimmertür, um sich zu vergewissern, dass sie geschlossen war und das Mädchen nicht mithören konnte.

„Eigentlich war er toll“, begann sie. „Weißt du, ich war schon 33, als ich ihn kennen lernte. Ich war nicht direkt panisch auf Männersuche, aber ... na ja, du weißt schon. Und da kam dieser Leonhard Moorhofer daher, der sah gut aus, war charmant – und vor allem war er Christ. Nach meiner Bekehrung – davon hab ich dir doch erzählt, oder? Also, da war mir klar, dass für mich nur ein Mann in Frage kommt, der Christ ist. Und das war er. Seine Eltern gehörten einer Gebetsrunde an, die von Amerikanern gegründet worden war. Und Leonhards Glaube war ... wie soll ich sagen? Irgendwie ... amerikanisch. So ... so kindlich, so vertrauensvoll. So was gibt's hier bei uns sonst gar nicht.“

„Na schön, und wo war dann das Problem?“

„Alkohol.“ Xenia starrte grimmig die Weinflasche an, die Judith mitgebracht hatte, als ob die etwas dafür konnte. „Ich war so blöd, weißt du, so unglaublich dumm! Leonhard hatte schon einen Entzug hinter sich. Ich hätte es wissen können. Aber ich dachte, mit Gottes Hilfe kriegen wir das alles irgendwie hin. Er war ja zu der Zeit, als wir uns kennen lernten, trocken. In meinem Hinterkopf war schon diese kleine Stimme, die mich gewarnt hat, aber ich wollte nicht auf sie hören. Ich hatte mich spät aber dann doch entschieden, eine Familie haben zu wollen, und hier war meine Chance. Vielleicht sogar meine letzte. Ich habe einfach zugegriffen, ohne die Sache mit Gott zu besprechen. Wahrscheinlich hab ich gespürt, dass er ‚Nein' sagen könnte, wenn ich ihn frage. Also hab ich nicht gefragt."

„Moment", unterbrach Judith überrascht. „Du ... ich meine ... Gott spricht mit dir?"

„Na ja ...", beschwichtigte Xenia. „Nicht so ... äh, also, ich höre keine Stimmen oder so was. Ich spüre es irgendwie hinten in meinem Kopf. Manchmal spricht er auch durch die Bibel zu mir, also ich lese eine Stelle, und plötzlich passt das, was da steht, genau zu meiner Situation. Oder er spricht durch andere Leute. Jemand sagt oder erzählt mir was und das ist genau die Antwort auf meine Frage."

„Zufälle", brummte Judith. „Du interpretierst etwas in deine Erlebnisse hinein, was zu deiner augenblicklichen Lage passt. Weil du mit einer bestimmten Frage beschäftigt bist, stellst du unbewusst Zusammenhänge her."

„Zum Teil ist es wahrscheinlich das", gab Xenia zu. „Aber nicht nur. Mir sind schon Sachen passiert, die sind so unglaublich, das können keine Zufälle mehr sein."

„Na gut", brummte Judith nur halb überzeugt. „Aber zurück zu deinem Ex. Was ist passiert?"

„Ich habe also meinen Kopf durchgesetzt und ihn geheiratet", seufzte Xenia. „Ein paar Jahre war auch alles okay. Ich meine ... er war manchmal unberechenbar, nicht sehr verlässlich, aber es war nicht irgendwie ungewöhnlich. Doch dann wurde er gekündigt und stell dir vor, er hat es mir nicht einmal gesagt! Er ist weiterhin jeden Tag aus dem Haus gegangen und abends wiedergekommen. Ich hab es durch Zufall herausgefunden, als ich ihn einmal im Büro anrufen wollte!" Xenia merkte, dass sie sich aufzuregen begann. Sie atmete tief durch. Das alles war doch so lange her. Es lohnte sich nicht, sich deswegen jetzt noch aufzuregen.

„Kurzum, es ging einige Zeit auf und ab, er fand einen neuen Job, wurde wieder gekündigt, dann blieb er zu Hause, um auf Clara aufzupassen – und dann wurde ich wieder schwanger. *Ich* war glücklich, denn ich wollte gern noch ein Kind und ich war schon 41. Aber Leonhard ... hm, irgendwie hat ihn diese zusätzliche Verantwortung wohl überfordert. Es wurde schlimmer mit ihm, er hat mehr getrunken und öfter ... Irgendwann hat er mich dann geschlagen."

Judith zog scharf die Luft ein, sagte aber nichts.

„Am nächsten Tag hat er sich unter Tränen entschuldigt", fuhr Xenia fort. „Aber zwei Wochen später ist es wieder passiert."

„Und dann habt ihr euch getrennt."

„Nein. Noch immer nicht. Ich sag dir doch, ich war ein Idiot! Aber dann hat er einmal im Rausch Clara geohrfeigt. Und da war's für mich vorbei."

„Du hast... Er hat... Und jetzt... Aber Moment mal...", stammelte Judith verwirrt. „Vorhin hast du gesagt, ihr ‚goldener Papi' bringt ihr diese Sachen bei, über Chamäleons und so?"

„Clara liebt ihn heiß und innig", bestätigte Xenia seufzend.

„Soll das heißen, ihr habt noch Kontakt mit ihm??"

„Alle zwei Wochen, ja. Und sie genießt es! Er nimmt sich Zeit für all diese Dinge, für die ich meistens zu kaputt bin. Er geht mit ihr in den Zoo und ins Museum und all das."

„Und ... hast du nicht Angst, dass er wieder ... gewalttätig wird?"

„Doch, natürlich hab ich Angst", stieß Xenia gequält hervor. „Was glaubst du, was ich an diesen Wochenenden durchmache?!" Sie raufte sich die Haare. „Ich gebe zu, es ist nicht mehr vorgekommen", räumte sie ein. „Zumindest soviel ich weiß. Ich bete auch immer wie ein Weltmeister. Derzeit ist er wieder trocken. Aber ..." Sie verstummte.

„Und Clara? Hat sie keine Angst? Trägt sie ihm diesen ... äh, Vorfall nicht nach?“

„Sie spricht nie davon. Manchmal frage ich mich, ob sie sich überhaupt daran erinnert.“ Xenia seufzte tief und wechselte dann das Thema. „Okay. Jetzt, wo du so gut wie alles über mich weißt, erzähl mir auch was von dir. Wie geht es dir denn so?“

Nun war Judith mit dem tiefen Seufzen an der Reihe. „Frag mich was Leichteres! Wie geht es einem, der einen Fuß in der Tiefkühltruhe und den anderen im Backofen hat? Im Durchschnitt angenehm warm?“

Xenia antwortete nicht, sondern wartete auf eine nähere Erklärung.

„Weißt du ... seit dieser Nacht da bei Veronika in Altenburg, da hab ich sehr viel nachgedacht. Über Wahrheit. Über Glück. Übers Leben. Na ja.“ Sie lachte gezwungen. „Am Telefon hab ich dir gesagt, dass ich nicht genau weiß, was Liebe ist. Und ich glaube, ich weiß auch eigentlich nicht, was Glück ist.“

„Fühlst du dich denn nie glücklich?“, staunte Xenia.

Judith zog hilflos die Schultern hoch. „Ich weiß nicht. Nicht so richtig. Irgendwie ist da immer ein Gefühl von ...“ Sie suchte nach einem Wort, setzte zweimal an, versuchte es von neuem. „Als ob ich gar nicht glücklich sein dürfte, verstehst du? Als ob es nicht richtig wäre.“

„Warum?“

„Ich hab es nicht verdient.“

„Wieso? Weil du deinen Mann betrügst?“, platzte Xenia heraus. Zu spät fiel ihr ein, dass das undiplomatisch sein könnte. Zum Glück nahm Judith die Bemerkung nicht übel.

„Nein. Dieses Gefühl hatte ich schon vorher. Das hatte ich eigentlich schon immer.“

„Du hast schon als Kind gedacht, du dürftest nicht glücklich sein?“, vergewisserte sich Xenia.

Judith nickte. „Hast du das nicht?“

Xenia dachte nach. „Nein. Ich nehm mir jede Freude, die ich kriegen kann. Warum auch nicht? Ich freu mich zum Beispiel, dass du da bist, und dass wir eine alte Freundschaft wieder gefunden haben und über den Kerzenschein ..." Ihre Stimme sank zu einem vertraulichen Flüstern herab. „Es ist wie ein Spiel zwischen Gott und mir: Er versteckt mir den ganzen Tag über kleine Freuden und ich versuche sie zu finden."

Judith sah Xenia mit großen Augen an, so als ob sie ihr eben offenbart hätte, dass sie vom Mond stammte.

„Aber jetzt erzähl mir was von der Tiefkühltruhe und dem Backofen", forderte Xenia sie auf.

„Na gut." Judith zierte sich, aber in Wirklichkeit wollte sie es ja erzählen. „Heute Nachmittag, nachdem ich in der Galerie fertig war, hab ich mich mit meinem derzeitigen Freund getroffen. Erasmus heißt er."

„Erasmus? Was ist der denn für ein Landsmann?"

Judith lachte kurz auf. „Er kommt aus Ottakring*. Erasmus ist nur sein Künstlername. Reimt sich auf ‚Orgasmus'."

„Also nein!"

„Das ist nicht von mir. Das ist sein Aufreißer-Schmäh!"

„Judith!!!"

Judith seufzte. „Du hast ja Recht. Was kann ich erwarten von einem Mann, der mit so einem Spruch Bekanntschaften schließt?" Sie grinste. „Aber zumindest hält er, was er verspricht!"

Xenia hob abwehrend die Hände und schüttelte lachend den Kopf. „Nein, bitte! Verschone mich mit Details! Ich will's gar nicht wissen! Ich bin katholisch *und* geschieden. Darauf musst du Rücksicht nehmen!"

„Okay, okay!" Judith merkte, dass diese Bitte ernst gemeint war, auch wenn sie spaßig vorgebracht wurde. „Also nur die Eckdaten: Er ist Maler und Bildhauer, noch sehr

---

* Arbeiterbezirk in Wien

jung und noch nicht sonderlich etabliert. Er arbeitet als Pizzabote, um sich die Kunst leisten zu können. Wahrscheinlich denkt er, dass ich gute Kontakte zu Kunstkennern und Mäzenen habe und ihm nützlich sein kann, darüber mach ich mir keine Illusionen. Aber ich fühle mich einfach großartig, wenn ich mit ihm zusammen bin! Allein wenn er mich nur mit diesem Künstlerblick ansieht – als ob er meine Proportionen abschätzen würde, wie er sie am besten in Marmor meißeln oder als Aquarell malen könnte. Das hat so was unglaublich ..." Judith hatte sagen wollen *„so was unglaublich Erotisches"*, aber sie verschluckte das Wort, um Xenia nicht zu ärgern. „... so was Aufregendes", vollendete sie den Satz. „Er hat mich übrigens tatsächlich schon gemalt: ‚Judith rückwärts in Seifenblasen', Öl auf Leinwand, 30 mal 40 Zentimeter."

„Komischer Titel."

„Jaaa ... also, wenn ich nicht wüsste, dass ich drauf sein soll, würde ich es für bunte Kreise halten", gab Judith zu. „Aber das ist ja gerade das Interessante an Erasmus: Er hat so eine völlig andere, neue Art, die Welt zu sehen. Das macht es so faszinierend, mit ihm zusammen zu sein."

„Er ist also weder langweilig noch ein Spießer", fasste Xenia zusammen. „Und er gibt dir das Gefühl, eine begehrenswerte Frau zu sein."

Judith nagte an ihrer Lippe und nickte. „Das war der Backofen", murmelte sie langsam.

„Und was ist die Tiefkühltruhe?"

Judith zeichnete mit der Fingerspitze Kringel auf ihr Leinenknie. „Um halb fünf hat mich meine Tochter angerufen, ob ich sie aus dem Nachmittagsunterricht abholen kann", berichtete sie leise. „Also hab ich meinen Künstler stehen gelassen und bin zur Schule gerast. Es war schon das zweite Mal in dieser Woche."

„Habt ihr keine fixen Besuchszeiten?", fragte Xenia dazwischen.

„Nein. Wir sind ja nicht offiziell getrennt, darum haben

wir keine feste Regelung. Wenn Isabella mich braucht, spring ich. So machen wir es."

„Und was ist mit deinem Sohn?"

Judith verzog das Gesicht, als ob sie Zahnweh hätte. „Roland hab ich seit vier Monaten nicht mehr gesehen. Er ruft mich nie an. Männliche Solidarität mit dem Vater, nehme ich an."

Xenia schwieg. Wahrscheinlich war es besser, hier nicht weiter zu bohren.

„Na ja, jedenfalls, Isabella ...", fuhr Judith fort. „Sie ist ... wie soll ich sagen ... irgendwie verstört. Sie ist anders als früher. Ängstlicher, weinerlicher, aber auch maßloser. Ich meine, wenn ich mit ihr zusammen bin, dann fordert sie alles von mir. Kauf mir dies, schenk mir das – sie hat völlig jedes Maß verloren. Heute Nachmittag wollte sie, dass ich ihr ein Pony kaufe – ein lebendiges!"

„Du fehlst ihr", brachte Xenia es gnadenlos auf den Punkt.

Judith betrachtete bekümmert ihr Knie. „Ja. Das ist die Tiefkühltruhe."

Sie schwiegen beide. Xenia schaute in die Kerzenflamme, die ein stilles, tröstliches Licht in der Dunkelheit war, und betete um Weisheit.

„Bin ich verpflichtet, zu Heinrich zurückzukehren und mich lebendig begraben zu lassen, nur damit meine Kinder zufrieden sind?", begehrte Judith auf. „Hab ich denn kein Recht darauf, glücklich zu sein? Warum können sie die Sache nicht einfach so nehmen, wie sie ist, genau wie tausend andere Kinder?" Sie wandte sich an Xenia: „Wie ist denn das mit deinen Kindern? Ist jedes Wort und jeder Blick ein Vorwurf gegen dich, dass du dich hast scheiden lassen?"

„Nein, das nicht gerade. Ich meine, die Fronten sind geklärt. Clara weiß genau, wann sie ihren Papi das nächste Mal sehen kann, und wenn sie Lust hat, telefoniert sie zwischendurch mit ihm. Sie weiß, wer für was zuständig ist. Das macht es einfacher. Bei euch ist alles irgendwie unklar. Es gibt keine klaren Trennlinien, keine festen Zeiten … du hast Zugriff auf das Konto deines Mannes und so …" Hoppla, da war Xenias Mund wieder einmal schneller gewesen als ihr Gehirn. Das hatte sie eigentlich gar nicht sagen wollen. Aber Judiths nahezu unbeschränkter Zugang zu Geld war etwas, um das Xenia sie wirklich beneidete!

„Ja", murmelte Judith und nickte gedankenschwer. „Da sind wir wieder bei der Wahrheit."

„Hm?"

„Die Wahrheit!", wiederholte Judith lauter, als ob Xenia jetzt imstande sein müsste, ihren Gedankensprüngen zu folgen. „Ich lüge mir selbst in die Tasche. Ich tu so, als ob ich von Heinrich unabhängig wäre, aber das stimmt nicht. Wenn ich mich scheiden ließe, müsste *ich ihm* Alimente zahlen, weil er die Kinder hat. Und dann würde ich in Armut leben, noch schlimmer als damals nach meinem Studium, und das kann ich nicht. Wie ich's auch drehe und wende, immer ist eine Lüge dabei. Jetzt lebe ich allein und lüge mir Unabhängigkeit vor. Und vorher habe ich mit ihm gelebt und mir eine Beziehung vorgelogen. Aber das ist doch beides keine Lösung!"

Darauf gab es nichts zu sagen. Stumm starrten sie die Kerze an, bei der sich das geschmolzene Wachs ein Rinnsal gebahnt hatte und nun über den Rand des Kerzenhalters aufs Tischtuch tropfte. Xenia widerstand der Versuchung aufzustehen und einen Teller unterzuschieben. War ja nicht so wichtig …

„Die Wahrheit hat ihren Preis", murmelte sie schließlich.

„Hm", machte Judith bedeutungsschwer.

„Du hast zwei Möglichkeiten", stellte Xenia fest.

„Ehrlich? Mir ist nicht einmal eine eingefallen."

„Eigentlich sogar drei. Du könntest weitermachen wie bisher und eben mit gewissen … äh, Ungereimtheiten leben."

„Auf keinen Fall!“, protestierte Judith. „Nicht nachdem ich diesen Brief gelesen habe. Ich kann und will meine eigenen Überzeugungen nicht länger verraten. Nein, ich muss einen besseren Weg finden. Einen, bei dem nicht alle unglücklich sind.“

Xenia nickte. Sie hatte gehofft, dass Judith das sagen würde.

„Also, dann kannst du dich für die Unabhängigkeit entscheiden und den Preis dafür zahlen.“ Xenias Blick glitt über Judiths edles Leinenkleid und die teuren Schuhe. „Das heißt natürlich in Zukunft etwas weniger Luxus“, räumte sie ein. „Du müsstest wahrscheinlich ganztags arbeiten. Du hättest weniger Zeit und weniger Geld, aber es wäre ehrlich. Deine Kinder könnten den Tatsachen ins Auge sehen und müssten sich nicht zwischen Hoffen und Bangen was vorlügen. Es wäre vielleicht die Chance für einen neuen Anfang.“

Judith ließ Xenias Worte einige Zeit auf sich wirken.

„Ein neuer Anfang?“, fragte sie langsam. „Du meinst, Heinrich könnte dann wieder heiraten?“ Es klang, als wäre ihr dieser Gedanke noch nie gekommen.

„Das kann man ihm schwer verbieten, oder?“ Xenia kämpfte den Gedanken nieder, dass sie selbst sich schnellstens um dieses Prachtstück von Mann bemühen sollte …

„Hm.“ Judith nahm einen Schluck aus ihrem Weinglas und kräuselte die Nase, als ob der Wein sauer wäre. „Das klingt schrecklich nach Kompromiss, aber du hast Recht, zumindest wäre es ehrlich. Und was ist die andere Möglichkeit? Sag nicht, ich könnte ...“

„Doch, natürlich könntest du! Wenn du zu deinem Mann zurückgehst, hätte das sogar zwei Vorteile: Du könntest weiter im Wohlstand leben, und deine Kinder wären glücklich.“

„Wären sie nicht!“, widersprach Judith bockig. „Kinder

spüren doch, wenn es zwischen den Eltern Spannungen gibt. Und darunter leiden sie mindestens ebenso wie unter einer Trennung."

Xenia nickte und sah dem Wachsfleck auf dem Tischtuch beim Ausbreiten zu. „Das kann ich nicht leugnen. Aber vielleicht ... ich meine, es ist nur so eine Idee ... Vielleicht könntest du lernen, deinen Mann wieder zu lieben ...?"

„Waaas?" Judith reagierte so heftig, dass sie beinahe das Weinglas umgestoßen hätte. „Na hör mal! Wie stellst du dir das vor? Liebe ist doch ... Liebe kann man doch nicht ... Das ist ein Gefühl, man hat es oder man hat es nicht! Oder hab ich irgendwo einen Schalter, den ich nur anknipsen muss? Liebe kann man doch nicht einfach produzieren!"

„Ja ja, schon gut! Reg dich doch nicht so auf! Ich sagte doch, es ist nur so eine Idee."

„Schon, aber du musst dir doch irgendwas gedacht haben. Kann man Liebe lernen? Glaubst du das?"

Xenia stand jetzt doch auf und holte einen Teller, um die tropfende Kerze hineinzustellen. So gewann sie etwas Zeit und Judith konnte sich beruhigen.

„Ich denke, dass *Verliebtheit* ein Gefühl ist", begann Xenia. „Aber Liebe ist mehr. Liebe ist zum Teil einfach der Entschluss, den anderen anzunehmen und auch seine Schwächen zu ertragen. Ich meine, ist es nicht das, was wir uns alle heimlich wünschen? Um unserer selbst willen geliebt zu werden, so wie wir sind? Jeder möchte so geliebt werden, aber keiner schafft es, so zu lieben?"

„Ein Entschluss", grunzte Judith sarkastisch. „Hallo, Heinrich, da bin ich wieder, ich habe mich dazu entschlossen, dich zu lieben. Ab jetzt macht es mir nichts mehr aus, dass du mich nicht wahrnimmst und wie ein Möbelstück behandelst, weil ich mich dazu entschlossen habe. Unterschreiben Sie auf der punktierten Linie."

„Du machst dich drüber lustig", stellte Xenia fest.

„Nein, wirklich?“, spottete Judith.

Aber Xenia blieb ruhig. Sie spürte, dass Judiths Spott sich nicht gegen sie richtete. „Überleg doch einmal: Wenn deine Tochter zum Beispiel ein jüngeres Kind verprügeln würde – hättest du sie dann nicht mehr lieb?“

„Doch, natürlich! Ich kann mir zwar nicht vorstellen, dass Isabella so was macht, aber wenn, dann hat sie bestimmt einen Grund.“

„Und wenn dein Sohn Ladendiebstahl beginge? Hieltest du dann noch zu ihm?“

„Natürlich! Ich würde nur ...“

„Du liebst deine Kinder also bedingungslos“, unterbrach Xenia. „Egal, was sie Schreckliches anstellen, du wärest bereit, Gründe für ihr Verhalten zu finden. Du würdest es vielleicht nicht gutheißen oder sie ermutigen, es wieder zu tun, aber du wärest bereit zu verstehen und zu verzeihen.“

„Ja.“

„Und warum nicht bei deinem Mann?“

„Weil mein Mann kein Kind ist!“, sagte Judith mit Nachdruck, als müsste sie es einem Schwachsinnigen erklären.

„Schon, aber mit Sicherheit hat er Gründe für sein Verhalten. Verletzungen aus seiner Kindheit, Verletzungen aus früheren Beziehungen, vielleicht sogar Verletzungen, die du selbst ihm einmal zugefügt hast. Warum bist du nicht bereit, *ihn* zu verstehen und *ihm* zu verzeihen? Braucht nicht auch er Liebe?“

„Na und ich?“, brauste Judith auf. „Brauche *ich* nicht auch Liebe?“ Sie atmete tief durch und holte zu einem weiteren Schlag aus. „Und überhaupt – was erzählst du mir das? Was ist denn mit dir, hm? Liebst *du* deinen Exmann bedingungslos? Egal, was er macht? Ob er trinkt oder dich schlägt? Sicher hat er Gründe dafür!“ Sie merkte plötzlich, dass sie unfair wurde, und unterbrach sich.

In Xenias Augen waren Tränen getreten. „Ja“, flüsterte

sie und biss die Zähne zusammen. „Ich liebe ihn, aber ich muss meine Kinder schützen." Sie sprang auf und stürzte ins Schlafzimmer.

15. Kapitel

Judith blieb mit der flackernden Kerze allein. Schuldgefühle überfluteten sie. Wie hatte sie sich zu dieser Bemerkung hinreißen lassen können! Xenia gab sich doch nur Mühe, ihr zu helfen, und sie benahm sich schon wieder wie der Elefant im Porzellanladen. Zögernd blickte sie zur Schlafzimmertür, hinter der die Freundin verschwunden war. Aber sie traute sich nicht, ihr nachzugehen. Überhaupt schlief das Baby dort drin, das wollte sie nicht wecken. Vollkommen zerknirscht begann sie das eingetrocknete Wachs vom Tischtuch zu kratzen.

Nach ein paar Minuten hörte man ein schnäuzendes Geräusch und dann kam Xenia wieder ins Zimmer.

Judith sprang auf. „Oh, Xenia, es tut mir Leid! Ich wollte nicht ...!"

Xenia rang sich ein Grinsen ab und hob die Hand. „Okay, vergiss es einfach! Es ist nur so ... dass es mich selbst überrascht hat." Sie blinzelte eine neuerliche Träne weg. „Dass ich ihn noch liebe. Ich hab mich bemüht, nicht darüber nachzudenken", flüsterte sie.

„Ach, Xenia ..." Judith legte ihre Arme um die Freundin und Xenia schmiegte sich dankbar hinein.

„Und du meinst wirklich, ich könnte es lernen, Heinrich zu lieben?", fragte Judith versöhnlich.

Xenia nickte. Es fiel ihr leichter, sich wieder unter Kontrolle zu bringen, wenn sie über Judiths Probleme reden durfte, statt über ihre eigenen.

„Weißt du, ich glaube, dass alle Liebe von Gott kommt", sagte sie.

„Ja, ich hab mich eh schon gefragt, wann wir auf dein Lieblingsthema kommen", murmelte Judith mit einem letzten Anflug von Sarkasmus.

„Gott ist die Quelle aller Liebe", dozierte Xenia, „und ohne ihn gibt es keine Liebe. Und ich denke, man kann ihn darum bitten. Du könntest ihn um Liebe für deinen Mann bitten, was eure Abwärtsspirale umkehren würde. Und ich bin mir sicher, dass auch er lernen könnte, dich so zu lieben, wie du es brauchst, und …"

„Du glaubst das alles wirklich, nicht wahr?", platzte Judith heraus.

Xenia starrte auf die Kerze, die zu einem Klumpen heruntergebrannt war und nur noch schwach flackerte, und nickte.

„Denkst du, es war leicht für mich, seit … seit der Trennung? Oder davor, als Leonhard zu trinken begonnen hat? Auch ich sehne mich nach Liebe. Aber das Einzige, was mich in diesem Bereich immer wieder satt gemacht hat, ist Gott. Er stillt all unsere Bedürfnisse. Er ersetzt mir den Mann und den Kindern den Vater. Er sorgt für Witwen und Waisen, und das sind wir – in gewissem Sinne! Er hat uns immer wieder geholfen. Ich müsste es mir aufschreiben, so oft hat er uns große und kleine Wunder geschickt. Ich habe mich durch eigene Dummheit in diese Lage gebracht, aber er hält trotzdem zu mir, verstehst du? Wie eine Mutter zu ihrem Kind."

Judith ließ ihren Arm um Xenias Schultern liegen. Sie schwiegen lange und sahen der Kerze beim endgültigen Verlöschen zu. Jetzt war es im Zimmer fast ganz finster, nur durch das Fenster drang schwach der Schein der Straßenbeleuchtung herein.

„Was kostet es?", fragte Judith endlich.

„Was?"

„Du hast vorhin gesagt, die Wahrheit hat ihren Preis. Jetzt frage ich dich: Welchen Preis hat Gott?"

„Gar keinen. Er ist gratis."

„Das gibt's nicht. Nichts auf der Welt ist gratis. Mein Großonkel Adalbert hat immer gesagt: ‚Umsonst ist der Tod, und der kostet das Leben!' Warum sollte ausgerechnet Gott gratis sein?"

„Weil er uns liebt", murmelte Xenia dumpf.

Judith schüttelte stumm den Kopf.

„Es ist wie Mutterliebe", schob Xenia nach. „Die ist ja auch gratis. Na ja, weitgehend. Nur dass Gott eben noch größer, noch vollkommener und noch liebevoller ist als wir Mütter."

„Dein Gott muss wirklich ein toller Kerl sein."

„Ja. Aber er ist nicht nur ‚mein' Gott."

Judith seufzte abgrundtief.

„Also gut", gab Xenia zu. „Ganz gratis ist er doch nicht."

„Hab ich's doch gewusst!"

„Der Preis besteht darin, dass wir unseren Stolz überwinden und zugeben, dass wir es alleine nicht schaffen."

Judith lachte verächtlich. „Ist das alles? Da hab ich nicht mehr viel zu überwinden. Ich weiß, dass ich's versaut habe. Ich hab es sogar öffentlich zugegeben, an dem Wochenende in Altenburg, erinnerst du dich? Und was glaubst du, warum ich hier sitze und dich um Rat anwinsle? Weil ich weiß, dass ich's alleine nicht schaffe!"

„In diesem Fall ist Gott für dich gratis."

Judith versank in dumpfes Grübeln. „Okay. Ich denk drüber nach", seufzte sie schließlich.

Xenia nickte. Mehr konnte man nicht erwarten. „Ich könnte dir ein paar Bücher mitgeben", bot sie an.

„Gut."

16. Kapitel

„He, Titania, nicht alle in den Mund! Sonst gibt's heut Nachmittag keinen Kuchen!"

Paul Kronsteiner winkte Titania zu, die hoch oben im Kirschbaum hockte und die reifen Kirschen direkt von den Zweigen aß.

„Das Körbchen ist fast voll!", verteidigte sie sich und tat so, als wollte sie Paul einen Kirschkern auf den Kopf spucken.

Sie verfehlte ihn natürlich, und er drohte ihr scherzhaft: „Na warte, wenn du wieder runterkommst!"

„Kein Problem, ich schlaf heute hier oben!"

„Von mir aus! Aber die Kirschen für den Kuchen wirfst du runter! Sonst muss ich raufkommen und sie holen!"

„Für einen Kirschkuchen würdest du wohl alles tun, wie?", mischte Veronika sich vom Küchenfenster her ein.

„Aber sicher! Oder glaubst du, ich mähe deinen Rasen aus reiner Selbstlosigkeit?", gab Paul zurück.

Die Vorbereitungen für das zweite Freundinnen-Wochenende liefen auf Hochtouren. Trotz ihrer Behinderung hatte Claudia darauf bestanden, dass es wie geplant in Altenburg stattfinden sollte. Inzwischen war es Juli geworden und jeder war froh, der drückenden Hitze in der Stadt für ein paar Stunden zu entfliehen. Da vor kurzem die Sommerferien begonnen hatten, waren die Mütter übereingekommen, dass sie diesmal auch ihre Kinder (und Claudia ihren Napoleon) mitbringen wollten. Das machte sie zudem von Baby- und Hunde-Sittern unabhängig.

Titania kam natürlich doch vom Baum herunter und half Veronika, die Kirschen auf dem Kuchenteig zu verteilen. Das war ohnehin der einzige Beitrag zum Essen, den sie leisteten, denn Claudia hatte bestätigt, dass sie wie versprochen für das Buffet sorgen würde.

„Wo stellst du denn nun dein Zelt auf?“, fragte Veronika ihre Tochter.

„Neben der Hecke, beim Nussbaum.“

„Willst du’s nicht lieber unterm Haus aufstellen? Falls es regnet.“

„Es regnet nicht! Hast du den Wetterbericht nicht gesehen?“

„Na, wie du meinst.“

„Mama?“

„Ja?“

„Muss ich wirklich eines von diesen Mädchen in meinem Zelt schlafen lassen?“

„Ach, Elfchen! Du weißt doch, dass wir sonst nicht alle unterbringen! Paul hat uns eh zwei Schlafplätze in seinem Haus angeboten, sonst würde es gar nicht funktionieren!“

„Aber wenn ich sie nicht mag?“

„Warum solltest du sie nicht mögen? Sie sind die Töchter meiner ältesten Freundinnen, und sie sind in deinem Alter ...“

„Die eine ist erst acht.“

„Ja, aber sie soll sehr clever sein! Und die andere ist elf, wie du.“

„Clever!“, murrte Titania. „Vielleicht ist sie eine blöde Streberin!“

„Vielleicht!“, gab Veronika zu. „Vielleicht ist sie aber auch total cool, hm?“

„Mama!“, lachte Titania, „du hast doch keine Ahnung, was ‚total cool‘ überhaupt bedeutet!“

*

Um halb vier am Nachmittag hielt ein knallgelber Lieferwagen vor dem Gartentor. Ein junger Typ mit einem kecken Schnurrbärtchen erkundigte sich, ob er hier richtig wäre bei Engelhart, und als Veronika dieses bejahte, begann er flink die unglaublichsten Dinge auszuladen und in der

Küche aufzustapeln: Platten mit dekorativen Sandwiches, Teller voller Lachs und Pasteten, kleine panierte Schnitzel, Schüsseln mit Salaten und Gemüsestreifen auf gestoßenem Eis, einen großen Korb mit Gebäck, einen Obstsalat, eine Torte, zwölf Liter Saft in verschiedenen Sorten und drei Flaschen Wein. Also das stellte sich Claudia unter „Verpflegung“ vor! Veronika musste grinsen, während sie dem Schnurrbärtchen den Empfang der Speisen quittierte. Wie hatte sie auch glauben können, Claudia würde Grillwürstchen und Brötchen besorgen?!

Der gelbe Lieferwagen war kaum fort, da hielt auch schon Claudias roter Mini am Gartentor. Xenia saß am Steuer, da Claudia sich wegen ihres gefühllosen Beins jetzt lieber fahren ließ. Auf dem Rücksitz hockte Clara, ausgerüstet mit mehreren Büchern, einem Heft und einem Satz Buntstifte (nur für alle Fälle). Neben ihr schlief Jacob in einem Kindersitz, den Claudia noch schnell bei einer Kollegin ausgeliehen hatte. Veronika eilte zum Tor, um ihre Gäste zu begrüßen und Claudia beim Aussteigen zu helfen, aber Claudia wuchtete sich ganz geschickt alleine aus dem Auto und stützte sich auf zwei Krücken. Sie war wieder ziemlich elegant – diesmal in einem geblümten Kleid –, nur die hochhackigen Pumps waren flachen Gesundheitssandalen gewichen. Hinter ihr hoppelte schwanzwedelnd der struppige Dackel her.

Während die Freundinnen einander begrüßten und umarmten, pirschte Titania sich vorsichtig entlang der Hecke näher und musterte Clara. Wie eine total blöde Streberin sah die kleine Blondgelockte ja nicht unbedingt aus. Aber irgendwie war sie doch noch ein Baby, wie sie da unschlüssig vor dem Tor stand und sich an ihren Büchern festhielt. Titania überlegte, ob sie sie ansprechen oder doch lieber auf das ältere Mädchen warten sollte. Da hielt auch schon ein großes weißes Auto hinter dem kleinen roten, und eine Frau und ein dunkelhaariges Mädchen stiegen aus.

„Schau doch, Isabella, das ist die Clara, von der ich dir

erzählt habe!“, sagte die Frau. „Die, die so eine tolle Zeitung gemacht hat!“

Clara blühte sofort auf, als ihre Zeitung erwähnt wurde.

„Über welches Thema schreibst du gerade?“, fragte Isabella höflich.

„Ich möchte ein Heft über Blumen beginnen“, antwortete Clara bereitwillig und zeigte Isabella die Bücher, die sie mitgebracht hatte. „Schau, das ist ein Pflanzenführer und hier ein Buch über Bäume.“

„Und das?“

„Das ist über versunkene Städte, Ausgrabungen und so. Falls mir die Blumen langweilig werden.“

„Hey, ich kenn mich mit Ausgrabungen aus!“, erzählte Isabella eifrig. „Ich hab in der Schule ein Referat über Troja gehalten!“

„Ehrlich? Erzählst du mir was drüber?“

Titania drückte sich in die Hecke. Na super! Da freundeten sich die zwei an, noch bevor sie überhaupt die Gelegenheit gehabt hatte, mit einer von ihnen zu reden! Sie beschloss, den Tag ganz oben im Wipfel des Nussbaumes mit ihrem Gameboy zu verbringen – und ganz bestimmt keine von beiden in ihr Zelt zu lassen!

Die ganze Prozession von Leuten setzte sich in Bewegung. Es ging ziemlich langsam, weil eine der Frauen auf Krücken ging, und eine andere ein schlafendes Baby trug. Während die Erwachsenen sich an den Kaffeetisch setzten und Kuchen aßen, unterhielten die beiden Mädchen sich lebhaft und fütterten den fetten Hund mit Leckerbissen. Keiner schien Titania zu vermissen. Veronika rief einmal: „Titania! Es gibt Kuchen!“, in die Gegend, aber machte sich weiter keine Mühe, sie zu suchen. Gekränkt kletterte Titania auf den Nussbaum. Wäre sie doch bloß bei Elina in Wien geblieben! Von ihrem Ausguck hoch oben sah sie durch das dichte Grün auf die vergnügte Gesellschaft hinunter. Warum kümmerte sich bloß keiner um sie?

Jetzt besprachen sich die zwei Mädchen mit ihren Müttern, dann griffen sie noch einmal tüchtig beim Kuchen zu – bei dem Kuchen, für den *sie*, Titania, die Kirschen gepflückt hatte! – und zogen ab.

Titania begann eine SMS an Elina in ihr Handy zu tippen. Plötzlich spürte sie, wie der Baum unter ihr zitterte. Sie schaute hinunter: Da kamen diese zwei doofen Gören doch tatsächlich heraufgeklettert! Jetzt saß Titania in der Falle! Hinunter konnte sie nicht, und höher ging es auch nicht mehr. Hastig dachte sie über eine möglichst bissige Bemerkung nach, um die beiden zu vertreiben, doch bevor ihr etwas Gutes eingefallen war, hatte Clara sie erreicht.

„Magst du nicht auch ein Stück Kuchen?", fragte sie.

„Hast du vielleicht eins in der Hosentasche?", knurrte Titania. „Das will bestimmt keiner mehr!"

Statt einer Antwort drückte Clara ihr das Ende einer Schnur in die Hand. Inzwischen hatte auch Isabella, die sich mit dem Klettern etwas schwerer tat, den Baumwipfel erreicht.

„Was soll ich mit dem Strick?", fragte Titania etwas milder.

„Den Korb mit dem Kuchen raufziehen", schlug Clara vor.

„Tolles Handy hast du", fand Isabella. „Ich hab auch eins, aber deins find ich echt obercool!"

Titania zog den Kuchenkorb herauf und beschloss, sich die Sache mit dem Zelt noch einmal zu überlegen.

*

Veronika staunte über Claudias unverminderten Appetit und ihre offenbar ungebrochene gute Laune.

„Wie geht es eigentlich deinem Bein?", fragte sie endlich vorsichtig, da anscheinend niemand anderer sich traute. Sie hatte Angst, damit ein unschönes Thema anzuschneiden, andererseits konnte man es ja auch nicht völlig ignorieren. Also brachte man die Sache am besten einfach hinter sich.

„Nicht so besonders", antwortete Claudia in einem Tonfall, der nicht mal im Entferntesten traurig oder besorgt klang.

Xenia zog die Augenbrauen hoch. Sie war an jenem Nachmittag mit dabei gewesen, als der Arzt Claudia seine Diagnose mitgeteilt hatte. Jetzt war sie gespannt, wie Claudia sich inzwischen entschieden hatte.

„Ich habe eine Geschwulst an der Wirbelsäule", fuhr Claudia fort, als plaudere sie über ihre Urlaubspläne. Veronika und Judith zogen scharf die Luft ein. „Sie drückt auf die Nerven. Von selber wird das wohl nicht wieder verschwinden und operieren lassen möchte ich es nicht."

„Warum denn nicht?", platzte Judith heraus.

„Ich lass mir doch nicht an meiner Wirbelsäule herumschnipseln! Am Ende ist es schlimmer als vorher! Und überhaupt."

„Überhaupt was?"

„Ich mag es halt nicht. Ich hasse Krankenhäuser."

„Kannst du denn so noch unterrichten?", fragte Veronika.

Xenia hielt den Atem an. Das war doch der wunde Punkt, oder? Claudia liebte die Schule, sie wollte unbedingt Karriere machen und Direktorin werden.

Zu ihrer Überraschung verdüsterte sich Claudias Ausdruck nicht; im Gegenteil, ein breites Strahlen überzog ihr Gesicht. „Nein, das kann ich nicht – und stellt euch vor, im Herbst bekomme ich daher einen Posten im Ministerium!" Sie schaute triumphierend in die Runde. „Im Beraterstab der Unterrichtsministerin! Wer weiß, vielleicht werde ich sogar selbst noch mal Ministerin! Na, ist das toll? Allein schon deswegen wäre ich ja dumm, mich operieren zu lassen."

Sie waren alle sprachlos. Dass Claudia über ihren Zustand nicht sehr betrübt war, hatte sie schon gewundert, aber dass sie sogar Kapital daraus zu schlagen verstand, übertraf ihre kühnsten Erwartungen.

„Also", murmelte Veronika schließlich, „das finde ich toll ... dass du selbst an so einem ... äh, Unglück noch etwas Gutes findest."

„Das ist ja auch unser Thema für heute Abend, nicht wahr?" Claudia nahm noch ein Stück Kuchen. „‚Strategien des Glücks' – ich bin sicher, dass wir eine Menge voneinander lernen können."

17. Kapitel

Ein schrilles Piepsen unterbrach das Gespräch. Claudia fuhr mit der Hand in die Tasche ihres Kleides und holte hastig ihr Handy hervor, auf dem eine Nachricht eingegangen war.

„Entschuldigt", murmelte sie und drückte mehrere Tasten. Ihr Gesicht verdüsterte sich, als sie die Nachricht las. Sie sah auf die Uhr. „Ich muss kurz weg!"

„Was, jetzt?" Veronika konnte ihre Enttäuschung nicht verbergen. „Aber wir wollten doch ..."

„Ich hab schon befürchtet, dass so was passiert", seufzte Claudia. „Kann man hier ein Taxi kriegen?"

„Was ist denn los?", fragte Xenia.

„Nadine braucht mich", antwortete Claudia und fügte erklärend hinzu: „Das ist meine Hundesitterin."

„Aber wieso, dein Hund ist doch hier?", wunderte sich Judith.

„Sie braucht mich ja nicht wegen meinem Hund, sondern weil sie Probleme hat", bemerkte Claudia ungeduldig. „Veronika, kriegt man in Klosterneuburg ein Taxi oder muss ich eins aus Wien rufen?"

„Ich kann dich wo hinbringen", erbot sich Xenia.

„Und was machst du dann mit deinen Kindern? Nein,

lass nur. Du wolltest doch ein geruhsames Wochenende verbringen. Ich lass mir ein Taxi kommen und bis zum Abend bin ich wieder zurück."

Tatsächlich schaffte es Claudia, dass innerhalb von zwanzig Minuten ein Auto vor dem Gartentor hielt. Ohne auf das verwunderte Kopfschütteln ihrer Freundinnen zu achten, wuchtete sie sich mitsamt ihren Krücken ins Auto.

„In zwei, drei Stunden bin ich wieder da", versprach sie. „Gebt Napoleon nicht zu viel Kuchen, sonst platzt er!"

„Und weg ist sie", murmelte Veronika, als sie dem davonfahrenden Taxi nachschauten. „Kann mir vielleicht irgendwer erklären, was da los ist?"

„Ich weiß nur, dass diese Nadine eine ehemalige Schülerin von ihr ist", berichtete Xenia. „Sie stammt anscheinend aus zerrütteten Familienverhältnissen und Claudia kümmert sich ein wenig um sie."

„So sehr, dass sie sogar am Wochenende quer durch Europa fährt, nur um ihr nahe zu sein?", murrte Veronika. „Macht sie das mit allen Schülern so?"

„Schau, sie hat doch sonst niemanden", beschwichtigte Xenia sie. „Keinen Mann, kein Kind – es ist doch gut, dass sie wenigstens dieses Mädchen hat. Jeder braucht doch irgendwen, mit dem er Freud und Leid teilen kann."

„Das hast du schön gesagt", fand Judith. „Aber jetzt, wo Claudia weg ist … Also, ich möchte jetzt nicht diskriminierend klingen oder so … Aber vielleicht wäre jetzt ein guter Zeitpunkt, um zur Donau zu gehen und zu baden … Ich meine, *mit* Claudia wäre das eh ein bisschen schwierig geworden, nicht wahr?"

*

Zwischen Ufer und Sandbank, wo der Fluss recht seicht war und sich kaum bewegte, war das Wasser angenehm warm. Die Karawane aus drei Frauen, vier Kindern und einem Hund ließ sich auf der Sandbank nieder. Handtücher und Decken wurden ausgebreitet, Luftmatratzen aufgepumpt und Kinder mit Sonnenöl eingerieben.

„Auf dieser Seite wird das Wasser tief", erklärte Veronika den Kindern. „Und in der Mitte ist die Strömung ganz schön stark. Schwimmt nicht zu weit hinaus, sonst müssen wir euch beim Kraftwerk wieder rausfischen!"

„Wir sind ja nicht blöd", gab Titania vorlaut zurück. „Ich war doch schon hundertmal hier!"

„Du schon, aber die anderen nicht. Also passt bitte gegenseitig auf, dass ihr nicht zu weit abgetrieben werdet, ja?"

„Ja, ja! Los, wir schwimmen ein Stück hinauf und lassen uns dann von der Strömung runtertreiben!" Titania warf die rot-gelbe Luftmatratze in den Fluss und stürzte sich hinterher, dass das Wasser hoch aufspritzte. Clara und Isabella sprangen ihr nach und unter Kreischen und Quietschen mühte sich das Trio, gegen die Strömung zu schwimmen. Napoleon wäre ihnen gerne gefolgt, aber das fließende Wasser, das auf der tiefen Seite doch deutlich kälter war, war ihm nicht geheuer. So begnügte er sich damit, auf seinen kurzen Beinen am Rand der Sandbank hin- und herzuhoppeln und hinter den Kindern her zu bellen. Veronika blieb in seiner Nähe, um ihn notfalls am Halsband festzuhalten. Judith und Xenia setzten sich auf der seichten Seite ins warme Wasser und planschten mit dem kleinen Jacob.

Die Sonne glänzte auf den nassen Leibern der Mädchen, die sich kreischend vor Vergnügen immer wieder an der Sandbank vorbeitreiben ließen. Auf der anderen Seite paddelte Jacob in seinem Schwimmreifen umher und patschte fröhlich ins Wasser. Napoleon wurde des Herumspringens müde und ließ sich auf den warmen Steinen nieder und auch Veronika legte sich hin und döste ein bisschen in den Sommernachmittag hinein.

Plötzlich schreckte sie hoch. Klang das Kreischen der

Mädchen nicht auf einmal irgendwie anders? Nicht mehr freudig, sondern aufgeregt? Hastig setzte sie sich auf und suchte die Wasseroberfläche ab. Die gleißenden Sonnenreflexe auf den Wellen ließen sie blinzeln. Da war die Luftmatratze, ein Kind, noch ein Kind – zwei blonde Köpfe, aber wo war das dritte? Die beiden auf der Matratze schrien und fuchtelten mit den Armen und jetzt sah Veronika auch das dritte, das dunkelhaarige Kind. Es trieb inmitten der Strömung rasch flussabwärts und kreischte in Panik.

„Judith, deine Tochter!“, rief Veronika und stürzte sich kopfüber in den Fluss. Jetzt sahen auch die beiden, die mit Jacob im seichten Wasser planschten, was los war. Judith sprang erschrocken auf und rannte über die Sandbank. Geistesgegenwärtig riss Xenia das Baby aus seinem Schwimmreifen und warf den Reifen ihrer Freundin nach. Judith ergriff den Schwimmring und sprang ins Wasser. Mit den übermenschlichen Kräften einer Mutter, die ihr Kind in Gefahr sieht, schwamm sie auf den Fluss hinaus und ließ sich von der Strömung mitreißen.

Veronika merkte, dass Judith schneller bei Isabella sein würde als sie. Sie änderte daher ihre Richtung und steuerte auf die beiden anderen Mädchen zu, die sich an der Luftmatratze festklammerten, um sie aus der Gefahrenzone zu bringen.

In der Mitte des Stromes war das Wasser tief und kalt und es floss rasch dahin. Judith schwamm aus Leibeskräften, um Isabella einzuholen. Obwohl es in Wirklichkeit nur ein paar Minuten dauerte, kam es ihr wie eine Ewigkeit vor. Endlich bekam sie Isabellas Hand zu fassen und zog sie zu sich heran.

„Halt dich am Schwimmreifen fest!“, schrie sie ihr zu. Aber Isabella umklammerte in ihrer Panik den Hals ihrer Mutter, sodass sie gemeinsam untergingen. Judiths Hand krallte sich um den Schwimmring und das rettete ihnen vermutlich das Leben. Irgendwie kamen sie wieder hoch, hustend und nach Luft ringend. Isabella heulte und schrie. Judith kämpfte sich aus ihrem Würgegriff frei und nahm sie auf den Rücken. So klammerte sie sich an den Schwimmreifen und strampelte auf das Ufer zu.

Ein großes Stück unterhalb der Sandbank erreichten sie endlich festen Boden. Keuchend kletterte Judith auf die großen Steinblöcke der Uferböschung und zog Isabella hinter sich her. Das Mädchen heulte Rotz und Wasser, zitterte am ganzen Leib und klammerte sich Halt suchend an seine Mutter.

„Ist ja gut, ist ja gar nichts passiert", murmelte Judith immer wieder und bedeckte Isabellas nasses Gesicht mit Küssen.

„Halt mich fest, Mami! Geh nicht weg, Mami!", schluchzte Isabella. Schon kam Veronika entlang des Uferpfades angerannt, dahinter Clara und Titania, zuletzt Xenia mit Jacob.

„Geht's euch gut?"

„Alles okay!", rief Judith. „Es ist nur der Schreck!"

Alle umringten Isabella, die haltlos weinte.

„Hast du dir wehgetan?"

„Geht's wieder?"

„Ist dir kalt?"

Endlich beruhigte sie sich ein bisschen, sodass die ganze Gruppe zur Sandbank zurückkehren konnte, wo der arme Napoleon ganz allein zurückgeblieben war. Die Frauen sammelten Decken, Handtücher und Sonnenölflaschen ein. Isabella, die immer noch zitterte und sich weigerte, Judiths Hand loszulassen, wurde in eine Decke gewickelt. Vom Baden hatten jetzt alle erst einmal genug.

*

Ein wenig schweigsam und gedrückt gingen sie daran, das abendliche Lagerfeuer im Garten vorzubereiten. Isabella wich nicht von Judiths Seite. Obwohl Clara und Titania sich bald von ihrem Schrecken erholten und wieder spielen gingen, saß Isabella bleich neben ihrer Mutter und hielt ihre Hand.

„Ist dir was passiert?“, fragte Veronika. „Hast du dir wehgetan?“

Isabella schüttelte den Kopf.

„Was war denn los? Warum bist du nicht einfach ans Ufer geschwommen?“

Isabella zog die Schultern hoch. „Ich ... weiß nicht“, flüsterte sie. „Ich hatte solche Angst ... Weiter unten gibt's doch ein Kraftwerk, und ich hab mich gefürchtet, dass ich da reingezogen werde!“

„Mein armer Liebling!“ Judith umarmte ihre Tochter. „Du hättest dich nicht fürchten müssen. Da gibt es doch ein Schutzgitter, man kann nicht in die Turbine gezogen werden!“

„Außerdem ist es noch sehr weit bis dahin!“, schob Veronika nach. „Du hättest jede Menge Zeit gehabt, ans Ufer zu schwimmen!“

Isabella nickte gehorsam und schmiegte sich an Judith. Xenia konnte den Gedanken nicht unterdrücken, dass Isabella einfach Judiths Nähe suchte, und dieser kleine Unfall kam ihr als Vorwand gerade recht ...

Als sie dachten, sie könnten jetzt nicht länger warten, und begannen, im Garten das Buffet aufzubauen, kam Claudia im Taxi angefahren.

„Da komm ich ja gerade richtig!“, rief sie leutselig, als sie all die feinen Speisen sah, die der Partyservice angeliefert hatte. Sie ließ sich in einen der bereitgestellten Gartenstühle plumpsen, legte ihre Krücken neben sich ins Gras und sah den Kindern zu, die sich eifrig bemühten, das Lagerfeuer anzufachen.

Xenia füllte einen Teller mit Lachs, Pasteten und Salaten und reichte ihn Claudia. „Das Buffet verdanken wir dir, nicht wahr?“

„Ja, warum soll immer Veronika alles bezahlen? Wir können uns ja abwechseln.“

„Du hast es dich ganz schön was kosten lassen!"

„Hm ja. Immer nur verkohlte Grillwürstchen? Außerdem ist mir für meine Freundinnen nur das Beste gut genug." Claudia stocherte in ihren Salaten herum.

„Nadine steht dir ziemlich nahe, nicht wahr?", fragte Xenia unvermittelt.

„Wie kommst du denn darauf?"

„Ich merke, dass du irgendwie bedrückt bist. Du isst nicht, du schiebst das Essen nur herum. Das ist sonst nicht deine Art."

Claudia rang sich ein Grinsen ab. „Schlaumeier."

18. Kapitel

Solange die Kinder um das Feuer herumsprangen und Brote, Fleischstücke und sogar Essiggurken zu rösten versuchten, gab es nicht die nötige Ruhe für ein tiefsinniges Gespräch. Immerhin hatte sich Isabella so weit beruhigt, dass sie Judiths Hand loslassen konnte und wieder mit Clara und Titania spielte. Und Titania hatte zum Glück längst ihre Vorbehalte gegen die Besucherinnen aufgegeben. So gelang es schließlich, die drei Mädchen – ausgerüstet mit Schlafsäcken und Taschenlampen – in Titanias Zelt zu verfrachten. Dort steckten sie kichernd die Köpfe zusammen, warfen Schattenbilder an die Zeltwand und erzählten einander Geschichten. Schlafen wollten sie jedenfalls noch lange nicht. Es waren ja Ferien!

Jacob war irgendwann auf Xenias Schoß eingeschlafen. Jetzt lag er im Haus oben im Bett, bewacht vom Babyphon. Napoleon lag unter Claudias Sessel im Gras und schnarchte. Endlich wurde es still. Nur aus der Gartenecke, in der das Zelt stand, drang unterdrücktes Kichern und

Flüstern. Das Feuer war heruntergebrannt, die Glut verbreitete einen matten Lichtschein. Man konnte die Sterne sehen und die Unken hören.

Wir kommen immer wieder hierher zurück, dachte Xenia. *Stille und Dunkelheit. Warum führt man fast alle guten Gespräche nachts?*

„Letztes Mal", begann Claudia mit leiser Stimme, „haben wir diese Briefe geöffnet. Und ich glaube, wir waren alle etwas ... äh, davon überwältigt, plötzlich mit unseren Jugendträumen konfrontiert zu werden."

Die anderen nickten bedeutungsschwer und starrten in die Glut.

„Ich war schon ein bisschen überrascht", fuhr Claudia fort, „zu lesen, was ich mir als Kind alles erhofft und erträumt habe. Und, ehrlich gesagt, in manchen Dingen ist es dann ganz anders gekommen." Sie sah Judith an. „Ich gebe zu, du hast mit deinem Ausbruch damals beim Frühstück nicht ganz Unrecht gehabt."

Schau an, dachte Xenia, *letztes Mal hat sich das noch ganz anders angehört! So als ob Claudia mit ihrem Leben eh ganz zufrieden wäre!*

„So geht's uns doch allen", murmelte Veronika, stets auf Harmonie bedacht.

„Mir ist klar geworden", sagte Claudia, „dass ich zuletzt nur noch einen Wunsch wirklich konsequent verfolgt habe: Ich wollte beruflich erfolgreich sein. Karriere machen. Alles andere war für mich nicht so wichtig. Aber auf diesem Gebiet hatte ich ein Ziel. Ich wollte Direktorin werden und nach meinen eigenen Vorstellungen eine Schule gestalten."

„Hab ich's nicht gleich erraten?", freute sich Judith.

„Ich habe gehofft, dann endlich wirklich unabhängig zu sein", seufzte Claudia.

„Unabhängig wovon?", platzte Xenia heraus.

„Von der Meinung anderer Leute. Vom Wohlwollen anderer Leute. Überhaupt von irgendwelchen Leuten!"

„Warum?“

„Warum?“, wiederholte Claudia erstaunt. „Damit ich endlich das machen kann, was *ich* will! Damit ich mir endlich von niemandem mehr dreinreden lassen muss, *was* ich zu tun habe und *wie* ich es zu tun habe und so weiter! Um endlich einmal *frei* zu sein!“

Die anderen schwiegen verblüfft. So emotional hatten sie die sachliche Claudia noch nie erlebt.

„Ich habe seit Ewigkeiten keine Beziehung mehr zu einem Mann gehabt“, fuhr Claudia leise fort. „Und warum? Um nicht in Abhängigkeit zu geraten. Ich habe keine engen Freundschaften gepflegt. Ich habe nur für die Schule gearbeitet. Und jetzt, wo ich wegen meines kranken Beins ins Ministerium komme, ernte ich endlich die Früchte meiner Arbeit. Nein, ‚endlich‘ ist falsch gesagt. Eigentlich sogar früher als ich erhofft hatte.“

„Aber?“, fragte Xenia.

„Was, aber?“

„Das klingt nach einem ‚aber‘. Seit du deine Jugendträume gesehen hast, bist du doch nicht mehr so ganz zufrieden damit, oder?“

Claudia zog die Schultern hoch. Ihr Gesichtsausdruck war im Dunkeln nicht zu erkennen. „Na ja ... Sicher hab ich als Kind auch von einer Familie geträumt ... ein toller, gut aussehender Mann, zwei nette Kinder ... Dieser Jungmädchenkram eben.“

Komisch, dachte Xenia, *bei mir war das gerade andersrum. Ich wollte mich nicht von einem Mann abhängig machen, und hab's dann doch getan.*

„Warum ich mich ganz aufs Berufliche konzentriert habe, das war, weil ich dafür ganz allein verantwortlich war“, erklärte Claudia. „In einer Beziehung, egal ob jetzt Freundschaft oder Liebe, gibt es eine zweite Person, und somit immer Faktoren, auf die man selbst keinen Einfluss hat.“

Judith und Xenia, die Ehe-Erfahrenen, nickten dazu.

„Das macht ja gerade den Reiz aus“, murmelte Xenia schwach.

„Aber als ihr mich dann angerufen habt“, setzte Claudia fort, „und ich euch nach all den Jahren wieder gesehen hab, ... da ist mir klar geworden, dass mir doch etwas gefehlt hat. Freundschaft. Jemand, dem man sich anvertrauen kann – ohne Angst. So wie das früher zwischen uns war.“

Sie schwiegen.

„Ist es ... jetzt ... nicht mehr so zwischen uns?“, fragte Xenia schließlich zögernd.

Claudia seufzte. „Ich weiß nicht“, gestand sie. „Doch ... irgendwie schon. Aber ... ich bin nicht sicher, ob ich das überhaupt noch kann ... so ganz und gar vertrauen.“

„Wovor hast du Angst?“, fragte Veronika.

Claudia lachte auf. „Wovor hat jeder Angst?“, fragte sie zurück. „Vor Ablehnung? Davor, nicht ernst genommen zu werden? Davor, ausgelacht zu werden? Davor, nicht dazuzugehören?“

„Oh.“ Veronika schluckte. „Ich dachte immer, dass ... nur ich diese Angst habe“, brachte sie mühsam hervor.

Claudia beugte sich vor und berührte Veronika am Arm. „Bestimmt nicht. Das kann ich dir gerne schriftlich geben!“

„Was ist mit dieser Nadine?“, fragte Judith. „Ist das keine Beziehung? Vertraust du ihr nicht?“

„Das ist was anderes. Nadine ist mehr – wie ein Kind. Sie ist zwar schon 17, aber ... in dieser Beziehung bin ich die Starke, die Gebende. Ich helfe ihr, ihre Sorgen zu tragen, aber ich belaste sie nicht mit meinen. Sie hilft mir nur insofern, als sie Napoleon spazieren führt.“

„Und was hat sie für Sorgen? Ich meine, wenn du dein Wochenende unterbrichst und für teures Geld nach Wien zurückfährst, muss es schon was Gravierendes sein, oder?“

Claudia seufzte. Eigentlich hatte sie darüber nicht sprechen wollen, aber die Situation war gerade so stimmungs- und vertrauensvoll, und außerdem ging ihr die Sache sowieso im Kopf herum.

„Schau mal … bei Nadine sind irgendwie *alle* Probleme gravierend. Sie stammt aus zerrütteten Verhältnissen. Ihre Mutter hat wechselnde Männerbekanntschaften und mindestens einer dieser Männer hat Nadine missbraucht, als sie noch klein war."

Judith zuckte zusammen. „Du meinst … sexuell?", flüsterte sie.

Claudia nickte. „Dann hat sie in der Schule versagt, hat vor einem Jahr abgebrochen und jobbt jetzt in einer Imbissbude und als Hundesitterin. Sie hat nur wenig Perspektiven, versteht ihr? Und ich bin anscheinend der einzige Mensch, der sich jemals Zeit nimmt, um ihr zuzuhören."

Sie verstummte. Die erwartungsvollen Blicke ihrer Freundinnen zeigten ihr jedoch, dass diese Erklärung nicht ausreichte, um ihren überstürzten Aufbruch am Nachmittag zu begründen.

„Na ja, und jetzt hat sie auch noch einen Freund", fuhr Claudia widerstrebend fort. „Einen Türken. Das heißt, seine Eltern stammen aus der Türkei. Er ist hier geboren und aufgewachsen. Aber gewisse Traditionen lassen sich sicher nicht so schnell überwinden."

„Was heißt das?"

„Das heißt, dass der gute Mehmet sich jetzt eine Zeit lang mit Nadine abgibt, aber heiraten muss er dann wohl ein türkisches Mädchen, das als Jungfrau in die Ehe geht und ihm acht Kinder schenkt!"

Die anderen schwiegen betroffen.

„Und deswegen hat sie heute Nachmittag die Krise gekriegt?", fragte Judith schließlich.

Claudia starrte in die Glut. „Sie fürchtet, sie könnte schwanger sein", murmelte sie endlich dumpf.

„Oh."

„Und das würde bedeuten: Ihre Mutter schmeißt sie raus. Und wie sie von ihren miesen Jobs auch noch ein Baby ernähren soll, das weiß der Himmel!"

„Was ist mit Abtreibung?", fragte Veronika.

„Oder Adoption", warf Xenia ein, die das Thema Abtreibung gerne vermeiden wollte.

„Ja, es gibt so viele kinderlose Paare", hakte Judith ein, „Adoption wäre doch eine gute Lösung!"

„Niemals!", brauste Claudia mit unerwarteter Heftigkeit auf. „Man kann doch eine Mutter nicht zwingen, ihr Kind herzugeben, egal, wie jung sie ist und in welchen Umständen sie lebt! Das ist ein Unrecht! Niemand hat das Recht, einer Mutter ihr Kind wegzunehmen!"

„Entschuldige!", wehrte Judith eingeschüchtert ab. „War ja nur so eine Idee ..."

„Eine Idee, ja!", schnaubte Claudia. „Eine feine, saubere Lösung! Das Baby muss weg! Und möglichst unauffällig, bitte sehr! Am besten, keiner merkt überhaupt etwas von der Schwangerschaft! Damit die Familie nicht ins Gerede kommt! Weg mit dem Schandfleck! Vertuschen, verstecken, verschweigen! Eine gute Lösung, wirklich großartig!"

„Aber Claudia! Reg dich doch nicht so auf! Es ist doch ..."

„Ich soll mich nicht aufregen? Ihr habt ja keine Ahnung! Wisst ihr überhaupt, wovon ihr da redet?" Ihre Stimme kippte. Und dann begann Claudia, die kühle, elegante, über den Dingen stehende Claudia, zu weinen.

19. Kapitel

Einen Augenblick lang saßen alle da wie vom Donner gerührt. Diese Wendung, die das Gespräch genommen hatte, kam unerwartet. Dann stand Xenia auf, beugte sich über Claudia und umarmte sie. Langjährige Erfahrung als Seelsorgerin hatte sie gelehrt, dass das in solchen Fällen meistens half. Was auch immer der genaue Grund für diesen Ausbruch sein mochte, Claudia brauchte jetzt das Gefühl, verstanden und angenommen zu sein.

„Moment bitte", ließ Veronika sich schüchtern vernehmen. „Mir scheint, ich hab jetzt irgendwas nicht mitgekriegt. Was ist passiert? Ich dachte, es ist noch nicht einmal sicher, dass dieses Mädchen schwanger ist?"

Claudia befreite sich aus Xenias Umarmung und tätschelte ihr dankend den Arm. Sie zog ein besticktes Batisttaschentuch aus ihrer Handtasche und wischte sich das Gesicht ab.

„Entschuldigung!"

„Also geht es jetzt um Nadines potenzielles Baby, oder steh ich irgendwie daneben?", fragte Veronika noch einmal.

„Komm, Claudia", ermunterte Xenia sie sanft. „Möchtest du uns nicht erzählen, was dich so traurig macht? Du weißt, du kannst uns vertrauen – ohne Angst!"

Claudia seufzte abgrundtief. Sie setzte an, etwas zu sagen, dann schüttelte sie den Kopf. „Ich kann nicht. Das hab ich noch nie erzählt. Niemandem."

„Heimlichtuerei ist wie ein schleichendes Gift, das das Denken verdunkelt und die Angst im Herzen nährt", murmelte Judith.

„Was?"

„Das hab ich geschrieben. Damals. In meinem Brief-an-die-Zukunft. Als 15-Jährige hab ich diesen Satz geschrieben und jetzt mit 43 hab ich ihn nötig gebraucht."

„In deinem Leben gibt's auch Heimlichkeiten?", platzte Veronika verwundert heraus.

„Ja. Leider. Aber das wird jetzt anders. Ich erzähl es nachher, wenn ich an der Reihe bin. Jetzt lasst erst mal Claudia reden!"

„Ich ..." Claudia rang mit sich. „Nein ... ich kann nicht!"

„Es hat mit Adoption zu tun, ja?", half Xenia nach.

Claudia nickte.

„Wurdest du adoptiert und niemand hat es dir gesagt?", riet Veronika.

Claudia schüttelte den Kopf und verzog schmerzlich das Gesicht. „Schlimmer."

„Du selbst hast ein Baby zur Adoption freigegeben", schlug Judith vor. Zu ihrer Überraschung nickte Claudia daraufhin gequält und begann erneut zu weinen.

„Oh! Du hast ..." Judith unterbrach sich, indem sie sich die Hand vor den Mund schlug. „Ich ... ich dachte, du hast keine Kinder ...? Bei unserem letzten Treffen hast du gesagt ..."

„Ich hab gesagt, ich habe keine Kinder*fotos*", berichtigte Claudia mit gepresster Stimme. „Das bedeutet nicht, dass ich kein *Kind* habe!"

Sie schwiegen betroffen. Claudia schnäuzte sich in ihr feines Taschentuch. Ein Windhauch ließ die Glut auflodern, sodass ein rötlicher Lichtschein über die Gesichter huschte.

„Habt ihr euch nie gefragt, wieso ich kurz nach dem Ende unserer gemeinsamen Schulzeit vollständig von der Bildfläche verschwunden bin?", fragte Claudia.

„Doch, ich hab dich sogar ein paar Mal angerufen", sagte Judith. „Aber deine Mutter sagte mir, dass du ein Jahr im Ausland studierst, oder so. Später hab ich dann nicht mehr daran gedacht und du hast dich auch nicht gemeldet und so haben wir uns irgendwie aus den Augen verloren."

„Ein Auslandsjahr, ja, genau!", bemerkte Claudia bitter. „Was denkt ihr wohl, warum? Ich meine, im Englischstudium ist es ja nicht ungewöhnlich, dass man eine Zeit lang nach England geht, aber doch nicht gleich im ersten Jahr!" Sie verstummte, von Erinnerungen überwältigt. Die anderen warteten, bis sie bereit war zu erzählen. Endlich begann sie: „Nach der Matura* hab ich gleich mit großem Enthusiasmus zu studieren begonnen. Ihr wisst ja, ich

* Abitur

wollte immer schon Lehrerin werden. Na ja, und meine Eltern haben natürlich auch erwartet, dass ich bald einmal einen passenden Mann nach Hause bringe. Und weil ich immer so super-clever-obergescheit war, hat irgendwie jeder geglaubt, ich verliebe mich gleich in den Professor oder zumindest in einen Dozenten. Jedenfalls einen, der mir ‚intellektuell ebenbürtig' ist, ha ha. Aber was passiert? Ich verknall mich in den Typen, der in der Mensa das Essen ausgibt. Einen Bummelstudenten, der nach 16 Semestern noch immer nichts hat, keinen Abschluss, nur diesen Job in der Mensa und wunderschöne goldene Augen …" Claudia seufzte und schüttelte über sich selbst ihren wohlfrisierten Kopf. „Ich war 18, völlig unerfahren und schrecklich naiv, ihr wisst es ja – wir waren doch alle so … Das kommt davon, wenn man in einer reinen Mädchenschule war … Kurzum, nach drei Monaten war ich schwanger. Ich wollte es erst nicht wahrhaben. Es hat drei weitere Monate gedauert, bis ich's richtig kapiert hab. Für eine Abtreibung war es da längst zu spät. Außerdem … ich weiß nicht, ob ich das über mich gebracht hätte." Wieder verstummte sie.

„Was hat dein Freund gesagt?", fragte Judith.

„Ich glaube, er wäre bereit gewesen, mich zu heiraten. Ich meine, begeistert war er nicht, es war mehr so eine ‚wenn's-denn-sein-muss'-Einstellung." Sie seufzte.

„Und?"

„Das Problem waren meine Eltern. Für die kam eine Heirat überhaupt nicht in Frage. Nicht mit so einem verbummelten Habenichts, der mir in keiner Hinsicht das Wasser reichen konnte. Sie hatten große Pläne für mich, beruflich wie privat. Wisst ihr, sie haben beide nicht studiert. Meinem Vater kam der Krieg dazwischen und bei meiner Mutter stand es gar nicht erst zur Diskussion. Ich als einziges Kind war der Träger all ihrer Hoffnungen und das wollten sie sich nicht kaputt machen lassen! Es sollte einmal heißen: ‚Die Claudia von den Bachlers, die hat's zu etwas gebracht!' Und nicht: ‚Die hat einen Taugenichts geheiratet und wegen einem Baby das Studium abgebrochen.' Nein, für meine Eltern war klar: das Baby muss weg! Ich glaube fast, eine Abtreibung wäre ihnen am liebsten gewesen, aber dafür war es, wie gesagt, schon zu spät. Also verfielen sie auf die geniale Idee, mich für ein Jahr nach England zu schicken, wo mich niemand kannte. So hat niemand mitgekriegt, dass ich überhaupt schwanger war! Ich hab das Kind geboren, es wurde vom Fleck weg adoptiert, und nach einer angemessenen Erholungspause, als mir nichts mehr anzumerken war, durfte ich nach Wien zurückkommen. ‚Unsere Claudia, die hat schon im Ausland studiert!' Eine feine, saubere Lösung. Großartig!" Sie starrte grimmig in die Glut. Ein Holzscheit knackte und trieb ein paar Funken in die Höhe.

„Es war ein Bub. Ich hab ihn nur ein einziges Mal gesehen. Ich habe kein Foto, keine Erinnerung. Ich weiß nicht einmal, wie er heißt. Ich weiß nur seinen Geburtstag, 28. August. Er wird bald 24 Jahre alt." Sie strich sich ordnend über ihre ohnehin ordentliche Frisur, als könnte sie dadurch auch den Aufruhr in ihrem Inneren glätten.

„So. Jetzt wisst ihr's. Ich hab es noch nie irgendwem erzählt. Jetzt könnt ihr sagen, Claudia ist eine Heuchlerin, die allen die coole Erfolgsfrau vorspielt, und dabei ist sie eine Rabenmutter. Na los, es stimmt ja!"

„Nein, es stimmt nicht!", platzte Judith heraus. „Du bist keine Rabenmutter! Bestimmt ist es deinem Baby gut ergangen!"

„Außerdem haben deine Eltern dich dazu gezwungen, du hattest schließlich keine Wahl", bemerkte Veronika.

„Ich hätte mich wehren können", murmelte Claudia.

„Du warst doch in jeder Hinsicht von ihnen abhängig. Wovon hättest du dich und das Kind denn ernähren sollen, ohne Ausbildung, ohne Wohnung und ohne Job?"

„Ja ... natürlich. So hab ich wohl damals auch gedacht. Und ihr könnt mir glauben, ich habe es meinen Eltern nie verziehen, dass sie mir mein Kind weggenommen haben.

Aber heute denke ich manchmal ... vielleicht hätte ich es doch geschafft. Irgendwie. Wenn ich etwas mutiger und stärker gewesen wäre."

Xenia schüttelte den Kopf. „Deine Eltern wollten sicher nur das Beste für dich. Und diese Lösung ist ihnen damals eben als das Beste vorgekommen. Sie wollten dir bestimmt nicht wehtun, sondern dich schützen und dir alle Chancen offen halten."

„Sie hatten kein Recht zu so etwas!", ereiferte sich Veronika.

„Vielleicht tut es ihnen selbst schon Leid", gab Xenia zu bedenken. „Immerhin war das ihr einziges Enkelkind. Ich glaube, es wäre gut, wenn du dich mit ihnen aussprichst. Leben sie überhaupt noch?"

Claudia nickte. Ihr Gesichtsausdruck war verschlossen. „Wahrscheinlich haben sie die Sache längst vergessen", brummte sie. „Für sie ist doch das Leben danach normal weitergegangen, ohne Störungen, ohne Abweichungen. Wir haben nie wieder darüber gesprochen."

„Was wurde aus deinem Freund?", erkundigte sich Veronika.

„Der war froh, so glimpflich davongekommen zu sein, und verschwand bald danach aus meinem Leben. Was wahrscheinlich kein Schaden war." Sie wedelte mit der Hand vor ihrem Gesicht und es blieb unklar, ob sie eine Mücke verscheuchen wollte oder die Erinnerung an ihren Exfreund. „Na ja, also, um auf unser Thema zurückzukommen: Seit damals heißt mein Glücksrezept ‚beruflicher Erfolg'. Nachdem ich privat dermaßen auf die Nase gefallen bin, hab ich mich auf das konzentriert, was ich wirklich gut kann. Und ich muss sagen, es funktioniert nicht schlecht. Ich bin jedenfalls nie wieder so furchtbar enttäuscht worden wie damals. Napoleon und Nadine geben mir genug Nähe und Zuneigung, mehr brauch ich nicht. Und auf mein berufliches Engagement hab nur ich alleine Einfluss und sonst keiner. Manchmal hab ich sogar Glück, so wie jetzt mit der Stelle im Ministerium. Und so hab ich's mir im Leben ganz gemütlich eingerichtet."

Sie lehnte sich zurück und streckte ihr gesundes Bein von sich, wobei sie darauf achtete, Napoleon nicht zu treten. Wie sie so dasaß in ihrem eleganten Kleid und der perfekten Dauerwelle, den schlafenden Dackel zwischen den Füßen, sah sie wirklich aus wie eine Frau, die mit ihrem Leben zufrieden war. Und wahrscheinlich gelang es ihr sogar, das auch selbst zu glauben – zumindest über weite Strecken. Nein, sie hatte es nicht schlecht gemacht.

„Falls Nadine übrigens wirklich schwanger sein sollte", fügte Claudia hinzu, „weiß ich jetzt wenigstens, was ich tun werde."

Veronika stand auf und warf ein paar Holzstücke ins Feuer. Funken stoben in die Höhe und dann loderten die Flammen auf und erhellten einen kleinen Kreis in der Dunkelheit.

„Jetzt seid aber ihr dran", fand Claudia, der es langsam unangenehm wurde, im Mittelpunkt des allgemeinen Interesses zu stehen. „Was ist euer Glücksrezept? Judith, du wolltest doch was erzählen – über Heimlichkeiten oder so, stimmt's?"

„Ja." Judith setzte einen konzentrierten Gesichtsausdruck auf, wie eine Schülerin, die eine schwierige Frage beantworten will. „Und ich will versuchen, ganz ehrlich zu sein."

„Na das hoff ich doch", brummte Claudia. „Wo ich doch gerade in Sachen Ehrlichkeit neue Maßstäbe gesetzt habe!"

20. Kapitel

„Mein Glücksrezept", begann Judith zu erzählen, „hat, glaube ich, früher ‚Ehe und Familie' geheißen. Vielleicht auch ‚Geborgenheit', oder so ähnlich. Jedenfalls stehen derlei Sachen in meinem Brief."

„Wieso früher?", fragte Veronika dazwischen. „Heißt es jetzt anders?"

„Psst! Lass sie doch erst einmal erzählen!", mahnte Claudia.

„Ein paar Jahre lang hab ich wohl schon gegen die spießige, bürgerliche Idylle meiner Eltern rebelliert, so am Anfang meines Studiums. Aber nach und nach hab ich gemerkt, dass dieses Biedermeier-Szenario im Grunde eh das war, was ich auch haben wollte. Schließlich kannte ich nichts anderes. Also hab ich einen Mann geheiratet, der ganz so war wie mein Vater. Tatsächlich war er sogar ein Arbeitskollege meines Vaters und meine Eltern haben uns bekannt gemacht. Und dann kam alles in der richtigen Reihenfolge: erst ein standesgemäßes Haus mit Garten in Rodaun*, dann die Kinder, zuerst einen Buben, danach ein Mädchen. Putzfrau, Au-pair-Mädchen, Zweitauto, elegante Gesellschaften, ab und zu in die Oper oder ins Burgtheater. Zum Hochzeitstag hat Heinrich mir Blumen geschenkt. Zu runden Jubiläen auch mal ein Schmuckstück. Am Muttertag sind wir ausgegangen. Na ja, und so weiter." Judith hob den Kopf und sah ihre Freundinnen herausfordernd an. „Na, was ist? Will jemand vielleicht ein Schmalzbrot?"

„Schmalzbrot?", staunte Claudia. „Gibt's denn keine Pastete mehr?"

Judith schüttelte den Kopf, dass ihre langen dunklen Haare flogen. „Das war ein Scherz! Ich meinte, dass

---

* nobles Villenviertel am Stadtrand von Wien

aus meiner Geschichte der Schmalz trieft! Merkt ihr das denn nicht? Das ist doch alles viel zu schön, um wahr zu sein!"

„Du willst uns damit sagen, dass dein Glücksrezept nicht funktioniert hat", begriff Claudia.

„Genau!" Judith hatte während der letzten vier Wochen ein paar Mal mit Xenia gesprochen und sie merkte, dass es ihr jetzt schon viel leichter fiel, die Geschichte zu erzählen, als beim ersten Mal. „Es hat vielleicht so ausgesehen, als ob es funktioniert hätte. Was ich da hatte, *sah aus* wie ‚Ehe und Familie' und ‚Geborgenheit'. Aber in Wirklichkeit *war* es das nicht!"

„Was war es denn?", fragte Veronika.

„Es ... hm ... es war eine Art Wohngemeinschaft. Heinrich und ich taten nach außen hin all die Dinge, die man als Ehepaar so tut, aber innen drin war ich ... einsam. Blumen zum Hochzeitstag? Ebenso gut hätte seine Sekretärin sie vorbeibringen können, denn die hat sie wahrscheinlich auch gekauft. Kinder? Ich glaube, Heinrich kannte ihre Namen. Das ist nicht so schwierig, es sind ja nur zwei. Aber sonst wusste er nichts von ihnen, besonders so lange sie klein waren. Wir lebten in getrennten Welten und ich war in seiner Welt so was Ähnliches wie ... wie ein Einrichtungsgegenstand. Ein teurer, dekorativer, das schon – aber eben nicht viel mehr. Und ich *fühlte* mich auch wie ein Möbelstück."

Sie schilderte, wie sie sich mehr und mehr wie ihre eigene Großmutter zu fühlen begann. Und wie dann die Offenbarung in Gestalt des jungen, hässlichen aber vitalen Künstlers namens Rex in ihr Leben trat. Xenia, die diese Geschichte schon kannte, nutzte die Gelegenheit, um schnell einmal nach Jacob zu sehen. Leise schlich sie die hölzerne Treppe hinauf und öffnete die Tür zu dem Zimmer, das sie mit Jacob teilen würde. Der Kleine lag ganz am Rand des Bettes auf dem Bauch, ein Beinchen hing herunter. Die Decke war zu Boden gerutscht. Xenia verfrachtete Kind und Decke wieder an den richtigen Platz und prüfte das Babyphon, indem sie sich leise räusperte. Der Empfänger an ihrem Gürtel räusperte sich ebenfalls. Alles okay. Sie küsste Jacob zart, um ihn nicht zu wecken, und schlich hinaus. Da stand sie nun auf der Veranda und blickte in den dunklen Garten hinunter. Das Lagerfeuer war eine geheimnisvoll schwelende dunkelrote Glut und ihre drei Freundinnen rötliche Schemen, kaum zu erkennen. Ein Windhauch trug Fetzen des Gespräches herauf; sie hörte Judiths Stimme, konnte aber keine Worte verstehen.

Sie hob den Kopf und richtete ihren Blick nach oben in die unendlichen Tiefen des Weltalls. Ein Blick hinauf zu den Sternen tat immer wieder gut. Er half, die Perspektiven zurechtzurücken.

Warum, dachte sie, *warum, Gott, schaffen wir es nicht, glücklich zu sein? Warum glauben wir Dinge tun zu müssen, die wir schrecklich finden? Welcher absurde Ehrbegriff treibt uns, ein Baby wegzugeben? Oder einen Mann zu heiraten, den wir nicht lieben, nur weil wir denken, das gehört sich so? Welche verdrehte Auffassung von Glück treibt uns, unsere Familie zu verlassen, weil wir glauben, wir hätten Anspruch darauf, das Glück woanders zu finden? Warum*, dachte sie schuldbewusst, *habe ich Leonhard geheiratet, obwohl ich wusste, dass er alkoholkrank war? Und warum trinkt er überhaupt? Warum leiden wir alle so am Leben? Und warum glauben wir, wir müssten trotzdem so tun, als wäre alles bestens?*

Sie setzte sich auf den Boden der Veranda, lehnte sich an die Hauswand und blickte zum Himmel hinauf. Gott selbst hatte am Leben gelitten, als er Mensch wurde. Nicht einmal er konnte oder wollte das Leiden ausklammern. Aus irgendeinem Grund, den Xenia nicht begreifen konnte, schien es dazuzugehören.

Da saß sie auf dem Holzboden, der noch warm war von einem Tag voller Sonne. Stille. Nur die Grillen waren zu hören und ein Schnaufen von Jacob, der sich drinnen im Zimmer umdrehte. Über ihr der Sternenhimmel …

Und wieso gibt es trotz allem diese unbeschreiblichen Momente voller Glück, diese ungebrochene Fähigkeit zu überschäumender Freude?

Sie seufzte tief und wusste selbst nicht, ob es vor Schmerz war oder vor Glück. Als wollte Gott noch eins draufsetzen, huschte in diesem Moment eine Sternschnuppe lautlos über den Himmel. Xenia wusste, das war eine der kleinen Überraschungen, die ihr Herr für sie bereithielt. Er zeigte ihr damit, dass er immer da war … In ihrem Herzen geschah etwas. Es fühlte sich an, als ob eine kleine Blase platzen würde, eine Blase voller Glück. Und das Glück breitete sich in ihrem Körper aus wie Wärme und drang bis in ihre Fingerspitzen und Zehen vor.

*

Beschwingt kehrte sie an das Lagerfeuer zurück.

„Na, habt ihr Judiths Liebhaber schon durch?“, fragte sie. „Auch den mit dem schwülstigen Namen?“

„Die haben *alle* schwülstige Namen“, bemerkte Veronika sarkastisch.

„Ich meine den aktuellen.“

„Es gibt keinen aktuellen“, sagte Judith.

„Nicht?“ Xenia zog die Augenbrauen hoch. „Was ist denn mit ihm? Wird er seinem Namen nicht mehr gerecht?“ Sie grinste verschwörerisch. Ob Judith den anderen auch verraten hatte, warum der Typ sich „Erasmus“ nannte und worauf sich das reimte?

„Ich habe mich von ihm getrennt“, bemerkte Judith würdevoll, ohne auf Xenias launigen Ton einzugehen. „Ich suche Wahrheit. Echtheit! Und mir wurde klar, dass ich mir auch in dieser Beziehung etwas vorgemacht habe. Ich will mir nichts mehr vormachen. Ich möchte endlich herausfinden, wer ich eigentlich bin!“

Xenia begriff, dass die nächtlichen Treffen am Feuer irgendwie etwas Heiliges an sich hatten. Hier kehrten sie vor Leuten, die sie über 20 Jahre nicht gesehen hatten, ihr Innerstes nach außen. Es war nicht der Platz für Seitenhiebe oder kleine Späßchen. Sie nickte, um Judith zum Weitersprechen zu ermutigen.

„Jahrelang hab ich versucht, Papis kleine Tochter zu sein", erläuterte Judith. „Ich hab süße Kleidchen getragen, mich in der Schule angestrengt und Klavierstunden genommen."

„Und zumindest das Letztgenannte war bestimmt nicht dein eigener Wunsch", warf Xenia ein.

„Na ja – nur insofern, als ich meinen Eltern gefallen wollte", räumte Judith ein. „Da ich keine Ahnung hatte, wer oder wie ich sein wollte, versuchte ich einfach die Judith zu sein, die meine Eltern haben wollten. Das hat ja auch im Großen und Ganzen funktioniert. Und nach einer kurzen Phase der Rebellion hab ich dann damit weitergemacht, meinem Mann zu gefallen. Also dasselbe in Grün. Und seltsamerweise hat sogar das lange Zeit funktioniert! Erst in den letzten Jahren ist diese Leere in mir entstanden ... na ja, oder sagen wir eher: ist sie mir bewusst geworden."

„Und die bekämpfst du, indem du zur Abwechslung irgendwelchen schrägen jungen Künstlern zu gefallen versuchst", bemerkte Claudia trocken.

Judith zuckte zusammen und Veronika fürchtete schon, sie würde aufbrausen. Doch sie nickte nur langsam mit dem Kopf und sagte nachdenklich: „Jaaah ... ich glaube, du bringst es auf den Punkt." Sie warf die Arme hoch und fragte leicht verzweifelt: „Aber wer bin ich denn nun wirklich? Papis kleine Tochter? Oder Heinrichs standesgemäße Ehefrau? Oder die schillernde Künstlerbraut?"

„Oder Isabellas Mutter", fügte Claudia hinzu.

„Ja ... ja." Judith fuhr sich nervös durch die Haare. „Das ist auch so ein Punkt. Also, heute Nachmittag ... obwohl

Isabella beim Baden ja gar nichts passiert ist, ist sie doch stundenlang praktisch nicht von meinem Schoß runtergegangen. Und deswegen denke ich … fürchte ich …, dass sie mich doch noch viel mehr braucht, als ich … als ich wahrhaben wollte."

Xenia unterdrückte einen kleinen Seufzer der Erleichterung darüber, dass Judith das selbst bemerkt hatte.

„Aber kann ich Isabellas Mutter sein, ohne vorher erst einmal Judith gewesen zu sein? Ist es mir *genug*, Isabellas und Rolands Mutter zu sein? Wer bin ich? Was bin ich? Und wozu?" Judith ließ die Arme sinken, als ob es sie restlos erschöpft hätte, diese Fragen zu stellen.

„Ich glaube, so was nennt man Sinnkrise", bemerkte Veronika und befingerte unbewusst die Talismane an ihrem Hals.

„Midlifekrise", korrigierte Claudia erbarmungslos. „Du fragst dich, was du bisher im Leben erreicht hast, und suchst nach Orientierung, um dem Ganzen irgendwie Sinn zu verleihen. Das ist in unserem Alter normal."

Xenia fragte sich, ob Claudia diese Bemerkung scherzhaft gemeint hatte, aber ihr Gesichtsausdruck verriet nichts.

„Vielleicht solltest du mal ein Selbstfindungsseminar machen", schlug Veronika vor. „Es gibt eine Menge toller Angebote – mit Meditation, mit Körperarbeit, mit Klängen und so weiter … Mir persönlich hat es am meisten geholfen, meinen inneren Führer kennen zu lernen."

„Mach dir einfach klar, dass du ein geliebtes Kind Gottes bist", sagte Xenia schnell, „und dass Gott einen Plan für dein Leben hat!"

Judith schien ihr jedoch nicht zugehört zu haben, denn sie wandte sich an Veronika: „Deinen inneren Führer? Was ist denn das?"

„Es ist … na ja, eine Art Geistwesen, das in meinem Inneren lebt … äh, und das mich leitet und mir den Weg zeigt."

„Und … was ist das? Beziehungsweise: *wer*?“

„Also, äh … hm … Bei manchen Leuten ist es eine Person, die sie kennen … zum Beispiel jemand, der schon gestorben ist. Manchmal ist es ein sprechendes Tier …“

„Und was ist es bei dir?“

„Na ja, also, das ist sehr privat, weißt du …“

„Ich dachte, wir können uns alles anvertrauen, ohne Angst?“, ätzte Judith.

„Okay, gut … Es ist ein großer Mann mit einer Kapuze.“

„Jemand, den du kennst?“

„Nein. Ich meine, er ähnelt keinem lebenden Menschen, den ich kenne oder kannte. Sein Gesicht ist immer von der Kapuze verdeckt. Aber ich weiß, dass er mich anlächelt, auch wenn ich's nicht sehe.“

„Und was glaubst du, woher er kommt?“, platzte Xenia heraus.

„Ich glaube, dass er gewisse Kräfte meines Unterbewusstseins personifiziert“, erklärte Veronika würdevoll.

„Halt, halt, halt!“, unterbrach Claudia lehrerinnenhaft. „So geht das nicht! Jetzt ist erst noch Judith dran. Veronikas innere Geister hören wir nachher, sonst wird das ein Durcheinander! Ich möchte nämlich gerne wissen, was es mit der Heimlichtuerei auf sich hat, die du als – was? – ‚zersetzendes Gift‘ oder so ähnlich bezeichnet hast?“

„*Ein schleichendes Gift, das das Denken verdunkelt und die Angst im Herzen nährt*“, rezitierte Judith. „Ja. Das hat mich aus irgendeinem Grund wie der Blitz getroffen, als ich es in meinem Brief gelesen habe. Denn genau das ist es, was meine Familie gerade tut: Sie verheimlichen, dass ich sie verlassen habe. Sie lügen sich selbst in die Tasche, dass ich auf eine Art Urlaub gegangen wäre und bald wiederkomme, oder so. Und ich merke zumindest bei Isabella, wie sie das verwirrt. Und“, fügte sie zögernd hinzu, „wie es sie ängstlich macht. Zum Beispiel heute Nachmittag. So war sie früher nicht.“

„Und deswegen heißt deine derzeitige Glücksstrategie:

Klarheit finden, klare Fronten schaffen?", fasste Claudia zusammen. Sie klang, als ob sie einer etwas begriffsstutzigen Schülerin auf die Sprünge helfen wollte.

„Ich weiß nicht, ob man das wirklich eine ‚Glücksstrategie' nennen kann", meinte Judith kläglich. „Ich versuche erst einmal herauszufinden, was mich überhaupt glücklich macht – und dazu muss ich zuerst wissen, wer ich bin, und so weiter – und dann kann ich eine Strategie entwickeln, wie ich es erreiche."

„Was mich interessieren würde", warf Veronika ein, „ist, warum du *damals* diesen Satz über die Heimlichtuerei aufgeschrieben hast. Was für ein unheilvolles Geheimnis hast du denn als Jugendliche gehütet?"

Judith schwieg verblüfft.

„Ich … weiß nicht mehr!", gab sie schließlich zu.

„Das gibt's doch nicht!", meinte Veronika ungläubig.

„Anscheinend warst du sehr erfolgreich beim Verdrängen und Vertuschen!", bemerkte Claudia.

„Vielleicht ist gerade das der Schlüssel zu deinen Problemen!", murmelte Veronika bedeutungsschwer.

Judith hielt sich den Kopf und konnte es nicht fassen.

„Wahrscheinlich musstest du vor deinen Eltern geheim halten, dass die Klavierstunden nicht den gewünschten Effekt hatten!", witzelte Xenia.

Judith starrte sie mit großen Augen an.

„Hä? Was?" Claudia begriff nicht.

„Sie hat mir erzählt, dass sie sich als Jugendliche furchtbar geschämt hat, weil sie nicht ordentlich Klavier spielen konnte", erklärte Xenia lachend.

„Wahrlich ein düsteres Geheimnis!", grinste Claudia verstehend.

„Ich … äh … also, ich versuche mir über meine Glücksstrategie erst noch klar zu werden", stammelte Judith. Sie klang verwirrt. „Was ich bisher gemacht habe, war noch nicht so das Gelbe vom Ei. Tut mir Leid. Ich fürchte, das war nicht sehr hilfreich für euch!"

„Doch, es war sehr aufschlussreich“, fand Claudia.

„Aber mir scheint, Veronika hat was Interessantes zu erzählen.“ Judith wedelte vage mit der Hand, um die Aufmerksamkeit von sich abzulenken. „Lasst sie doch mal reden!“

21. Kapitel

Veronika legte wieder etwas Holz nach und setzte sich zurecht. Es hatte ihr unglaublich gut getan, den beiden Freundinnen zuzuhören. Dass Claudia – ausgerechnet die kluge, selbstsichere Claudia, deren bloße Gegenwart in Veronika Minderwertigkeitsgefühle erzeugte – zugegeben hatte, Angst vor Ablehnung zu haben, und dass sie unter Tränen ein lang gehütetes Geheimnis preisgegeben hatte, das stärkte Veronikas Selbstbewusstsein mehr, als sie zugeben würde. Und Judith bekannte ja ganz offen, dass sie ihr Leben momentan nicht im Griff hatte. Veronikas Geschichte hörte sich vergleichsweise geradezu wie eine Erfolgsstory an! Es würde leicht sein, sie zu erzählen.

„Mein ‚Glücksrezept‘, wenn man es so nennen will, heißt Magie“, begann sie. Das Schweigen und die interessierten Blicke ihrer Freundinnen zeigten ihr, dass sie deren volle Aufmerksamkeit hatte. „Beim Lesen meines Briefes von damals war ich überrascht, dass ich mich schon so früh für die Welt des Unsichtbaren interessiert habe. Ich hätte gedacht, dass das erst mit dem Tod meines Vaters begonnen hat. Aber offensichtlich habe ich schon als Teenager darüber nachgedacht.“

„Ja, du warst immer schon ein bisschen ... äh, abgehoben“, bestätigte Judith.

„Du hast mit Tieren geredet, wenn du geglaubt hast, dass dir niemand zuschaut“, erinnerte sich Claudia.

„Ehrlich?“ Veronika errötete unwillkürlich. Hoffentlich merkte das im Feuerschein niemand! „Na ja, ich war auf der Suche ... nach Weisheit, nach Erkenntnis ...“

„Willkommen im Club“, murmelte Judith.

„... und die Tiere sind doch der Natur viel näher als wir. Die wissen Dinge, die wir längst vergessen haben. Vom Werden und Vergehen, vom Kreislauf des Lebens ...“

„Du hast dir immer einen Hamster gewünscht“, warf Claudia ein, „aber deine Mutter hat es nicht erlaubt.“

„Dabei wissen Hamster sicher besonders viel über den Kreislauf des Lebens“, flachste Xenia. „Die haben doch so ein Laufrad, in dem sie im Kreis rennen können! – Oh!“ Sie schlug sich die Hand vor den Mund. Hatte sie sich nicht vorgenommen, keine dummen Scherze zu machen? Aber die Richtung, die Veronikas Geschichte zu nehmen schien, gefiel ihr nicht.

„Ich wollte ja auch Biologie studieren“, setzte Veronika ihre Erzählung fort. „Aber dann starb mein Vater ...“

„War das ein Unfall?“, unterbrach Claudia. „Ich meine, kam das unerwartet?“

„Na ja, einigermaßen. Also, er hatte schon längere Zeit immer wieder schlimme Kopfschmerzen. Aber du weißt ja, wie Männer sind, schnell ein Aspirin und schon geht es wieder. In seiner Firma wurde über Kündigungen gemunkelt, deshalb hat er sich nicht getraut, einmal einen Tag freizunehmen, um zum Arzt zu gehen.“

Xenia erinnerte sich vage an Veronikas Vater: ein kleiner Mann mit schmächtigen Schultern und einem Hang zur Kahlköpfigkeit. Durch Fleiß und langjährige Zuverlässigkeit hatte er es zu irgendeiner mittelprächtigen Position gebracht. Er war ihr immer als Inbegriff eines Buchhalters erschienen: pünktlich, gewissenhaft und irgendwie farblos. Aber wahrscheinlich war er gar kein Buchhalter gewesen.

„Meine Mutter hat ihm ständig zugeredet, sich untersuchen zu lassen. Schließlich hat er ihr versprochen, es gleich am Anfang seines Urlaubs zu tun. Er wollte in der zweiten Septemberhälfte Urlaub nehmen. Da wollten wir nach Kroatien fahren, um meine bestandene Matura zu feiern. Aber dann", Veronikas Stimme zitterte leicht, selbst nach all den Jahren noch, „am 8. September ist er morgens einfach nicht mehr aus dem Badezimmer rausgekommen. Meine Mutter hat geklopft und ihn zur Eile gedrängt, aber er hat nicht geantwortet. Sie wusste schließlich nicht mehr, was sie tun sollte und wollte schon fast die Polizei anrufen ..."

„Hatte er denn die Tür abgeschlossen?", fragte Judith.

„Ja. Das hat er immer getan, zumindest wenn ich zu Hause war. Er war sehr schamhaft. Ich habe ihn nie nackt gesehen und er mich auch nie – höchstens als Baby. Na jedenfalls bin ich von dem Lärm wach geworden – ich hatte ja Ferien und wollte eigentlich lang schlafen. Und ich ... also, ich wusste es."

„Was wusstest du?"

„Ich bin genau genommen nicht erst von Mutters Klopfen wach geworden. Ich bin aufgewacht, weil mein Vater bei mir im Zimmer war. Irgendwie, auf eine unkörperliche Weise, versteht ihr? Da wusste ich, dass er tot war. Ich hab dann einfach gegen die Badezimmertür getreten, bis der Riegel aus dem Türstock gerissen ist."

„Und?"

„Er lag vor dem Waschbecken, zur Hälfte rasiert. Meine Mutter bekam einen hysterischen Anfall und ich hab den Notarzt angerufen. Für sie. Denn mir war klar, dass *er* ihn nicht mehr brauchte."

„Und was war die Ursache?"

„Aneurysma. Eine Ader im Gehirn ist geplatzt. Deswegen auch immer die Kopfschmerzen."

Judith schlug erschrocken die Hand vor den Mund. „Du meine Güte!", murmelte sie erschüttert. „Und eine Woche später hätte er sich untersuchen lassen!"

„Ich weiß nicht, ob das was genützt hätte“, sagte Veronika. „Die Stelle war sehr tief innen im Kopf, man hätte es wahrscheinlich nicht einmal operieren können. Es war wohl – also, es sollte so sein.“

Judith ließ einen mitleidvollen Seufzer hören und Veronika setzte ihre Erzählung fort.

„Meine Mutter hat nie gearbeitet und mein Vater war noch keine fünfzig, als er starb. Die Rente war demnach nicht sehr hoch. Es war schnell klar, dass ich nun nicht mehr studieren konnte. Wir mussten sogar in eine kleinere Wohnung umziehen und ich suchte mir einen Job. Ich wäre ja am liebsten Gärtnerin geworden, dann hätte ich wenigstens mit Pflanzen zu tun gehabt. Aber dazu hätte ich erst eine Lehre machen müssen und Verwaltungsjobs waren außerdem besser bezahlt. So landete ich schließlich im Stadtgartenamt, wo ich leider nur dem Namen nach mit Gärten zu tun hatte.“

„Und wie war das nun mit der Magie?“, fragte Judith.

„Nach diesem Erlebnis an dem Morgen, an dem mein Vater starb, war mir endgültig klar, dass es mehr auf der Welt gibt, als man sehen und anfassen kann. Ich meine, ich habe ihn ganz deutlich gefühlt, obwohl er zwei Zimmer entfernt und außerdem tot war! Es war sein Geist, der sich von mir verabschiedet hat. Und ich wollte mehr darüber wissen. Zuerst habe ich viel gelesen – es ist erstaunlich, wie viel Literatur es über die Geister der Verstorbenen gibt und wie man mit ihnen in Kontakt treten kann. Ich hätte das nie gedacht.“

Xenia gab ein Geräusch von sich, das wie ein ersticktes Husten klang. Nein, diese Geschichte gefiel ihr ganz und gar nicht! In der Bibel stand, dass Gott das Beschwören von Totengeistern abscheulich fand und streng verboten hatte. Xenia hatte gerade mit der Jugendgruppe ihrer Pfarrei ein Projekt über Okkultismus gemacht, darum wusste sie das so genau. Aber wie sollte sie Veronika, die anscheinend ihr Lebenskonzept darauf aufgebaut hatte, das höflich beibringen? Sie musste erst einmal abwarten, ob und in welcher Form Veronika überhaupt an einen Gott glaubte.

„Nach einiger Zeit habe ich dann an einem Initiations-Seminar teilgenommen", fuhr Veronika fort. „Und das war wirklich ein Wendepunkt in meinem Leben."

„Was ist das?"

„Eine Art Einführung. Ich habe dort einige magische Grundtechniken erlernt – Rituale, Geisteranrufungen, Gebete und so."

Xenia zuckte unmerklich zusammen, als Veronika das Wort „Gebet" in diesem Zusammenhang benutzte.

„Es war natürlich nur ein verlängertes Wochenende. Man kann nicht erwarten, dass man in so kurzer Zeit schon alles erreicht – seine Mitte findet und mit sich und der Umwelt in Einklang lebt oder so. Aber es war ein Anfang. Es hat mir gezeigt, in welche Richtung ich gehen muss. Ich habe mich dann einer Gruppe angeschlossen und immer wieder Seminare zu allen möglichen Themen besucht ..."

„Zum Beispiel?" Auch Claudias Interesse schien jetzt geweckt.

„Ach, es gibt so vieles – zum Beispiel über Heilung. Ich persönlich finde das eines der interessantesten Gebiete. Wir alle sind doch irgendwie innerlich verletzt und verwundet und viele von uns gehen auf eine sehr ungesunde und zerstörerische Art damit um – indem wir es verharmlosen, ignorieren, verleugnen oder mit irgendwelchen Medikamenten betäuben. So wie es mein Vater mit seinen Kopfschmerzen gemacht hat. Und bei seelischen Schmerzen ist es oft sogar noch schlimmer. So was hat man nicht! Also betäubt man's mit Arbeit oder hohlen Vergnügungen oder Alkohol und Drogen."

„Heimlichtuerei", murmelte Judith dumpf.

„Dabei könnte die Krankheit unser Freund sein, die uns hilft, uns weiterzuentwickeln und auf eine höhere Bewusstseinsstufe zu gelangen. Wir müssten uns nur die Mühe machen, in unser Inneres zu schauen, um herauszufinden, welche Energien da blockiert sind und warum. Nichts passiert zufällig. Die Lösung liegt in mir drin." Veronika legte eine Hand auf ihre Brust. „In meinem Herzen. Und von da kommt auch die Heilung."

Xenia rutschte unbehaglich auf ihrem Sitz herum. Was Veronika da sagte, klang so überaus logisch und vernünftig. War es nicht eine erhebende Vorstellung, dass der Schlüssel zum Heil bei einem selbst lag? Und doch war Xenia davon überzeugt, dass der Gedanke schon vom Ansatz her falsch war.

„Klingt nicht schlecht", fand Claudia und betrachtete nachdenklich ihr gefühlloses Bein.

„Was noch?", fragte Judith.

„Na ja ... Wunscherfüllung ... Wahrsagerei ... weiße Magie, Schutzzauber und so ...", zählte Veronika auf.

Xenia krampfte sich innerlich immer mehr zusammen. Veronika betrieb offenbar alles, was Gott verboten hatte, und das auch noch in bester Absicht. Und es schien sie sogar irgendwie glücklich zu machen. War es nicht Xenias Pflicht, endlich etwas zu sagen? Aber was??

„Wunscherfüllung?", wiederholte Judith.

„Na ja, irgendwelche kleinen Alltagswünsche ... Zum Beispiel holt mich meine Freundin Morgana oft mit dem Auto ab, wenn wir zu unserem magischen Zirkel fahren. Nun, ihr wisst, wie schwer es ist, abends in der Stadt einen Parkplatz zu finden. Also stellen wir uns schon auf der Hinfahrt einen vor."

„Einen was?"

„Einen Parkplatz! Je genauer wir ihn visualisieren, desto besser funktioniert es. Ich stelle mir also einen Platz vor, nicht zu klein, sagen wir zwischen einem silbernen BMW und einem roten Käfer, schräg gegenüber von der gewünschten Adresse, Kopfsteinpflaster, neben einem Hydranten. Und genau so einen kriegen wir dann häufig auch!"

Die anderen schwiegen perplex.

„Das ... das funktioniert echt?", fragte Claudia skeptisch.

„Ach, das ist Zufall! Man findet immer früher oder später einen Parkplatz!", versuchte Xenia die Sache zu verharmlosen.

„Wir finden ihn aber gleich", betonte Veronika. „Und er ist so, wie wir ihn visualisiert haben. Das ist kein Zufall! Zufälle gibt's nicht!"

„Aber ... wieso?", wunderte sich Judith. „Ich meine, ein Parkplatz ist doch nichts, was ... äh, aus deinem Inneren kommt! Ich kann mir ja noch vorstellen, dass du mit der Kraft deiner Gedanken eine Krankheit beeinflussen kannst. Aber wieso hat deine Vorstellungskraft Einfluss auf etwas, das außerhalb von dir liegt?"

„Das ist eben Magie!", erklärte Veronika. „Nichts existiert für sich allein. Mein Bewusstsein steht in Wechselwirkung mit der übrigen Welt. Alles ist miteinander verbunden. Vereinfacht könnte man sagen: Ich bin so, wie die Welt mich gemacht hat, und die Welt ist so, wie ich sie mir mache. Es ist vielleicht eine Frage der Wahrnehmung."

„Es ist vielleicht bis zu einem gewissen Grad eine Frage der Wahrnehmung, wie man zu seiner Krankheit steht", räumte Judith ein, „aber etwas so ... so *Reales* wie ein Parkplatz ...?"

„Was ist schon real?", fragte Veronika zurück. „Dir erscheint das real, was du wahrnimmst. Und vielleicht sagen andere dir, dass sie es auch wahrnehmen – aber das ist ja wieder nur deine Wahrnehmung, dass jemand das sagt. Wie willst du wissen, was *wirklich* existiert? Was bedeutet überhaupt ‚wirklich'? Vielleicht existiert das alles hier – der Garten, das Lagerfeuer, das Essen, sogar wir drei Freundinnen – nur in deiner Einbildung?"

Veronikas Worte hingen schwer in der warmen Nachtluft. Judith zog die Knie an und umklammerte sie, wie sie es auch als Kind immer getan hatte. „Das ... das ist eine unheimliche Vorstellung", murmelte sie.

„Findest du?", fragte Veronika versöhnlich.

„Warum visualisierst du dir nicht einfach so was wie einen riesigen Haufen Geld – einen Lottogewinn zum Beispiel?", mischte Claudia sich ein. „Dann müsstest du nicht mehr in deinem Verwaltungsjob arbeiten, den du offensichtlich öde findest, und ..."

„Ich habe alles, was ich brauche", sagte Veronika würdevoll. „Und es ist nicht klug, wenn man sich allzu sehr an materielle Güter hängt. Zuerst ist es angenehm, aber dann stört es den Fluss der spirituellen Energie und zieht einen runter. Geld ist nicht wichtig."

„Hm."

„Und wie geht das mit dem Wahrsagen?", fragte Judith.

„Na ja, irgendwie halt auch so – die göttliche Energie ist überall, auch in mir, auch in der Zukunft, und daher kann ich mir mit Hilfe geeigneter Rituale Zutritt zu diesem Wissen verschaffen." Veronika klang so, als ob sie es müde würde, einen Schnellkurs in weißer Magie abzuhalten. Aber jetzt war Xenias Stichwort gefallen.

„Was verstehst du unter göttlicher Energie?", fragte sie schnell, bevor Judith auf die Einzelheiten des Wahrsagens eingehen konnte.

„Nun, die schöpferische Macht ... die Urkraft des Lebens ... den göttlichen Funken eben", versuchte Veronika zu erklären.

„Und die ist überall?"

„Sicher! In allem, was lebt, aber auch im Wasser, in der Luft, im Feuer ... Alles ist göttlich! Du als Kirchenfrau müsstest das doch auch glauben, oder nicht?"

„Na ja, schon ... aber nicht ganz so ... Ich glaube an einen Gott, der keine Kraft oder Energie ist, die jeder nach Lust und Laune anzapfen kann, sondern eine Person mit einem eigenen Willen ..."

„Gott ist ein alter Mann mit einem weißen Bart?", platzte Veronika heraus.

„Nein! Eine unsichtbare, ... äh ... geistige Person,

sozusagen …, die allgegenwärtig ist …" Xenia merkte, dass das auch nicht viel konkreter klang als Veronikas „schöpferische Macht", und unterbrach sich. „Also, jedenfalls, Gott ist Gott und alles andere sind seine Geschöpfe. Da ist ein Unterschied, verstehst du?"

Veronika nickte wohlwollend. „Ich weiß nicht, warum das für dich wichtig ist, aber ich kann dir folgen."

„Nein, halt, Ende!" Wieder war es Claudia, die die Diskussion unterbrach. „Xenias Götter sind noch nicht dran! Erst wollen wir Veronikas Glücksstrategie zu Ende besprechen!"

„Ich glaube, ich *bin* fertig! Meine Strategie heißt Magie und ich denke, sie ist nicht schlecht."

„Okay, aber ich möchte noch ein paar Dinge wissen: Warum hast du keinen Mann?" Claudia sah Veronika erwartungsvoll an. Die Frage war nicht einmal als Provokation gedacht. Heute war die Nacht der Offenheit, heute gab es keine Geheimnisse.

„Ich … hm … also, in esoterischen Kreisen gibt es einfach mehr Frauen", antwortete Veronika. „Und mit einem Mann, der sich nicht dafür interessiert, könnte ich nicht viel anfangen." Sie verschwieg, dass sie sich sehr wohl manchmal für den einen oder anderen (esoterisch engagierten) Mann interessiert hatte, aber ihr Selbstbewusstsein hatte bisher noch nicht gereicht, um sich eine Eroberung zuzutrauen. Auch nicht mittels Liebeszauber …

„Aha. Und noch eine letzte Frage: Was ist ein Beltane-Kind?"

22. Kapitel

Veronika zuckte zusammen. Diese Frage erwischte sie unvorbereitet. Nachdenklich nagte sie an ihrer Unterlippe Wie sollte sie das erklären, ohne dass ihre Freundinnen es seltsam finden würden?

„Was soll das sein, ein Beltane-Kind? Wie kommst du darauf?“, wandte Judith sich an Claudia.

„Veronika hat letztes Mal gesagt, dass ihre Tochter ein Beltane-Kind ist. Und jetzt denke ich seit einem Monat darüber nach, was das wohl sein könnte!“

„Beltane ist eines der großen Feste im magischen Jahr“, erläuterte Veronika langsam. „Die Nacht vor dem ersten Mai. Walpurgisnacht. Da feiern wir das Wiedererwachen der Natur, die Fruchtbarkeit und dass das Leben sich selbst immer wieder neu hervorbringt.“

„Aha“, machte Claudia in einem erwartungsvollen Tonfall, der verriet, dass ihre Frage noch keineswegs zufriedenstellend beantwortet war.

„Na ja“, fuhr Veronika etwas gequält fort, „und da werden eben große Feste gefeiert, mit allerlei Ritualen … *Fruchtbarkeits*ritualen“, präzisierte sie in der Hoffnung, Claudia würde jetzt verstehen.

„Ja?“

„Äh – also, Kinder, die an diesem Tag gezeugt werden, sind etwas ganz Besonderes. Sie sind sozusagen Kinder des Lebens selbst“, vollendete Veronika rasch.

„Ah!“ Endlich erhellte sich Claudias Gesicht. „*Diese* Art von Fruchtbarkeitsritual!“ In ihrem Gesicht zuckte es, als ob sie ein Lachen unterdrücken müsste. „Und nachher kann keiner mehr genau sagen, wer jetzt mit wem … äh, das Ritual durchgeführt hat, und darum versucht man es gar nicht erst?“

„Du verstehst das nicht.“ Veronikas Gesicht wurde verschlossen. Was ging es Claudia schließlich an, dass das

Medium, durch das Titania erschaffen worden war, ein blonder schwedischer Hüne namens Sven gewesen war? Und dass Veronika keineswegs so berauscht oder umnebelt gewesen war, dass sie sich daran nicht erinnern könnte? Aber das tat nichts zur Sache.

„Titania ist ein Kind der Sehnsucht des Lebens nach sich selbst", erklärte sie in einem Ton, der würdevoll wirken sollte, aber leicht trotzig klang. „Und es ist ein großes Vorrecht, die Mutter eines solchen Kindes zu sein."

„Okay, schon gut", schmunzelte Claudia. „Ich wollte dich nicht in Verlegenheit bringen."

„Du *bringst* mich nicht in Verlegenheit!", schnaubte Veronika. „Es war großartig und erhebend, die Wunder des Lebens am eigenen Leib zu verspüren. Schwangerschaft und Geburt, die Geheimnisse von Werden und Vergehen. Es *ist* mir nicht peinlich!"

„Ach so, ich verstehe!", gab Claudia wütend zurück. „Ich bin ja nur froh, dass die Wunder des Lebens *dir* nicht mit 18 widerfahren sind, sondern erst später – als du dir die Geheimnisse von Dingsda auch *leisten* konntest!"

„Oh, entschuldige!" Schlagartig begriff Veronika, was sie gerade gesagt hatte. „Ich ... ich wollte dir nicht wehtun."

Claudia hob versöhnlich die Hand. „Ich dir auch nicht. Lass uns Frieden schließen. Wir haben's schließlich alle nicht leicht."

Ein Schweigen entstand, in dem jede der vier Frauen ihren eigenen Gedanken nachhing. Xenia bereitete sich auf ihre Rede vor, indem sie leise betete.

„Ich bin jetzt wirklich fertig. Xenia, du bist dran!", sagte Veronika schließlich.

Doch bevor Xenia beginnen konnte, warf Claudia einen schnellen Blick auf ihre Uhr und verzog das Gesicht.

„Leute, seid mir nicht böse – aber das war wirklich ziemlich ... äh, intensiv. Ich bin nicht sicher, ob ich jetzt noch eine komplette Lebensgeschichte verkraften kann. Können wir das nicht ... auf morgen verschieben?"

Von den beiden anderen kam zustimmendes Gemurmel. Xenia erschrak. Sie hatte sich schon gefreut, dass sie als Letzte drankommen sollte, weil dann ihre Geschichte – ihre Erlebnisse mit Gott! – in der Erinnerung der Zuhörerinnen am frischesten bleiben und über Nacht weiterwirken konnte. Und nun das? Auf morgen verschieben? Ohne die heilige Atmosphäre des Lagerfeuers, bei hellem Tageslicht und während die Kinder herumtobten?

„Ich, ... äh ..."

Nein, es hatte keinen Sinn, ihnen ihre Ansprache aufzuzwingen, wenn sie zu müde waren. Und es war ja auch wirklich kein Wunder, dass Claudia den Abend intensiv gefunden hatte – schließlich hatte sie sich ein schwieriges Geständnis abgerungen und ein 24 Jahre altes Geheimnis preisgegeben. Es war eher ein Wunder, dass sie danach noch Judiths und Veronikas Geschichten ausgehalten hatte.

Andererseits wollte sie den Abend auch nicht so beenden – während Veronikas Erfahrungen mit der „weißen Magie" im Raum standen und durchaus den Eindruck hinterließen, als ob Magie eine gute Antwort auf alle Fragen des Lebens wäre.

„Ich sag nur drei Sätze, um das Ganze abzurunden, okay?", schlug sie vor.

„Ja, das ist eine gute Idee", fand Judith und auch Claudia nickte.

„Also: mein ‚Glücksrezept' heißt Jesus Christus. Ich hab vieles andere ausprobiert: Ich hatte einigermaßen Erfolg im Beruf – wie Claudia –, ich hab es mit Ehe und Familie versucht – wie Judith –, und ich bin, wie Veronika, auf meine spirituellen Bedürfnisse gekommen. Aber anders als Veronika glaube ich nicht, dass ich die Macht habe, durch irgendwelche Rituale etwas zu bewirken, oder durch höhere Erkenntnis meine eigene Realität zu schaffen. Ehrlich gesagt, will ich das auch gar nicht – so viel Macht und so viel Verantwortung! Ich bin von Gott geschaffen, von Jesus erlöst und ich weiß, dass Gott einen Plan für mich hat und mich liebt. Das ist mir genug. Gott ist die einzige Quelle, die meinen Durst wirklich stillt. Gott ist der Vater, den ich als Kind vermisst habe. Er nimmt mich an, auch wenn ich Blödsinn mache. Er liebt mich mit all meinen Fehlern. Und wenn ich falle – was natürlich immer wieder passiert, ich bin ja auch nur ein Mensch –, dann falle ich nie tiefer als in Gottes Hand."

Sie machte eine Pause und erkannte, dass sie schon mehr als drei Sätze gesagt hatte. Trotzdem fügte sie noch abschließend hinzu:

„Ich weiß, dass diese ‚Strategie' mich nicht unbedingt vor Fehlern oder Unglücksfällen bewahrt. Aber es gibt einen sehr wichtigen Punkt, der heute noch gar nicht angesprochen wurde: Das ist der Tod. *Meine* Strategie verheißt mir ein ewiges, glückliches Leben über den Tod hinaus. Und das ist doch was, oder?"

Sie grinste aufmunternd in die Runde. Judith und Claudia starrten sinnierend in die verlöschende Glut. Xenias Worte mussten also zumindest irgendeinen Eindruck gemacht haben. Nur Veronika sah kampflustig drein, als ob sie eine Diskussion beginnen wollte. Aber Xenia wusste, dass alle jetzt genug hatten. Sie selbst wollte eigentlich auch schnell ins Bett – denn Jacob würde sicher morgen der Erste sein, der aufstehen und unterhalten werden wollte …

*

Jacob hatte sich über das untere Bett ausgebreitet und die Decke schon wieder hinausgestrampelt. Xenia überlegte einen Augenblick lang, ob sie ins obere Bett raufklettern sollte, schlüpfte aber dann doch zu ihrem Sohn ins untere. Nicht nur, weil sie zu müde war, um noch auf die Leiter zu steigen, sondern vor allem, weil so ein weiches, verschwitztes Baby im Arm einfach etwas Wunderbares war. Jacob schmiegte sich aufseufzend in Xenias Ellbogenbeuge und rammte ihr sein rundes weiches Knie in den Magen (wo es sich erstaunlich wenig weich anfühlte). Xenia rutschte ein bisschen hin und her, um eine bequeme Position zu finden. Zu Hause im Doppelbett hatten sie doch deutlich mehr Platz. Sie hörte noch wie von Ferne, dass Judith ins andere Schlafzimmer ging – Veronika und Claudia schliefen beim Nachbarn –, dann sank sie in einen komaähnlichen Schlaf.

Sie erwachte von irgendeinem Geräusch. Es war noch stockdunkel, und sie hatte Schwierigkeiten sich zu orientieren. Wo war sie eigentlich? Ah ja, bei Veronika in Altenburg. Ihr linker Arm fühlte sich völlig abgestorben an. Sie wälzte Jacob von sich herunter und schob ihn Richtung Wand zur Seite, sodass wieder Blut in ihre Adern fließen konnte. Ächzend drehte sie sich herum und versuchte den Arm, der jetzt heftig kribbelte, in eine angenehmere Lage zu bringen.

„Xenia!“

Sie zuckte zusammen. Hatte da jemand ihren Namen geflüstert? Unwillkürlich begann ihr Herz schneller zu klopfen.

„Ist da jemand?“

„Ich bin's – Judith!“, wisperte es in der Dunkelheit.

Xenia versuchte mit den Augen die Finsternis zu durchdringen, doch das Einzige, was sie erkennen konnte, war das Fenster – ein dunkelgraues Rechteck in der Schwärze des übrigen Zimmers.

„Entschuldige, dass ich dich geweckt habe“, flüsterte Judith. Xenia spürte jetzt eine Hand auf ihrer Schulter und hörte, wie jemand sich neben dem Bett auf dem Boden niederließ.

„Was ist denn los?“ Durch den Schrecken war sie nun hellwach.

„Ich … ich hab gerade was geträumt.“

Xenia blinzelte in die Dunkelheit hinein. Judith war doch eigentlich nicht mehr in dem Alter, in dem sie zu jemandem ins Bett kriechen musste, weil sie einen Albtraum gehabt hatte.

„Du hattest Recht“, fuhr Judith leise fort.

„Womit?“

„Die Heimlichtuerei ... als Kind ... das Geheimnis, das ich vertuschen musste ...“

„Was? ... Aber ...!“

Xenias Augen gewöhnten sich ein wenig an die Dunkelheit. Sie erkannte Judith jetzt schemenhaft, wie sie neben dem Bett auf dem Boden hockte. Ihre Köpfe waren fast auf gleicher Höhe. Trotzdem konnte Xenia Judith kaum verstehen, so leise flüsterte sie jetzt. Anscheinend versuchte sie nicht nur, Jacob nicht zu wecken, sondern es handelte sich um eine Sache, die man nicht lauter aussprechen konnte.

„Ich hab davon geträumt, und auf einmal weiß ich es wieder! Es war der Klavierlehrer!“

„Was war mit ihm?“

„Er ... er war so komisch ... er hat immer neben mir auf dieser kleinen Klavierbank gesessen und den Arm um mich herumgelegt, um meine Finger auf den Tasten zu korrigieren. Er ist immer ganz nah an mich rangerückt ... Manchmal hat er auch meine Schultern berührt, oder“, Judith zog ihre Knie an und umschlang sie, so als müsste sie sich immer noch gegen Übergriffe schützen, „meine Brust.“

„Er hat dich begrapscht?“, platzte Xenia heraus.

Judith nickte in die Finsternis hinein. „Er hat auch meine Beine gestreichelt“, hauchte sie.

„Kein Wunder, dass du dich nicht aufs Klavierspielen konzentrieren konntest!“, empörte sich Xenia. „Aber warum hast du es nicht deinen Eltern gesagt?“

Judith schüttelte den Kopf. Sie brachte kein Wort heraus.

„Wie alt warst du überhaupt?“

„Acht.“

„Und wie lang ist das gegangen?“

„Drei Jahre. Dann hab ich einen anderen Lehrer bekommen. Aber ich konnte es einfach nicht ..." Judith legte die Stirn auf ihre Knie und begann leise zu weinen. Xenia, deren linker Arm inzwischen einigermaßen aufgewacht war, legte ihr tröstend die Hand auf den Rücken.

„Ich hab mich so schmutzig gefühlt!", flüsterte Judith und ein Schauder des Ekels überlief sie noch nachträglich. „Außerdem war ich zu dumm, es zu begreifen ... ich war minderwertig!"

„Nein, das warst du nicht!", murmelte Xenia beschwichtigend. „Du konntest doch überhaupt nichts dafür! Kein Mensch hätte unter diesen Umständen was lernen können!"

Judiths Rücken zuckte, während sie lautlos weinte.

„Warum hast du denn nichts gesagt? Hast du kein Vertrauen zu deinen Eltern gehabt?"

Judith zog die Schultern hoch. „Ich weiß nicht ... wir haben nie über solche Themen gesprochen ... Diese Art von Körperlichkeit hat in unserer Familie anscheinend gar nicht existiert. Ich meine ... ich hätte nicht gewusst, *wie* ich über so was reden soll – oder ob sie es überhaupt verstanden hätten!"

Sie weinte weiter still in sich hinein. Xenia tätschelte ihr hilflos den Rücken, wobei sie darauf achtete, sich nicht allzu viel zu bewegen, um Jacob nicht zu wecken. Sie betete lautlos, denn etwas anderes fiel ihr nicht ein.

„Du, Xenia?"

„Ja?"

„Was du ganz zum Schluss gesagt hast ... dass Gott dich mit all deinen Fehlern liebt und dass er einen Plan für dich hat ... ist das wahr?"

„Ja. Das glaube ich ganz fest. Und ich hab dir ja schon ein bisschen erzählt – ich hab in dieser Richtung auch einige Erfahrungen gemacht."

Judith rang um Worte, aber es gelang ihr nicht, den nächsten Satz herauszubringen. Xenia beantwortete die Frage, ohne dass Judith sie stellen musste.

„Ja, das gilt auch für dich. In Gottes Augen bist du nicht schmutzig oder minderwertig, sondern ein kostbares, geliebtes Kind. Er wartet auf dich. Er sehnt sich nach dir!"

Es überraschte sie nicht, dass Judith daraufhin erst recht in Tränen ausbrach.

23. Kapitel

„Jako munta!", verkündete Jacob und strahlte Xenia an.

Xenia seufzte und öffnete die Augen einen Spalt breit. Sie hatte es geahnt, denn Jacob hatte sich schon seit zwanzig Minuten nur noch unruhig herumgewälzt. Immerhin war es schon fast acht Uhr – von seiner Warte ohnehin eine sehr christliche Zeit. Er konnte ja nichts dafür, dass Xenia spät schlafen gegangen war und sich in der Nacht auch noch stundenlang unterhalten hatte. *Er* war jedenfalls ausgeschlafen!

Seinem pausbäckigen Strahlen konnte sowieso kein Mensch widerstehen.

„Guten Morgen, mein Schatz!", murmelte Xenia und drückte ihm einen dicken, fetten Kuss auf seine runde Wange. „Möchtest du aufstehen?"

Jacob nickte und wurstelte sich über Xenia hinweg aus dem Bett, wobei er ungeniert auf einigen ihrer lebenswichtigen Organen herumtrampelte.

„Da ist deine Spielzeugtasche, schau doch mal rein!" Xenia schloss die Augen und genoss noch eine Viertelstunde lang einen dämmrigen Halbschlaf. So lange dauerte es, bis Jacob Hilfe brauchte, weil der Traktor sich wieder einmal nicht an den Anhänger ankuppeln ließ. Das war dann endgültig das Signal zum Aufstehen. Xenia ließ sich neben Jacob auf dem Boden nieder, kuppelte den Anhänger an und errichtete eine Hürde für die Schafe und Kühe, während Jacob – „Brmm, brmm!“ – über den Teppich kurvte.

Nach und nach erwachte ringsherum das Leben. Claudia und Veronika kamen aus dem Nachbarhaus, gefolgt von ihrem Gastgeber, der Claudia die Treppe hinaufhalf. Veronika bereitete das Frühstück auf der Veranda vor. Der Nachbar brachte zwar seinen eigenen Kaffee mit – in einem großen Becher mit der Aufschrift „Paul“ –, aber er bestand darauf, dass ihm mindestens drei große Stücke von Veronikas Kirschkuchen zustanden.

„Paul hat gestern meinen Rasen gemäht“, erklärte Veronika entschuldigend.

„Jawohl! Im Schweiße meines Angesichts hab ich mir den Kuchen verdient“, grinste Paul.

Inzwischen waren auch die Mädchen im Zelt aufgewacht und fielen – zerstrubbelt und noch in ihren Pyjamas – über den Frühstückstisch her.

„Dürfen wir euch nachher was zeigen?“, fragte Clara.

„Eine Show!“, sagte Isabella aufgeregt. „Ist meine Mami noch nicht auf? Wir müssen warten, bis alle da sind!“

„Du kannst auch dableiben und zuschauen!“, meinte Titania in einem Befehlston an Paul gewandt.

„Ja, aber anschließend darfst du gleich nach Hause gehen“, stellte Veronika klar. „Wir möchten hier gerne unter uns sein. Frauengespräche, verstehst du?“ Sie sah ihn bittend an und hoffte, dass er nicht beleidigt sein würde.

„Was, und *er* darf dableiben?“, fragte Paul in gespielt empörtem Tonfall und zeigte auf Jacob, der unterm Tisch rund um den Hund Traktor fuhr.

„Er versteht ja die Frauengespräche noch nicht“, lächelte Xenia.

„Oh, ich versteh sie auch nicht, Ehrenwort!“, beteuerte Paul. „Wenn meine Frau, Gott hab sie selig, mit ihren Freundinnen gesprochen hat, hab ich immer nur Bahnhof verstanden! Ich bin genauso harmlos wie ein Baby!“

„Das sagen sie alle!“, behauptete Claudia.

In diesem Augenblick erschien Judith auf der Terrasse. Sie wirkte frisch und ausgeschlafen und ihre Augen strahlten. Sie wünschte einen guten Morgen und küsste ihre Tochter.

„Du meine Güte, das werden ja immer mehr hübsche junge Mädchen!“, staunte Paul. „Wo kommen die nur alle her? Gibt's noch mehr?“

„Mir scheint, ich bin die Letzte“, sagte Judith. Sie warf einen schnellen Blick auf Paul und wandte sich dann an ihre Freundinnen. „Ich muss euch unbedingt was erzählen!“

„Später, Mami!“, unterbrach Isabella. „Jetzt wollen wir euch unsere Show vorführen!“

„Oh! Na gut! Geht das, während wir frühstücken?“

Die Mädchen nickten und stellten sich für ihre Darbietung auf. Anscheinend hatten sie den gesamten vergangenen Nachmittag geprobt. Ihre Show umfasste Gesangsnummern aus der aktuellen Hitparade, zu denen nach eigener Choreographie getanzt wurde, Zirkusnummern (Clara und Isabella wurden mit Hilfe einer grauen Decke zu einem zahmen Elefanten), gespielte Witze und ein Wissensquiz.

„Wie lautet der botanische Name des Gänseblümchens?“, fragte Clara. „Ist es A: Galium album, B: Bellis perennis, oder C: Blumus Gansus?“

„Das hat sie aus ihrem Blumenführer!“, flüsterte Xenia Claudia zu.

Erstaunlicherweise wussten Paul und Veronika die richtige Antwort (B) und bekamen jeweils einen farbig bemalten Kieselstein.

„Welches der sieben Weltwunder kann man heute noch sehen?“, stellte Titania die nächste Frage. „A: die hängenden Gärten von Babylon, B: den Koloss von Rhodos, C: die Pyramiden von Gizeh?“

Alle stimmten für C (Paul schielte zu Veronika rüber) und erhielten Kieselsteine. Nach 10 Fragen hatte Claudia die meisten Steine gesammelt und wurde mit einem aus Papier ausgeschnittenen Orden als „Wissenskanone“ ausgezeichnet. Zum Abschluss gaben die Kinder noch einen Avril-Lavigne-Song zum besten und ernteten rauschenden Applaus.

„Unglaublich! Dass ihr so kreativ und vielseitig seid!“, staunte Claudia.

„Das kommt von Xenias Clara“, sagte Judith. „Das Kind ist ein Wahnsinn! Du müsstest einmal die Schülerzeitung sehen, die sie gemacht hat!“

„Titania und Isabella haben doch genauso mitgemacht!“, widersprach Xenia bescheiden. „Allein hat Clara so was jedenfalls noch nie veranstaltet!“

„Allein kann man ja auch schwer im Chor singen, nicht wahr?“, meinte Claudia. „So, kommt mal her, ihr Künstlerinnen!“ Sie kramte in ihrer Tasche und gab jedem Mädchen fünf Euro. „Wir haben ja gar keinen Eintritt bezahlt, das geht doch nicht!“

Die Kinder strahlten.

„Dürfen wir uns ein Eis kaufen, Mama?“, fragte Titania eifrig. „Am Bahnhof kann man auch am Sonntag was kaufen!“

Veronika tauschte zunächst fragende Blicke mit den anderen Müttern. „Na gut, von mir aus. Aber kommt gleich wieder. Und zieht euch vorher was Anständiges an!“

„Natürlich!“ Schon stürmten alle drei in ihren Pyjamas davon.

„Frisieren wär auch nicht schlecht!“, rief Judith ihnen nach.

Paul sah auf die Uhr.

„Oje, ich muss ja ganz dringend … äh, meine Blumen gießen!“, behauptete er. „Wenn die Damen mich entschuldigen wollen!“ Er nahm sich ein letztes Stück Kuchen und verabschiedete sich augenzwinkernd.

„Sympathischer Nachbar!“, fand Claudia, als er weg war. „So hilfsbereit!“

„Und humorvoll!", ergänzte Xenia.

„Und gefräßig!", brummte Veronika.

„Aber jetzt sind wir endlich unter uns", stellte Claudia fest.

„Xenia, wolltest du uns nicht noch was aus deinem Leben erzählen? Ein paar düstere Familiengeheimnisse, oder so?"

„Na ja, so ähnlich!", lachte Xenia. „Aber Judith, du wolltest doch vorhin etwas sagen?"

„Du zuerst! Eigentlich hättest du ja gestern Abend noch drankommen sollen. Tut mir Leid, dass wir alle zu müde waren!"

„Okay." Xenia starrte in ihre Tasse, um sich zu konzentrieren. Natürlich war die Situation nachts am Lagerfeuer irgendwie vertraulicher – fast heilig, jedenfalls besonders. Aber dieser Sommermorgen, der Sonnenschein, das üppige Grün und die leuchtenden Farben der Blumen gaben auch keine üble Kulisse für Xenias Geschichte ab. „Also, wie schon gesagt, mein Glücksrezept heißt seit über 15 Jahren Jesus Christus. Und das kam so ..."

Sie erzählte von ihrer schweren Krankheit, der Enttäuschung mit ihrem Lebensgefährten und wie sie dann zur Erholung auf den Bauernhof zu den Nonnen geschickt wurde. Sie schilderte ihre ersten Erfahrungen mit Gott und berichtete von den „Zufällen", die dazu führten, dass sie Pastoralassistentin werden konnte. Zwischendurch tauchte Jacob unterm Tisch auf und wollte Kuchen, und die Mädchen kamen vom Eiskaufen zurück und verlangten nach Papier und Buntstiften. Trotz der Unterbrechungen erzählte Xenia auch noch von dem gut aussehenden Leonhard Moorhofer, ihrer späten Ehe und ihrem Scheitern. Nach all den Abgründen, die ihre Freundinnen gestern offenbart hatten, war das gar nicht mehr so schwer.

„Aber egal, was passiert, ich bin nicht mehr allein", schloss Xenia. „Jesus hat versprochen, bis ans Ende der Welt bei mir zu sein. Nicht nur bis ans Ende meines

Lebens, sondern sogar noch darüber hinaus! Sogar der Tod bekommt einen Sinn. Natürlich bin ich nicht gegen die ... wie soll ich sagen ... gegen die Wechselfälle des Lebens gefeit. Wie man übrigens an meiner Ehe sieht. Ich bin weder unverwundbar, noch habe ich Superkräfte bekommen." Sie streifte Veronika mit einem flüchtigen Blick. „Aber ich stehe plötzlich auf festem Boden. Ich falle nicht mehr ins Bodenlose."

Sie schwieg und ließ ihre Worte nachwirken. *Okay, Herr. Ich hab alles gesagt. Jetzt bist du dran. Verändere ihre Herzen, wenn du möchtest.*

Nach einer Pause, als klar war, dass Xenia mit ihrer Geschichte am Ende war, begannen alle drei plötzlich gleichzeitig zu sprechen.

„Kannst du wirklich ...", setzte Veronika an.

„Warum bist du ...", fing Claudia an.

„Kann ich jetzt ...", begann Judith.

Alle drei unterbrachen sich, schauten einander abwechselnd an und kicherten.

„Judith will schon die ganze Zeit was sagen", fand Xenia. „Lassen wir sie doch als Nächste reden!"

„Ja, denn was ich sagen will, passt ganz gut dazu ..." Judith sammelte sich. Sie wirkte ein bisschen verlegen. „Also ... der Abend gestern war wirklich sehr intensiv, wie Claudia gesagt hat. Ich meine, wir haben so vieles ausgegraben, was lange versteckt war ... Also, ich weiß nicht, wie's euch geht, aber ich hab daraufhin ganz merkwürdig geträumt. Und plötzlich bin ich aufgewacht und hab es wieder gewusst – ich hab wieder gewusst, was das für ein Geheimnis war, das ich damals als Kind geheim halten musste."

„Ja?" Alle schauten interessiert, auch Xenia, die es ja schon wusste.

„Ja ..." Sie kicherte nervös. „Es hatte tatsächlich mit den Klavierstunden zu tun ... Mein Klavierlehrer hat mich sexuell belästigt."

„Oh.“ Betroffenes Schweigen und unbeholfene Beileidsbekundungen folgten.

„Ja“, schnitt Judith die Beteuerungen ab und strahlte, „aber jetzt weiß ich wenigstens, warum ich mich immer so verklemmt gefühlt habe! Warum ich mir immer so ... so unwürdig vorgekommen bin, als ob ich es nicht verdient hätte, glücklich zu sein. Und jetzt, wo ich erwachsen bin, kann ich mir auch klar machen, dass es nicht meine Schuld war und dass ich ... na ja, dass ich diese Gefühle nicht mehr haben muss. Versteht ihr? Es ist ein neuer Ansatz für mich. Und das verdanke ich euch. Weil wir gestern darüber geredet haben – vielleicht auch, weil du, Claudia, von deiner Nadine erzählt hast, dass sie missbraucht wurde – das arme Mädchen. Und weil Xenia mir in den Wochen seit unserem ersten Treffen so geduldig immer wieder zugehört hat.“ Sie lächelte Xenia dankbar an. „Ja, und deswegen“, sie holte tief Luft, „hab ich auch noch einen anderen Entschluss gefasst.“

24. Kapitel

Unterm Tisch ertönte plötzlich Getöse, bestehend aus Gepolter, Jacobs Schreien und einem erschrockenen Aufjaulen von Napoleon. Die Köpfe von Xenia und Claudia tauchten eilig unter den Tisch. Jacob lag quer über Napoleon, über den er anscheinend gestolpert war, während der Dackel winselnd versuchte, sich von dieser Last zu befreien. Xenia erwischte Jacob am Hemd und zog ihn zu sich auf die Bank. Claudia, die sich nicht tief genug bücken konnte, um Napoleon zu streicheln, redete ihm beruhigend zu und fütterte ihn mit einem Stück Kuchen. Oberhalb des Tisches versuchte Xenia dasselbe mit Jacob, der sich zuerst heulend abwandte, dann aber doch einen Bissen nahm. Als alle Brüller und Jauler den Mund voll hatten, kehrte endlich wieder Ruhe ein.

„Du hast einen Entschluss gefasst“, erinnerte Xenia ihre Freundin, um das Gespräch fortzusetzen.

„Ja.“ Judith sah ihr in die Augen. „Ich möchte es auch mit deinem Glücksrezept versuchen. Sag mir nur, was ich tun muss.“

Xenia brauchte einen Augenblick, um zu begreifen. „Du ... möchtest Christ werden?“

Judith nickte.

„Oh ... äh ... na ja, du musst es eigentlich nur ... mit Gott besprechen.“

„Und wie?“

„Na ja ...“ Die ganze Zeit hatte Xenia gehofft, dass das passieren würde, dass ihre Freundinnen sich Gott zuwenden würden, der einzig wahren Quelle des Heils. Und jetzt, da es geschah, wand sie sich wie ein Aal. Sollte sie nicht lieber froh sein über die Gelegenheit, dieses Thema öffentlich zu besprechen? Aber es war etwas so Persönliches, so Kostbares, so *Intimes* – wie konnte man das vor Publikum besprechen?

Judith schien das nicht im geringsten zu bekümmern. „Soll ich ganz einfach mit ihm reden? So als ob er ... da wäre?“

„Er *ist* da!“, berichtigte Xenia. „Ja, ... äh, du sagst ihm einfach, dass du deine, äh, Sünden bereust, dass du Vergebung und Erlösung erbittest und dass du ab jetzt ihm gehören willst, und schon, äh, bist du sein ... Kind.“

„Ja? Na gut, dann entschuldigt mich einen Augenblick.“ Judith stand auf und ging zur Treppe.

„Soll ich mitkommen?“, fragte Xenia.

„Nein, danke – ich glaube, ich schaff’ das.“ Judith stieg in den Garten hinunter und verschwand hinter den Pfingstrosen. Die anderen schauten ihr verblüfft nach. Das Ganze kam ein bisschen plötzlich.

„Jetzt sag einmal – du glaubst das alles wirklich?", wandte Veronika sich an Xenia. „Dieses ganze Bibelzeug, womöglich noch wortwörtlich? Du glaubst an Hölle und Teufel und verehrst einen nackten, toten Mann?" Ihre Stimme klang angewidert.

„Falls du mit dem nackten toten Mann Jesus meinst: ja! Aber er ist nicht tot! Er ist auferstanden!" Innerlich wappnete Xenia sich für ein hartes Streitgespräch. *Herr, gib mir Weisheit!*

„Ja, aber dargestellt wird er meistens als gefolterte Leiche! Das lässt schon irgendwie tief blicken – ein Glaube, dessen wichtigster Inhalt ein grausiges Menschenopfer ist! Was soll das für ein ‚liebevoller' Gott sein?" Veronika begann sich aufzuregen.

„Na ja, ich finde es schon liebevoll, wenn man bedenkt, dass das eben gerade *kein* grausiges Menschenopfer ist, sondern dass Gott *sich selbst* geopfert hat, aus Liebe zu den Menschen."

„Nein, das versteh ich nicht. Wozu muss überhaupt etwas geopfert werden? Warum verlangt dein Gott so etwas Grausames? Zuerst fordert er ein Opfer und dann – o große Güte und Gnade – opfert er sich selbst, wir erstarren in Dankbarkeit! Was soll das ganze Theater?"

Xenia schüttelte den Kopf, als könnte sie damit Veronikas aggressiven Ton abwehren.

„Schau, das ist so – die Sünde bringt den Tod hervor. Das ist wie ein Naturgesetz, verstehst du? Das ist keine spezielle Gemeinheit der Natur, sondern der Tod ist die logische Folge der Sünde. Das ist wie …" Sie suchte nach einem passenden Vergleich. „… wie wenn du dein T-Shirt mit Benzin getränkt hättest und dann in die Nähe von Feuer gehst. Du wirst in Flammen aufgehen, nicht wahr? Aber nicht, weil das Feuer so gemein und blutrünstig ist, sondern weil Benzin nun mal gut brennt. Und so kann eben nichts Sündiges in der Nähe von Gott existieren. Gott ist rein und heilig, in seiner Nähe kann Sünde nicht überleben.

Alles, was sündig ist, muss sterben. Und wir sind alle Sünder."

Veronika schaute grimmig drein und wirkte nicht sonderlich überzeugt.

„Aber jetzt kommt Jesus ins Bild", fuhr Xenia fort. „Er stellt sich vor dich und schirmt dich vom Feuer ab. Er wäscht dich rein und gibt dir ein unbrennbares T-Shirt ... sozusagen. Dabei nimmt er in Kauf, dass er selbst Brandwunden erleidet oder sogar verbrennt. Durch dieses Opfer macht er es dir für alle Zeit möglich, in der Nähe des Feuers zu bleiben. Aber natürlich funktioniert das nur, wenn du das Benzin-Shirt ausziehst und das frische Hemd anziehst. Das ist deine Entscheidung. Du musst das Geschenk annehmen! Oder frieren." Sie grinste und verdrehte die Augen. „Okay, ich geb zu, der Vergleich hinkt vielleicht. Aber du verstehst, was ich sagen will, oder?"

Veronika verzog das Gesicht und machte eine Kopfbewegung, die weder Kopfschütteln noch Nicken war. „Das Ganze ist doch schon im Ansatz pervers", entgegnete sie hitzig. „Primitives Schwarzweiß-Denken! Da ist der liebe, gute Gott mit seinen süßen Engelein, und auf der Gegenseite der böse, hinterlistige Teufel, huch! Das ist wie im Märchen für die Kindergartenkinder! Schöner Prinz: gut – alte Hexe: böse. Großmutter: gut – Wolf: böse. Alles schön säuberlich eingeteilt und selbst für ein Kleinkind leicht zu erkennen. Die Guten kriegen die Prinzessin, die Bösen werden in den Brunnen geworfen. In der Kirche heißt das dann Paradies oder Hölle. Und mit diesem Geschwätz von Hölle und Teufel hat deine famose Kirche die Leute jahrhundertelang in Abhängigkeit gehalten, Angst verbreitet und die schrecklichsten Verbrechen begangen! Ich versteh überhaupt nicht, wie du an so was glauben kannst!"

„Komm mir jetzt nicht mit den Gräueltaten der Inquisition!", fauchte Xenia zurück. Sie unterbrach sich und atmete tief durch. Wenn sie anfing, Veronika anzubrüllen, dann machte sie sich nur unglaubwürdig. Sie wartete, bis sie sich wieder unter Kontrolle hatte, und fuhr ruhiger fort: „Jede Ideologie kann verdreht und missbraucht werden. Jede Machtposition kann zum Missbrauch verleiten, auch eine kirchliche. Niemand heißt diese Dinge heute gut, auch die Kirche nicht! Und man muss zwischen dem Inhalt einer Religion unterscheiden und dem, was die Menschen dann daraus machen. Ist das bei deinen Glaubensüberzeugungen nicht so?"

„Die heutige Kirche ist aber auch nicht viel besser!", ereiferte sich Veronika. „Sie verbrennt vielleicht keine Hexen mehr auf dem Scheiterhaufen, aber sie wirkt viel subtiler. Sie bringt die Leute dazu, Gipsstatuen anzubeten und sich selbst zu geißeln, weil sie Angst vor dem Höllenfeuer haben. Hast du noch nie was von kirchlich ausgelösten Neurosen gehört? Die Kirche mit ihren starren, veralteten Geboten jagt den Menschen Angst und Schuldgefühle ein. Wo, bitte, bleiben da die Liebe und die Erlösung?"

Xenia sah Veronika fest ins Gesicht und zwang sich, keine aggressiven Gefühle zuzulassen. Sie versuchte, Liebe für sie zu empfinden, obwohl das im Augenblick nicht gerade ganz leicht war. Jacob, der die Spannung spürte, rutschte unruhig und quengelig auf ihrem Schoß herum. Claudia verfolgte die Diskussion schweigend, aber voller Aufmerksamkeit.

„Wie gesagt, was die Menschen draus machen ist nicht immer unbedingt genau das, was gemeint war", erklärte Xenia beherrscht. „Die Gebote haben nicht den Zweck, die Menschen einzuengen, sondern das Zusammenleben angenehmer zu machen. Was ist so schlimm an ‚nicht lügen, nicht stehlen, nicht morden'? Wenn alle sich daran halten würden, wäre es doch ein großer Fortschritt!"

Veronika machte eine unwillige Handbewegung. „Jeder weiß doch im Grunde selbst, was richtig ist. Wenn jeder auf seine innere Stimme hören und ihr folgen würde, bräuchten wir diese ganzen Gebote und Gesetze nicht. Und wir hätten auch keinen Gott nötig, der oben auf seiner Wolke sitzt und darüber Buch führt, ob ich ein schlimmes Wort gesagt oder ein Bonbon geklaut hab. Und erst recht keinen Teufel, der die Bonbonklauer auf dem Grill röstet bis in alle Ewigkeit."

„Mir scheint, deine Ablehnung des christlichen Glaubens kommt daher, dass du eine ziemlich verdrehte Vorstellung davon hast!", bemerkte Xenia, und diesmal ließ sich ein sarkastischer Unterton nicht ganz unterdrücken. „Woher hast du denn diesen ganzen Unsinn?"

„Das will ich dir sagen! Meine Großmutter, die eigentlich eine ganz tolle, kluge Frau war, ist im Alter eine große Betschwester geworden. Dauernd ist sie in die Kirche gerannt, und dabei ist sie immer verrückter geworden! Jedes Mal hab ich mir was über Sünde, Tod und Teufel anhören können. Es war furchtbar, ihren Verfall mitanzusehen! Und schuld daran war diese perverse, zwanghafte Religion!"

„Ich hab deine Großmutter zuletzt vor fast 30 Jahren gesehen", entschuldigte sich Xenia. „Ich kann nicht beurteilen, was sie geglaubt oder dir erzählt hat. Aber ich nehme an, dass ihr der Glaube im Hinblick auf ihren herannahenden Tod Zuversicht gegeben hat. Ist sie friedlich gestorben?"

„Vermutlich. Sie war über 90", brummte Veronika. „Aber davon mal abgesehen: Was mich, wie gesagt, so abstößt, ist diese Eindimensionalität – gut, böse und nichts dazwischen! Das ist …"

„Das ist doch gerade das Schöne daran!", unterbrach Judith, die soeben aus dem Garten wieder auf die Veranda heraufkam und nur die letzten paar Sätze gehört hatte. „Das gefällt mir so, dass es ganz klare Richtlinien gibt. Ich meine, ich bin derzeit so verwirrt und verunsichert und da bekomm ich endlich einmal eine Orientierung, ohne beschönigendes Blabla und Wischiwaschi. Wer traut sich denn heutzutage noch, Klartext zu reden? Ich finde das toll!"

Dass Xenia jetzt auch noch Verstärkung bekam, ärgerte Veronika. „Na gut, das mag für jemanden, der verwirrt und verunsichert ist, okay sein!“, knurrte sie. „Aber es gibt ja auch Leute, die schon ... hm ... etwas reifer sind und eine gefestigte Persönlichkeit haben!“ Sie schaute vorsichtig in Judiths Gesicht, ob diese ihre Worte als Beleidigung auffassen würde. Doch das musste jetzt gesagt werden, egal ob sich jemand auf den Schlips getreten fühlte oder nicht! „Solche Leute brauchen kein Korsett aus Verboten – die wissen selbst, was richtig und falsch ist!“

„Und woher?“

„Es ist in ihrem Inneren, in ihrem Herzen!“

„Hm.“ Xenia dachte nach. „Bis zu einem bestimmten Grad gebe ich dir Recht. Jeder Mensch hat ein Gewissen. Aber warum gibt es Kulturen, in denen es beispielsweise in Ordnung war, dass der Vater ein Baby nach der Geburt töten darf, wenn es ihm nicht gefällt? Oder Kulturen, in denen man seine Feinde verspeist? Oder sogar seine verstorbenen Vorfahren?“ Sie bemerkte, dass Claudia sich vor Ekel schüttelte. „Warum sagt das Herz dieser Leute offenbar etwas anderes als unseres? Ist ‚richtig‘ und ‚falsch‘ etwas Subjektives?“

Auch Veronika überlegte, bevor sie antwortete. „Ja, irgendwo schon. Was für mich gut und richtig ist, muss es für dich noch lange nicht sein. Ich mag Gemüseauflauf, Claudia Lachspastete und du vielleicht Marmeladenbrot. Es ist ...“

„Ich rede nicht von Vorlieben beim Essen“, fiel Xenia ihr ins Wort. „Ich rede von *gut* und *böse*! Ist das auch von persönlichen Vorlieben abhängig? Oder gibt es allgemeine Richtlinien – Dinge, die absolut gut oder absolut böse sind?“

„Absolute Wahrheiten gibt es nicht.“

„So?“ Xenia grinste. „Ist der Satz ‚*Absolute Wahrheiten gibt es nicht*‘ eine absolute Wahrheit?“

Veronika schaute verblüfft. Dann dämmerte ihr der

Widerspruch. Sie zog die Augenbrauen hoch, doch dann lachte sie mit den anderen mit.

„Okay, eins zu null für dich. Da hab ich mich in eine logische Falle hineinmanövriert. Aber inhaltlich bleibe ich dabei: Jeder weiß selbst, was für ihn gut und was böse ist. Dazu brauch ich keinen Gott, keine Racheengel und kein Strafgericht."

„*Ihr werdet sein wie Gott und wissen, was gut und böse ist*", zitierte Xenia. „Das sagt die Schlange im Paradies zur Eva, und dann isst Eva vom verbotenen Baum. Denn Gut und Böse zu erkennen macht sie Gott gleich. Denkt sie zumindest. Das steht schon auf den ersten Seiten der Bibel. Das ist die Ur-Sünde."

„Jetzt sag nur noch, du nimmst diese alten Legenden aus der Bibel wörtlich!"

„Ob ich es als historischen Bericht nehme oder als Gleichnis, kommt doch letztendlich aufs Gleiche raus. Der springende Punkt ist der: Selbst darüber entscheiden zu wollen, was gut und böse ist, ist die Ur-Sünde. Die Mutter aller Sünden. Der Mensch ist dieser Verantwortung nicht gewachsen. Und wir leben heute in einer Welt, die unter den Folgen dieser Sünde leidet!"

„Wieso?"

„Ich denke da zum Beispiel an die Themenkomplexe Abtreibung, Sterbehilfe und Todesstrafe. Allein darüber könnte man wochenlang diskutieren! Gut oder böse? Oder nimm den Irak-Krieg: Geht es um die heldenhafte Befreiung des unterdrückten Volkes aus der Diktatur, oder doch nur um die Ölquellen? Gut oder böse? Aber es betrifft auch ganz einfache Alltagssituationen. Nimm an, ich sage einem Schwerkranken, wie gut er aussieht. Das ist eine Notlüge, nicht wahr? Wird der Kranke sich darüber freuen, sich besser fühlen und dadurch seine Genesung beschleunigen? Oder verschleiere ich seinen wahren Zustand und hindere ihn somit daran, den Ernst der Lage zu erkennen, bevor es zu spät ist? Also, gut oder böse?"

„Das kommt doch immer auf die Situation an!“

„Na ja, schon“, räumte Xenia ein. „Aber wenn man sein Leben Gott anvertraut, dann bekommt man nicht nur die großen Richtlinien, sondern auch den Geist Gottes, der ist dann immer bei mir. Und wenn ich ihm wirklich vertraue, dann zeigt er mir in jeder Situation, wie ich mich verhalten soll und was ich sagen soll.“

„Ehrlich?“, warf Judith ein.

Xenia nickte. „Ehrlich. Das steht in der Bibel, ich zeig es dir. Überhaupt würde ich mich freuen, wenn du jetzt manchmal zu meiner Bibelrunde kommst!“ Sie beugte sich zu Judith hinüber und umarmte sie. „Ich hab dich noch gar nicht richtig begrüßt. Willkommen im Club!“

Veronika seufzte: „Ich seh schon, wir kommen heute auf keinen grünen Zweig mehr. Vertagen wir die Diskussion aufs nächste Mal!“

„Dann haben wir ja gleich ein Thema für unser nächstes Treffen“, stellte Claudia fest. „Und jetzt schau ich mal nach, was noch vom gestrigen Buffet übrig ist!“

25. Kapitel

Während der Sommermonate waren die Treffen des magischen Zirkels schwächer besucht als sonst. Irgendwann fuhr sogar Eric, der selbst ernannte Guru und heimliche Schwarm der Damenwelt, in Urlaub. Morgana war den Treffen schon seit einiger Zeit fern geblieben, obwohl Veronika ihr immer wieder zuredete. Aber jetzt, fand Veronika, war die Gelegenheit günstig. Eric war nicht da, also konnte Morgana ihre Abneigung gegen ihn nicht als Ausrede gebrauchen!

In Morganas Büro war es immer schlimmer geworden.

Der Teufelskreis aus Ablehnung, mangelnder Information und echten Fehlern drehte sich weiter abwärts. Morgana war so deprimiert, dass sie nicht mehr die Kraft aufbrachte, an ihrer Situation etwas zu ändern, und so war sie mittlerweile fast völlig isoliert. Hinzu kam noch, dass alle ihre Kollegen, die Familien hatten, der Reihe nach auf Urlaub gingen, nur Morgana durfte mal wieder bei größter Hitze die Stellung halten. In letzter Zeit verschloss sie sich sogar gegenüber ihrer besten Freundin Veronika und die machte sich große Sorgen um Morganas Gemütszustand.

Aber diesmal würde sie Morgana überreden, zum Treffen zu kommen, denn ohne Eric würde es so sein wie früher.

Sie rief die Freundin an und redete ihr gut zu. Morgana sträubte sich und wollte nicht, aber Veronika ließ nicht locker, bis Morgana endlich zusagte. Am Montag, dem Tag des Treffens, rief Veronika sie gegen Abend noch einmal an, aber da hob Morgana nicht ab. Wahrscheinlich war sie schon unterwegs.

Doch als Veronika zu dem Treffen kam, war Morgana nicht da, und sie tauchte auch nicht mehr auf. Veronika ärgerte sich. Also hatte sie nur zugesagt, um ihre Ruhe zu haben. Und jetzt lag sie wahrscheinlich mit einem Tablett voller Fastfood vor dem Fernseher und ging absichtlich nicht ans Telefon!

Und dabei war es ohne Eric tatsächlich wie in den alten Zeiten. Es wurde gemütlich geplaudert, gegessen und Urlaubserinnerungen wurden ausgetauscht. Zuletzt konnte Veronika die Runde noch dazu bringen, dass sie einen Kreis bildeten und eine konzentrierte Ladung von positiven Energien an Morgana schickten, damit sie aus ihrer trüben Stimmung auch wieder einmal herausfand.

Später am Abend rief Veronika noch einmal an, aber Morgana hob noch immer nicht ab.

Etwas verärgert beschloss Veronika, Morgana am nächsten Morgen im Büro anzurufen – dort konnte sie das Telefon nicht einfach ignorieren. Sie hatte Dienstagvormittag eine Sitzung, doch gegen Mittag wählte sie endlich Morganas Nummer.

„Leitenmeier?“, meldete sich eine unwirsche Stimme.

„Guten Tag, Engelhart, ich möchte bitte mit Morgana, äh, mit Frau Kral sprechen.“

„Das möchten viele gern!“, fauchte die Stimme wütend. „Die feine Frau Kral ist nämlich heute nicht an ihrem Arbeitsplatz erschienen! Hat sich auch nicht krankgemeldet, das hat sie anscheinend nicht nötig! Und zu Hause hebt sie nicht ab! Sind Sie eine Freundin?“

„Ja“, stotterte Veronika überrumpelt.

„Dann geb ich Ihnen einen guten Rat! Sagen Sie Ihrer lieben Freundin, dass es so nicht weitergeht! Entweder sie ist klug genug und geht freiwillig, oder sie fliegt bei nächster Gelegenheit hinaus! Und wenn ich persönlich dafür sorgen muss!“

Rumms! Noch ehe Veronika etwas sagen konnte, hatte ihre Gesprächspartnerin aufgelegt.

Veronikas Herz hämmerte gegen ihre Rippen. Morgana war nicht im Büro erschienen? Ohne sich krankzumelden? Dann musste etwas wirklich Schlimmes passiert sein. Sicher wusste sie, dass sie damit ihren Job gefährdete – war es ihr womöglich egal? So weit war es schon gekommen? Veronika hatte wenig Lust, noch einmal mit der barschen Frau Leitenmeier zu telefonieren, um herauszufinden, was vorgefallen war. Sie rief mit wenig Hoffnung bei Morgana zu Hause an (warum hatte die bloß kein Handy?), aber erwartungsgemäß hob keiner ab.

Veronika brachte den Nachmittag irgendwie herum und verließ ihr Büro so früh wie möglich. Titania war bei einer Ferienspiel-Veranstaltung und musste erst um 6 Uhr abgeholt werden, also hatte sie noch etwas Zeit. Sie fuhr nach Hause und holte die Ersatzschlüssel von Morganas Wohnung aus dem Versteck in der Küchenschublade. Mit dem Fahrrad war sie in einer Viertelstunde am Ziel.

„Morgana?“

Veronika öffnete die Wohnungstür und steckte den Kopf hinein. Es war stickig in der Wohnung – und still. Kein Fernseher lief, keine Morgana lag auf der Couch oder im Bett. Veronika rief und suchte in allen Räumen – schließlich kam es ja auch vor, dass Leute beim Duschen ohnmächtig wurden, weil der Durchlauferhitzer giftige Dämpfe verbreitete – doch Morgana war schlicht und einfach nicht zu Hause.

Konnte sie etwa einfach Hals über Kopf weggefahren sein?

Im Kühlschrank gab es ein paar Vorräte und ein Topf mit Essensresten stand auf dem Herd. Ließ man solche Dinge zurück, wenn man auswanderte? Und würde man es nicht wenigstens seiner besten Freundin mitteilen, wenn man einen solchen Schritt vorhatte? Das Ganze ergab keinen Sinn! Ob sie sich etwas angetan hatte? Veronika suchte alle Zimmer nach einem Abschiedsbrief ab, fand aber nichts. Die ganze Wohnung wirkte völlig normal, als ob Morgana nur kurz zum Einkaufen gegangen wäre und jeden Moment wiederkommen würde. Trotzdem hatte Veronika ein flaues Gefühl.

Sie wartete, so lange sie konnte, aber Morgana kam nicht nach Hause. Schließlich musste sie aufbrechen, um Titania abzuholen. Am Mittwoch ertrug sie noch einmal Frau Leitenmeiers Unfreundlichkeit, nur um zu erfahren, dass Morgana wieder nicht zur Arbeit erschienen war und auch nichts von sich hatte hören lassen.

In ihrer Mittagspause radelte Veronika noch einmal zu Morganas Wohnung. Sie fand alles genauso vor, wie sie es gestern verlassen hatte. Die Essensreste im Topf begannen zu stinken. Offensichtlich war Morgana nicht dort gewesen.

Jetzt reichte es! Kurz entschlossen ging Veronika zur nächsten Polizeiwache und meldete Morgana als vermisst. Morgana würde sie dafür hassen, sobald sie es herausfand, aber sie konnte diesen Zustand einfach nicht länger ertragen. Sie gab eine Personenbeschreibung ihrer Freundin an, und dass sie am Samstag zuletzt mit ihr gesprochen hatte. Zwar war Morgana vermutlich noch am Montag im Büro gesehen worden, aber Veronika hatte kein Bedürfnis danach, sich bei Frau Leitenmeier nach Details zu erkundigen. Ein wenig beruhigt, weil sich jetzt professionelle Helfer um die Sache kümmerten, kehrte sie in ihr Büro zurück.

*

Der Anruf erreichte sie am frühen Abend, als sie und Titania gerade nach Hause kamen.

Titania hatte wieder einmal ihren Kopf durchgesetzt und sowohl ein Eis bekommen als auch ein Video ausgeliehen, und mit beidem machte sie es sich im Wohnzimmer gemütlich. Als das Handy klingelte, zog Veronika sich in die Küche zurück.

Der Anruf kam von der Polizei. „Sie haben heute eine Person als vermisst gemeldet?"

„Ja."

„Weiblich, 1,75 groß, korpulent, tizianrotes Haar, Muttermal unter dem linken Auge?"

„Ja. Maria Kral, genannt Morgana."

„Ja, ähem, es ist so ... eine Person, auf die diese Beschreibung möglicherweise zutrifft, ist ... ähem ... kürzlich tot aufgefunden worden."

„Was?" Veronika spürte, wie ihre Knie unter ihr nachgaben. Sie sank einfach auf den Küchenfußboden. Ein Gefühl überkam sie, als ob sie aus sich heraustreten und alles von außen beobachten würde: sich selbst auf dem Fußboden, zwischen den noch nicht ausgepackten Einkaufstaschen, Zeitschriften und Poststücken, die alte Küchenuhr, die blau gestreiften Vorhänge – plötzlich war alles total irreal!

„Na ja, das heißt ja noch nicht, ähem, dass es wirklich

dieselbe Person ist, ähem", hüstelte der Polizist verlegen. „Es ist nur so, dass die besagte Person ... also, die Leiche ... keinen Ausweis bei sich hatte ... Und ... vielleicht könnten Sie herkommen und sie, ähem, identifizieren?"

„Was?", hauchte Veronika noch einmal, obwohl sie verstanden hatte, was der Mann von ihr wollte. „Was hatte sie an?", brachte sie dann hervor. *Sie ist es nicht, sie kann es nicht sein!*

„Levi's Jeans, blaues No-Name T-Shirt, rote Sandaletten mit 4 cm Absatz ..."

„Trug sie eine Halskette?", unterbrach Veronika mit versagender Stimme.

„Eine dünne Goldkette mit einem fünfzackigen Stern."

Veronika fühlte sich so schwindlig, dass sie glaubte, sie müsste in Ohnmacht fallen.

„Hallo? Hallo, sind Sie noch da?", drang die Stimme des Polizisten aus dem Apparat. „Können Sie die Person identifizieren? Ich lasse Sie abholen."

*

Lange Gänge, fensterlos, hygienisch gekachelt. Das perfekte Szenario für einen Horrorfilm. Oder einen Albtraum. Vielleicht *war* es ein Albtraum? Veronika wäre nur zu gerne aufgewacht, aber irgendwo spürte sie, dass dies die Realität war. In Begleitung einer Polizeibeamtin ging sie diesen endlosen Gang hinab. Sie nahm ihre Umwelt wie durch Watte gedämpft wahr. *Wo bin ich hier gelandet?* Dann ein Raum. Klimatisiert. Kalt. Nach der sommerlichen Gluthitze draußen fröstelte sie richtig. Veronika zog Schutz suchend die Schultern hoch und schlang die Arme um ihren Körper. An den Wänden diese metallenen Schubladen, wie man sie nur aus Kriminalfilmen kannte. Einer der Polizisten zog eine Schublade heraus. Graues Tuch über etwas Hügeligem. Hände griffen stützend nach Veronikas Ellbogen. Jemand schlug das Tuch zurück.

Ein Gesicht, blauweiß und seltsam schief. Schwarz verkrustete Blutspuren. Tizianrote Haarbüschel. Starre Augen aus Milchglas.

Morgana?

Wie konnte es Morgana sein, so kalt und starr, in diesem fremden Raum? Warum …

„Ist das Ihre Freundin?“, flüsterte die junge Polizistin, die Veronika stützte. Der Anblick der Toten war ihr unbehaglich.

Veronika hörte ihre eigene Stimme wie aus weiter Ferne. „Ja, das ist Morgana. Maria Kral.“

„Sind Sie sicher?“

„Ja.“

Das Tuch wurde glatt gezogen, die Schublade zugeschoben. Die Polizisten schienen erleichtert zu sein, diese Sache hinter sich gebracht zu haben und den Raum verlassen zu dürfen. Zurück ging es, durch die albtraumhaften, gekachelten Gänge, in irgendein Büro. Veronika ging, setzte sich, trank Kaffee, stand auf, beantwortete irgendwelche Fragen – sie funktionierte automatisch, wie ein Roboter. Sie erinnerte sich später nicht mehr daran, wie sie nach Hause gekommen war. Die junge Polizistin musste sie wohl gefahren haben, denn die war noch dabei, als Veronika benommen in ihre Wohnung taumelte.

Titania saß vor ihrem Video und futterte Tiefkühlpizza in sich hinein. Sie rief nur „Hi, Mama!“ durch die Wohnung, als sie die Tür hörte, und kümmerte sich nicht weiter um sie. Ausnahmsweise war Veronika ihr dafür sehr dankbar.

„Soll ich bei Ihnen bleiben?“, fragte die Polizistin. „Oder kann ich jemanden anrufen, der herkommt und Ihnen beisteht? Sie sehen sehr blass aus!“

Veronika lehnte sich an die Wand und schloss die Augen. Sie *fühlte* sich auch sehr blass. Unwillkürlich griff ihre Hand nach den Talismanen an ihrem Hals. Morganas Leiche zu identifizieren war das Schlimmste gewesen, was sie jemals in ihrem Leben hatte tun müssen. Sie wollte nichts anderes als die Erinnerung an die letzte Stunde möglichst schnell an einer Stelle ihres Unterbewusstseins vergraben, wo sie nie wieder zum Vorschein kommen konnte. Diese kalten, gekachelten Gänge, die metallene Schublade und Morganas blauweißes, schiefes Gesicht mit den starren Augen ... Und dabei musste sie noch froh sein, dass sie den übrigen Körper nicht zu sehen bekommen hatte – der Schnellzug musste sie furchtbar zugerichtet haben ...

Die Stimme der Polizistin drang wie aus weiter Ferne zu ihr.

„Ein Verwandter vielleicht, oder eine Freundin?"

Ich habe keine Freundin mehr, die ist tot!

„Frau Engelhart?"

Veronika öffnete widerstrebend die Augen. Da war ihr Vorzimmer. Das Blumenkistchen mit Salbei und Lavendel auf dem Fensterbrett. Die dicke rote Kerze, die sie von Morgana zu Weihnachten bekommen hatte. Alles wirkte so widersinnig normal, so unbegreiflich alltäglich – bis auf diese blonde Polizistin, die vor ihr stand und sie erwartungsvoll ansah.

„Es ... geht schon", krächzte Veronika unter Anstrengung.

„Wirklich?" Die Frau sah skeptisch drein.

„Ich ... möchte allein sein", flüsterte Veronika.

„Ich bin nicht sicher, ob das eine gute Idee ist! Ich werde lieber noch etwas hier bleiben!" Die Polizistin war jung und sehr eifrig, es würde schwer werden, sie loszuwerden.

Veronika befeuchtete ihre Lippen, die sich trocken und rissig anfühlten.

„Gehen Sie zu meiner Tochter", murmelte sie. „Ich kann jetzt nicht ... Holen Sie noch ein Video, wenn's sein muss."

„Sie wird mich fragen, warum ich hier bin!"

„Sagen Sie ihr ... Morgana hatte einen Unfall."

„Na gut. Rufen Sie mich, wenn Sie was brauchen!"

„Ja. Danke."

Die Polizistin zog in Richtung Wohnzimmer ab. Veronika schlurfte in die Küche, um sich ein Glas Wasser zu holen. Auf dem Boden lagen noch die Einkäufe, die Zeitungen und die Post. Mechanisch räumte Veronika die Lebensmittel in den Kühlschrank und hob die Papiere auf. Sie trank zwei Gläser Wasser – sie hatte gar nicht bemerkt, wie durstig sie war. Die Hitze machte allen zu schaffen. Aber das Trinken tat ihr gut. Irgendwie brachte sie der Durst wieder in Kontakt mit der Realität. Sie tappte in ihr Schlafzimmer und ließ sich aufs Bett fallen.

Morgana war tot. Vom Schnellzug überfahren. Was in aller Welt hatte sie Montagabend auf dem Bahnübergang zu suchen gehabt? Sie hatte doch zugesagt, zum magischen Zirkel zu kommen! Mit Schaudern erkannte Veronika, dass das Furchtbare geschehen war, unmittelbar nachdem die ganze magische Gruppe Morgana gute Energien geschickt hatte … Wieso nur?

„Mama!" Titania stürmte herein, ohne anzuklopfen. „Was ist passiert? Was ist mit der Morgana?" Sie warf sich zu Veronika aufs Bett, dass die Matratze ächzte, und sah ihre Mutter ängstlich an.

Veronika richtete sich auf und nahm Titania in die Arme. Es tat gut, das Kind zu spüren.

„Sie hatte einen Unfall, Elfchen", sagte sie rau. Die junge Polizistin erschien in der Tür und blieb unschlüssig stehen. Anscheinend war sie darüber unsicher, wie viel von Morganas Unfall sie preisgeben durfte.

„Ist ihr was passiert? Ist es schlimm?" Titania riss ihre blauen Augen groß auf.

Veronika seufzte und umarmte Titania so fest, dass sie kaum noch Luft bekam. „Sie ist tot, Elfchen", flüsterte sie.

Titania blieb ganz still. Dann begann sie Veronika zu streicheln. Gemeinsam saßen sie auf dem Bett und wiegten sich hin und her.

„Mama. Mein Mamichen", flüsterte Titania und es war schwer zu erkennen, wer da eigentlich wen tröstete.

26. Kapitel

Veronika erwachte am nächsten Morgen mit grauenhaften Kopfschmerzen. Vermutlich kam das von der Schlaftablette, die die junge Polizistin ihr eingeflößt hatte. Auch recht. So konnte sie wenigstens nicht allzu sehr nachdenken. Sie rief im Büro an und meldete sich krank. Als Titania etwas später aufstand, bat sie sie, den Tag bei Elina zu verbringen, damit sie ungestört schlafen konnte.

Sie schlief auch tatsächlich noch einmal ein, nachdem Titania gegangen war. Es war eine starke Schlaftablette gewesen. Als sie aufwachte, ging es ihrem Kopf besser. Sie stand auf und schlurfte in die Küche, um etwas zu trinken. Da lag noch die Post von gestern auf dem Tisch. Geistesabwesend blätterte sie sie durch. Werbesendungen. Eine Handyrechnung. Eine Ansichtskarte von einer Kollegin. Plötzlich erstarrte sie.

Ein Brief von Morgana.

Der Stempel war von Montag, dem Tag, an dem Morgana starb. Veronikas Hände zitterten so stark, dass sie mehrere Minuten brauchte, um den Brief zu öffnen.

„Liebe Veronika!

Das Rad des Lebens dreht sich weiter. Was wir in diesem Leben nicht erreichen, schaffen wir im nächsten.
Danke für deine Freundschaft.
Auf Wiedersehen,
Morgana"

Veronika starrte das Papier in ihrer Hand an. Sie war wie betäubt. *Das* schrieb Morgana am Tag ihres Todes? Das war kein Unfall gewesen! Sie hatte es doch gewusst! Was sonst hätte Morgana in dieser gottverlassenen Gegend gesucht, auf diesem verfluchten Bahnübergang?

Veronika lehnte sich an ein Küchenregal. Die Tränen flossen einfach aus ihren Augen. Ganz still weinte sie. *Das Rad des Lebens dreht sich weiter. Was wir in diesem Leben nicht erreichen, schaffen wir im nächsten.* Hatte nicht sie, Veronika, diese Worte vor ein paar Wochen zu Morgana gesagt, um sie aufzumuntern? Hatten – oh, ihr Götter! – diese Worte Morgana womöglich erst auf die Idee gebracht, sich vor den Zug zu werfen?!

Nein. Nein, das konnte nicht sein. Plötzlich begann Veronika in ihrer Küche herumzulaufen wie ein Wolf im Käfig. Nein, sie trug keine Schuld an Morganas Tod! Die Bürokollegen waren es, diese ekelhafte Frau Leitenmeier und die anderen, die Morgana gemobbt hatten. Die waren schuld. Und Eric, der tolle Guru, der sich für den großen Erleuchteten hielt und doch keine Ahnung hatte, was in seinen Mitmenschen vor sich ging.

Veronika musste raus. Raus aus der heißen, stickigen Wohnung, raus aus der Stadt. Wie ferngesteuert zog sie sich an, radelte zum Bahnhof und stieg in den Zug nach Altenburg. Sie brauchte jetzt Stille. Und Natur. Einen Baum. Ihren Baum. Den Nussbaum, den ihr Großvater anlässlich ihrer Geburt für sie gepflanzt hatte.

Eine Stunde später schloss sie das Gartentor auf. Sie spürte schon, wie sie hier draußen freier atmen konnte. Paul grüßte sie überrascht aus dem Nachbargarten, aber sie winkte nur flüchtig zurück. Zielstrebig eilte sie auf den Nussbaum zu. Sie war sehr lange auf keine Bäume mehr geklettert, aber es ging noch ganz gut. Die Zweige standen dicht genug beisammen, es war ganz leicht. Sie kletterte ganz hinauf in den Wipfel, wo der Stamm schon dünn wurde und die Blätter sich lichteten. Von hier konnte sie auf ihr Haus hinunterschauen und über die benachbarten Gärten hinweg bis zur Donau sehen.

Sie umarmte den Stamm des Baumes und lehnte den Kopf gegen die Rinde. Sie versuchte zu spüren, wie die Lebensenergie des Baumes in sie eindrang und ihrer aufgewühlten Seele Linderung verschaffte. Lange saß sie so da. Die Tränen flossen über ihr Gesicht. Ein schwacher Wind fächelte ihrem erhitzten Gemüt Kühlung zu. Ach, wenn sie nur immer so sitzen bleiben könnte …

Plötzlich schwankte der Baum, als ob es ein Erdbeben gäbe. Erschrocken schaute Veronika nach unten. Da kam Paul unter Ächzen und Schnaufen heraufgeklettert. Langsam, aber stetig arbeitete er sich in die Höhe. Etwas unterhalb von Veronika setzte er sich auf einen Ast.

„Paul, ich möchte allein sein", bat Veronika.

„Ich weiß. Wenn eine Frau Mitte Vierzig im Baum sitzt und heult, dann hat sie ihre Gründe. Ich sitz' nur hier, damit du nicht versehentlich runterfällst."

Und tatsächlich saß Paul ganz still, regte sich nicht und sagte kein Wort.

Nach einer halben Stunde kletterte Veronika hinunter und setzte sich zu ihm, sodass der Stamm zwischen ihnen war.

„Meine beste Freundin hat sich umgebracht", flüsterte sie.

Paul nickte, als ob er sich das sowieso schon gedacht hätte.

„Ich mache mir Vorwürfe, weil ich nichts bemerkt hab … nichts gemacht hab …" Wieder flossen Tränen.

Paul legte ihr ganz sacht seine schwielige Arbeiterhand auf die Schulter und schwieg. Nach einer Weile sagte er: „Nach dem Tod meiner Frau habe ich mich immer untern Weichselbaum gesetzt." Und erklärend fügte er hinzu: „Raufklettern hält der nämlich nicht aus."

„Wann ist deine Frau denn gestorben?", schniefte Veronika und schämte sich, dass sie ihn noch nie danach gefragt hatte.

„Vor fast sechs Jahren. Sie ist ertrunken."

„In der Donau?"

„Nein. In der Badewanne."

Veronika zog erstaunt die Augenbrauen hoch.

„Sie hatte einen Herzinfarkt, konnte nicht mehr aufstehen, und dann ist sie ertrunken. Ich war nicht zu Hause." Er schüttelte den Kopf, als er daran dachte. „Seither dusche ich nur noch. Die Badewanne hab ich rausgerissen."

Veronika seufzte und lehnte ihren Kopf halb an den Baumstamm, halb an Pauls Schulter daneben.

„Wahrscheinlich wäre sie an dem Herzinfarkt allein sowieso gestorben", fuhr Paul fort. „Sie war in deinem Alter."

„So jung?", platzte Veronika heraus. „Ich … ich meine, zum Sterben ist das jung!"

„Tja, wen der Herrgott liebt, den holt er jung zu sich!", seufzte Paul. „Ich darf es ihm nicht übel nehmen. Wir haben viele schöne Jahre gehabt, dafür bin ich dankbar. Anfangs hab ich das natürlich nicht so gesehen, da hab ich getobt und mit ihm gehadert …"

„Mit Gott?"

„Na mit wem sonst? Mit dem Beerdigungsinstitut vielleicht? Aber inzwischen hab ich mich dreingefunden. Er wird schon seine Gründe gehabt haben. Gott, meine ich."

Veronika schwieg eine lange Zeit. Endlich fragte sie: „Hast du Kinder?"

„Einen Sohn. Richard heißt er. Er ist 23 und studiert in Amerika."

„Und du? Wie alt bist du eigentlich?"

„Ich werde im Oktober fünfzig."

„Ich back dir einen Kuchen", murmelte Veronika. „Erinner mich!"

Nach einer weiteren Stunde wurde das Sitzen auf den Ästen langsam unbequem. Paul überredete Veronika schließlich, herunterzusteigen und etwas zu essen. Er hatte zwar nur Butterbrot im Haus, aber es schmeckte köstlich und sie merkte, dass sie sehr hungrig war. Schließlich brachte er sie sogar noch zum Bahnhof.

„Ruf doch deine Freundinnen an", riet er ihr. „Du darfst dich jetzt nicht einigeln. Du musst mit Leuten reden!"

„Danke, Paul. Du hast mir sehr geholfen. Du bist ein wahrer Freund!“

„Na, das will ich doch hoffen!“

27. Kapitel

Napoleon bellte wie wild gegen die Eingangstür. Sein Schwanz peitschte durch die Luft, sodass auch das Hinterteil noch wackelte.

„Ja ja, Schätzchen, gleich kommt die Nadine!“, redete Claudia dem Dackel zu und bewegte sich im Rollstuhl zur Tür. Da hörte man draußen auch schon Schlüssel klirren und ein mageres junges Mädchen mit strähnigen braunen Haaren schob sich herein. Napoleon sprang freudig an ihren Beinen hoch, aber sie tätschelte nur geistesabwesend seinen Kopf.

„Hallo, Nadine! Wie geht’s dir?“, grüßte Claudia freundlich. Seit einer Woche wusste sie definitiv, dass das Mädchen schwanger war, und nun bemühte sie sich doppelt, ihr Freundschaft und Wertschätzung entgegenzubringen. Sie konnte sich nur allzu gut erinnern, wie sehr man als junge Schwangere das Gefühl brauchte, angenommen und unterstützt zu werden.

„Ich hab nur wenig Zeit“, stieß Nadine hervor. „Kannst du mir Geld borgen?“

„Was?“ Claudia schaute verwirrt drein. „Willst du nicht erst einmal essen? Schau, ich hab dir ...“

„Bitte“, unterbrach sie Nadine mit einem flehenden Unterton. „Hast du Geld?“

„Was ist denn los?“

„Mehmet ist weg!“, brach es aus Nadine heraus.

„Was? Wieso? Was soll das heißen?“ Offensichtlich war

das Kind völlig verwirrt. „Komm, iss etwas und red mit mir, ja? So viel Zeit wirst du doch haben!" Claudia rollte rückwärts in die Küche, wo sie einen kräftigen Imbiss hergerichtet hatte. Nadine warf einen nervösen Blick auf die Uhr. Dann streifte sie ihren Rucksack ab und folgte Claudia. Napoleon hoppelte erwartungsvoll hintendrein. Trotz ihrer Aufgeregtheit schien Nadine ziemlich hungrig zu sein, denn sie setzte sich an den Küchentisch und verschlang hastig einen Schinkentoast.

„Also, jetzt erzähl mir doch, was los ist. Wo ist dein Freund hin?"

„Seine Eltern haben ihn in die Türkei geschickt!", stieß Nadine zwischen zwei Bissen mit tränenerstickter Stimme hervor. „Ich bin nicht gut genug für ihn, weil ich keine Türkin bin! Und damit wir uns nicht mehr treffen können, haben sie ihn gestern nach Hause geschickt. Sein Handy haben sie ihm auch weggenommen, er hat mich nur noch am Flughafen aus einer Telefonzelle kurz anrufen können!"

„Ach du meine Güte!" Claudia tätschelte beruhigend Nadines Hand. „Das ist schlimm für dich, nicht wahr? Aber mach dir keine Sorgen, der kommt bestimmt wieder!"

„Ich fahre jetzt in die Türkei", sagte Nadine mit Nachdruck.

„Was?"

„Ich fahre ihm nach! Um 15 Uhr 45 geht der Zug nach Istanbul und dann –"

„Aber um Himmels willen, was willst du denn dort? Du sprichst doch kein Wort Türkisch! Und weißt du überhaupt, wo er ist?"

„Ich weiß, wie sein Dorf heißt", murmelte Nadine trotzig. „Das wird sich schon finden!"

„Nadine, bitte, sei vernünftig! Was soll denn das bringen? Schau, Mehmet hat noch ein Jahr Schule vor sich, der kommt doch bestimmt zurück, sobald die Ferien zu Ende sind. Seine Eltern wollen doch sicher nicht, dass er seine Ausbildung abbricht. Und wie willst du dich ganz allein in der Türkei durchschlagen? Du kennst dich nicht aus, du kannst die Sprache nicht, du weißt nicht, wie allein reisende Frauen behandelt werden. Du ..."

„Was verstehst denn du davon?" Nadine sprang auf und ihre Augen blitzten. Napoleon, der darauf wartete, endlich spazieren geführt zu werden, sprang ebenfalls auf und wedelte hoffnungsvoll mit dem Schwanz. „Du hast ja keine Ahnung, wie das ist! Was weißt du schon von Liebe? Ich will mit Mehmet zusammen sein! Du verstehst das nicht! *Du* bist ja nie schwanger gewesen!"

Claudia zuckte zusammen, als ob man sie geschlagen hätte. Aber ihre persönlichen Gefühle mussten im Augenblick zurückstehen. Sie biss sich auf die Lippe.

„Nadine, du weißt, dass ich dich in allem unterstützen werde. Ich würde dir auch Geld geben, wenn du es brauchst. Du kannst sogar bei mir einziehen, wenn du willst, du und dein Baby – aber ..."

„Du willst mich ja nur hier haben, damit ich dich pflegen kann, weil du jetzt ein Krüppel bist!", fauchte Nadine. „Aber ich brauch deine so genannte ‚Unterstützung' nicht! Ich schaff das auch ohne dich!" Sie stürzte ins Vorzimmer, schnappte im Vorbeigehen ihren Rucksack – war das etwa ihr ganzes Gepäck? – und rannte hinaus. Napoleon, der ihr in freudiger Erwartung nachgelaufen war, bekam die Tür vor der Nase zugeknallt.

„Nadine!"

Ehe Claudia mit ihrem Rollstuhl das Vorzimmer erreicht hatte, war das Mädchen schon fort.

Claudia überlegte fieberhaft. Bis zur Abfahrt des Zuges war es noch eine gute Stunde. Nadine würde die Straßenbahn zum Bahnhof nehmen – mit einem Taxi konnte Claudia schneller dort sein. Doch was nützte das? Nadine wollte ja nicht zuhören, und wenn sie davonlief, konnte Claudia sie nicht einmal einholen. Auf Krücken war sie zu langsam und für den Rollstuhl wurde jede Stufe zum Hindernis.

Mit einem hatte Nadine jedenfalls Recht: Claudia war ein Krüppel und brauchte Hilfe. Aber das war doch nicht der Grund, warum sie Nadine unterstützte. Sie schnaubte ärgerlich und schlug mit der Faust auf die Armlehne ihres Rollstuhls. Wen könnte sie jetzt rasch um Hilfe bitten? Jemanden, der Zeit hatte – jemanden, der laufen konnte – am besten jemanden mit einem Auto … Judith!

Hastig rollte Claudia zum Telefon und suchte Judiths Handynummer heraus. Zum Glück hob Judith gleich ab.

„Hallo, hier ist Claudia. Ich bin sehr in Eile. Meine Nadine – weißt du noch? Das schwangere junge Mädchen – will jetzt in die Türkei fahren. Ich muss sie davon abhalten, aber ich brauche Hilfe. Sofort. Hast du Zeit?"

Judith war ein bisschen überrumpelt, aber sie begriff sofort, dass alles schnell gehen musste.

„Ja, ich kann mich freimachen. Was soll ich tun?"

„Triff mich in 20 Minuten am Westbahnhof in der unteren Kassenhalle!"

„Okay!"

*

Tatsächlich dauerte es fast eine halbe Stunde, bis Claudia eintraf, denn sie musste erst einen Taxifahrer dazu bringen, den Rollstuhl ein- und auszuladen und ihr beim Aussteigen zu helfen, und der Kerl schien im Unterschied zu ihr keine Eile zu kennen. Judith war schon da und übernahm gleich das Schieben. Auf dem Weg zum Lift erzählte Claudia in groben Zügen, was vorgefallen war.

„Das arme Mädchen muss ja völlig durcheinander sein!", fand Judith mitleidig.

„Das kann man so sagen", brummte Claudia. Nadines böse Bemerkung über die eigennützigen Motive des „Krüppels" nagte doch ein bisschen an ihr – auch wenn sie in der Aufregung gesagt worden war. „Ich muss sie davon abhalten, eine Riesendummheit zu machen! Stell dir nur vor – eine schwangere 17-Jährige allein in einem türkischen Dritte-Klasse-Zug, der Sprache nicht mächtig und auch noch ohne Geld. Und das nur, um der ‚Stimme der Liebe' zu folgen, oder was!" Sie trommelte ungeduldig mit den Fingern auf ihrer Armlehne, während der Lift mit vorschriftsmäßiger Langsamkeit nach oben zu den Bahnsteigen schwebte. Endlich öffneten sich die Schiebetüren. Judith schob Claudia im Laufschritt zur Anzeigentafel.

„15 Uhr 45 nach Istanbul! Da, Bahnsteig 17!" Schon ging es weiter. Sie hatten Glück, der Zug stand noch nicht da. Also musste Nadine irgendwo auf dem Bahnsteig sein. Es wäre sehr viel schwieriger gewesen, sie zu finden, wenn sie bereits im Zug gesessen hätte, denn dann hätten sie alle Abteile durchsuchen müssen – mit dem Rollstuhl schier unmöglich.

Judith schob Claudia an den dichten Menschenmengen vorbei. Frauen in Kopftüchern, Kinder und schnauzbärtige Männer, aber auch eine bunte Mischung junger Rucksacktouristen warteten auf den Zug, der jeden Augenblick eintreffen konnte. Eine dicke türkische Mutter in einem langen schwarzen Umhang thronte auf ihren Koffern und schnitt Tomaten, die sie an ihre Kinder verteilte. Lautsprecheransagen in verschiedenen Sprachen waren zu hören. Claudia beugte sich in ihrem Rollstuhl vor und suchte angestrengt.

„Dort! Da vorne ist sie!", zischte sie plötzlich. „Die Dünne mit den offenen Haaren und dem grünen Rucksack! Siehst du sie? Fahr langsam hin. Falls sie davonrennt, lass mich stehen und lauf ihr nach! Halt sie notfalls mit Gewalt fest!"

„Bist du sicher?", fragte Judith zweifelnd. „Ist das nicht Freiheitsberaubung?"

„Ach Quatsch! Sie ist völlig daneben, nicht Herr ihrer Sinne! Morgen wird sie uns dankbar sein!"

„Also gut."

Judith manövrierte den Rollstuhl zwischen den Menschen hindurch nach vorne an die Bahnsteigkante, um sich dem Mädchen wenigstens nicht hinterrücks zu nähern. Nadine bemerkte sie, als sie auf wenige Meter herangekommen waren. Sie hob den Kopf und ihr Gesicht zeigte einen erstaunten Ausdruck.

„Was machst du denn hier?“

„Nadine! Lass uns doch in Ruhe darüber reden!“ Claudia streckte die Arme aus, um Nadines Hand zu ergreifen. Doch Nadine zuckte zurück, dann hob sie blitzschnell den Rucksack auf, den sie zwischen ihren Beinen abgestellt hatte, und sprang davon. Sofort verschwand sie im Gewühl.

„Halt sie auf!“, rief Claudia. Judith ließ die Griffe des Rollstuhls los und setzte dem Mädchen nach.

„Nadine! Warte doch! Wir wollen dir helfen!“, rief sie.

Claudia griff in die Räder und rollte los, so schnell sie konnte. Inzwischen hatte sie schon einige Übung im Rollstuhlfahren. Sie sauste an der Bahnsteigkante entlang, die halbwegs frei war.

„Achtung! Bitte machen Sie Platz!“, rief sie dabei und die Leute wichen zurück. Doch plötzlich stolperte ein kleines schwarzhaariges Kind direkt vor Claudia, um sein heruntergefallenes Stofftier aufzuheben.

„Vorsicht!“, kreischte Claudia erschrocken. Noch bevor der Vater das Kleine zurückreißen konnte, bremste sie abrupt. Der Rollstuhl schleuderte auf das Kind zu, Claudia bremste, ein Rad geriet über die Bahnsteigkante, und dann kippte Claudia mitsamt ihrem Gefährt auf die Schienen hinunter.

„Vorsicht, Bahnsteig 17! Bitte zurücktreten, Zug nach Istanbul fährt ein!“

„Hilfe!“, brüllte Claudia. Der Rollstuhl lag seitlich auf den Schienen und sie klemmte hilflos darin. Der Sturz war nicht sehr tief gewesen und das rechte Rad und Claudias rechte Schulter hatten das meiste davon abbekommen.

Aber in wenigen Augenblicken würde ein tonnenschwerer Zug über sie drüberdonnern!

„Helfen Frau, schnell!" Ein schwarzlockiger, unrasierter Mann sprang zu Claudia herunter und zerrte sie aus ihrer Seitenlage. Jetzt erwachten auch andere aus ihrer Starre. Hilfreiche Hände streckten sich Claudia entgegen und zogen sie hinauf. In der Ferne wurde der herannahende Zug sichtbar. Aufgeregtes Rufen ging durcheinander, eine Trillerpfeife ertönte.

„Holt den Mann rauf, schnell!", keuchte Claudia. Sie lag auf dem Boden und versuchte von der Bahnsteigkante wegzurobben. Irgendwer griff über sie hinweg, jemand schrie, dann stolperte etwas Schweres auf Claudia und zugleich donnerte der Zug mit kreischenden Rädern an ihnen vorbei.

Wenige Augenblicke später wurde es still. Der Zug stand.

Claudias Puls raste. Sie lag im Staub von Bahnsteig 17 und zitterte so stark, dass sie sich kaum aufrichten konnte. Mit einiger Erleichterung stellte sie fest, dass das Schwere, das halb auf ihr lag, der schwarzlockige Mann war. Sichtlich war er unverletzt, denn er rappelte sich bereits hoch.

Der Zugführer sprang aus der Lokomotive und rannte herbei. Claudia hörte ihn schreien, etwas von „Notbremsung" und „zu spät". Dann war Judith neben ihr und half ihr, sich aufzusetzen.

„Ist dir was passiert?", fragte sie atemlos.

„Oh mein Gott, das wollte ich nicht!", schluchzte Nadine und fiel neben Claudia auf die Knie. „Hast du dir wehgetan?"

Claudia betastete vorsichtig ihre rechte Schulter und bewegte den Arm auf und ab.

„Scheint nicht gebrochen zu sein", murmelte sie zitternd. „Wahrscheinlich wird es morgen blau und grün – aber was soll's!" Sie rang sich ein vorsichtiges Lächeln ab.

„Du bist hier ganz aufgeschürft!“ Judith deutete auf Claudias Stirn und Wange.

„Hier auch!“, heulte Nadine und untersuchte Claudias Ärmel, der zerrissen war.

„Komisch, es tut gar nicht weh!“

„Weil du noch unter Schock stehst!“, erklärte Judith. „Komm, ich bring’ dich ins Krankenhaus!“

„Eine deiner Lieblingsbeschäftigungen, was?“, brummte Claudia. „Was ist aus meinem Rollstuhl geworden?“

„Ich fürchte, der hat einen Totalschaden“, seufzte Judith. „Der Zug hat ihn überfahren.“

„Oh.“

Es dauerte eine ganze Weile, bis Claudia ihrem Retter gedankt hatte, der Zugführer sich beruhigte und alle Formalitäten erledigt waren. Der Zug nach Istanbul fuhr wohl an diesem Tag mit Verspätung weiter. Endlich verließ Claudia auf Judith und Nadine gestützt den Bahnhof in Richtung Krankenhaus. Nadine schluchzte unter heftigen Selbstvorwürfen in sich hinein und wich nicht von Claudias Seite.

Zum Glück waren die Verletzungen nicht schwer. Nach zahlreichen Untersuchungen durfte Claudia einige Stunden später nach Hause gehen. Nadine begleitete sie und blieb sogar über Nacht bei ihr.

Claudia war zufrieden. Zwar ließ die Wirkung des Schocks langsam nach und die Schmerzen an ihren Schrammen und Prellungen setzten ein, aber zumindest hatte sie ihr Ziel erreicht – wenn auch auf drastische Weise.

28. Kapitel

„Ja, vielen Dank, Herr Dr. Mondel! Dann also Samstag um halb vier!“ Xenia ließ das Handy sinken und starrte ein wenig in die Luft, um den angenehmen Klang der sonoren Stimme nachwirken zu lassen.

„Wer war das, Mami?“, fragte Clara beiläufig und schleppte einen Stapel Papier heran.

„Das, mein Schatz, war eigentlich für dich!“

„Warum hast du mich nicht gerufen?“

„Nun, ich bin deine Sekretärin und verwalte deine Termine!“

„Hä?“

„Das war Isabellas Vater. Die Isabella lädt dich für Samstag in ihren Garten ein!“

„Oh, cool! Und, gehe ich hin?“

„Na sicher. Ich bring dich.“

„Super! Du gehst aber wieder weg, ja? Und der Jacob ist nicht eingeladen – oder? Ich will allein dort hingehen!“

„Keine Panik, deine widerliche alte Mutter und dein abstoßender kleiner Bruder werden deinem Glück schon nicht im Wege stehen.“

„Oh, Mami! Du bist doch nicht widerlich!“ Clara schlang ihre Ärmchen um Xenias Hals und gab ihr einen dicken Schmatz.

„Ja ja, ich weiß!“, lachte Xenia. „Wenn ein Mädchen, das schon ins Gymnasium geht, dich einlädt, dann musst du besonders cool sein, das versteh ich doch. Aber Isabellas Vater und Bruder werden auch dort sein.“

„Das ist was anderes. Die wohnen dort. Und ihre Mami?“

„Die … wohnt zurzeit nicht dort“, gab Xenia zögernd zu.

„Ach so“, meinte Clara nur. „Schaust du dir meine neue Schülerzeitung an? Sommer-Spezialausgabe! Ich hab eine

Bastelanleitung gemacht. Für drei verschiedene Boote, die wirklich schwimmen! Hab's in der Badewanne probiert."

Xenia seufzte unmerklich. Eigentlich hätte sie ja durchaus noch eine Menge zu tun, aber mit Judiths Hilfe hatte sie erkannt, dass sie Clara und die Produkte ihrer schier unerschöpflichen Fantasie nicht vernachlässigen durfte. Seit sie sich dafür interessierte, war die Beziehung zu ihrer Tochter inniger geworden. Also las sie gehorsam die Anleitung für einen Falt-Dampfer aus Papier, ein Segelboot aus Rinde und ein echtes Dampfschiff, das mit einem Teelicht angetrieben wurde. Ihr Staunen wuchs und sie brauchte ihre Begeisterung gar nicht zu heucheln.

„Wow, toll! Und das funktioniert wirklich?"

„Ja, die Kerze bringt das Wasser in dem Blechröhrchen zum Kochen und der Dampf strömt durch das kleine Loch hinten raus und treibt das Boot an. Das nennt man Rückstoß. Man muss nur das Loch klein genug machen. Und das Ganze so bauen, dass es nicht umkippt. Das ist das Schwierigste."

„Aha, daher kommen die Rußspuren in der Badewanne!", grinste Xenia. „Woher hast du nur immer diese Ideen?"

„Das Dampfschiff hat der Papi mit mir gebaut, am Wochenende."

„Ach so."

Der angenehme Nachhall von Dr. Mondels tiefer Stimme verschwand. Stattdessen erschien vor Xenias innerem Auge das Bild eines schlaksigen, jungenhaften Mannes, der mit seiner kleinen Tochter lachte und scherzte und ein Dampfboot bastelte.

Energisch schob sie den Gedanken beiseite.

*

Am Liesinger Platz stiegen sie von der Schnellbahn in den Bus um und fuhren zwischen eleganten Villen und Gärten mit alten Bäumen hügelan. Jacob, der sein elegantestes T-Shirt trug (ohne Schmutzfleck und Loch), schaute begeistert aus dem Fenster.

„Da! Kirche! Da! Bagga! Da! Kinda baden!"

„Wow, Mami! Ein Swimmingpool!", rief Clara sehnsüchtig. „Glaubst du, die Isabella hat auch einen?"

Natürlich erwartete sie keine Antwort. Sie hielt sich aufgeregt an ihrer Tasche fest, in die sie ein paar der wichtigsten Bücher sowie die jüngste Ausgabe ihrer Schülerzeitung eingepackt hatte – nur für alle Fälle –, und spähte angestrengt hinaus.

Pünktlich um halb vier standen sie dann vor Isabellas Haus. Eine hohe Hecke umgab das Anwesen, sodass von außen nur das obere Stockwerk einer schönen Villa aus der Jahrhundertwende zu sehen war. Jacob durfte den Klingelknopf drücken, ein volltönendes Ding-Dong erklang und gleich darauf stürzte Isabella aus dem Gartentor.

„Hi, Clara! Glaubst du, dass dir mein Badeanzug passt? Der Papa hat das Planschbecken aufgestellt, aber ich hab leider vergessen, dich wegen einem Badeanzug anzurufen. Komm, wir probieren es!" Sie zog Clara mit sich.

„Isabella!" Hinter dem Mädchen näherte sich – etwas weniger überstürzt – ein Mann. Er trug ein blaues Polo-Hemd und eine kurze Hose, aber er wirkte trotzdem elegant. Dr. Mondel war der Typ Mann, der selbst in einer Badehose noch elegant gewirkt hätte: schlank und drahtig, aufrechte Haltung, graue Schläfen und eine vornehme, zurückhaltende Art.

„Hast du die Dame auch begrüßt?", fragte er streng.

Isabella hielt mitten in der Bewegung inne, drehte sich um und gab Xenia flüchtig die Hand. „Guten Tag!"

„Hallo, Isabella!" Xenia nutzte die Gelegenheit, Clara mittels durchdringender Blicke Zeichen zu geben, sie möge um Himmels willen Dr. Mondel höflich begrüßen. Gott sei Dank begriff Clara und sagte zu dem Mann so etwas wie „Hallo, Isabella-Papa!" – und weg waren die beiden.

„Kinder!“, schmunzelte Dr. Mondel kopfschüttelnd. „Herzlich willkommen, gnädige Frau!“

„Grüß Gott, Herr Doktor!“ Xenia hob Jacob hoch, der Halt suchend ihr Knie umklammerte und sie schon fast zu Fall gebracht hätte – das fehlte noch, dass sie dem eleganten Doktor vor die Füße knallte! „Jacob, sag guten Tag!“

Jacob tat natürlich nichts dergleichen, sondern versteckte sein Gesicht in Xenias Halsgrube.

„Bitte, kommen Sie weiter. Und lassen Sie den Doktor weg, das ist doch viel zu förmlich!“

„Gern“, grinste Xenia. „Aber nur, wenn Sie die gnädige Frau weglassen! Ich heiße Xenia.“

„Welch außergewöhnlicher, schöner Name! Ich heiße Heinrich.“

Er führte sie in den hinteren Teil des Gartens, der viel größer war als der Vorgarten auf der Straßenseite. Prachtvolle alte Bäume spendeten angenehmen Schatten. Auf einem sonnigen Fleck stand ein aufblasbares Planschbecken, in dem ein Junge im Teenageralter auf dem Bauch im Wasser lag und ein Buch las, indem er den Kopf und die Arme über den Rand hinaushängen ließ.

„Roland, begrüße bitte unsere Gäste!“

Xenia hätte eine mürrische oder gar keine Antwort erwartet, doch der Junge sprang auf, warf sich lässig ein Handtuch um die Schultern und gab Xenia mit einer Verbeugung die Hand. Er war gut aussehend und muskulös und hatte Judiths dunkles Haar.

Auf einer Terrasse aus flachen Natursteinen war ein Kaffeetisch für acht Personen gedeckt. Heinrich bot Xenia einen Platz an. Roland zog es vor, wieder ins Wasser zu gehen, und von den Mädchen hörte man aus dem Inneren des Hauses nur Gekicher.

„Der Kuchen ist leider nicht selbst gebacken“, bedauerte Heinrich. „Aber solange ich Strohwitwer bin …“ Er schenkte ihr Kaffee ein und reichte ihr die Sahne in einem silbernen Kännchen.

„Ach, das macht doch nichts", lachte Xenia. „Ich kann auch nicht besonders gut backen." Sie setzte Jacob auf ihrem Schoß richtig hin und drückte ihm die Serviette zum Zerknüllen in die Hand. „Sie müssen mir übrigens wegen Ihrer Frau nichts vormachen", wagte sie einen Vorstoß. „Ich weiß, was mit Judith los ist."

„Da wissen Sie mehr als ich", bemerkte Heinrich mit einem Anflug von Bitterkeit und bot ihr den Kuchenteller dar. „Ich werde nämlich zurzeit überhaupt nicht schlau aus ihr."

„Ich bin eine ihrer ältesten Freundinnen, noch aus dem Gymnasium", erläuterte Xenia. „Das wird Ihnen Ihre Tochter wahrscheinlich nicht erzählt haben, aber wir kennen uns, seit wir 10 Jahre alt waren!"

„Tatsächlich?"

„Wir haben uns jahrelang nicht gesehen, aber in den letzten paar Wochen haben wir ein paar wirklich gute, tiefe Gespräche gehabt." Xenia fragte sich, ob Heinrich schon wusste, dass Judith Christ geworden war – oder ob es ihm überhaupt etwas bedeutete.

Er seufzte unterdrückt und schenkte sich selbst auch Kaffee ein. „Zucker?"

„Ja, danke!"

„Ich bin sehr froh, dass Isabella den Wunsch geäußert hat, ihre neuen Freundinnen einzuladen. Sie war recht verschlossen in letzter Zeit, auch ihren Freunden gegenüber, und wollte eigentlich niemanden mehr sehen, seit ... nun ja, seit Judith gegangen ist."

„Ich glaube, sie versucht gegenüber ihren alten Freunden den Schein zu wahren", sagte Xenia. „Aber Clara muss sie nichts vormachen."

Die Mädchen erschienen kichernd in der Terrassentür. Isabella trug einen geblümten Bikini und Clara einen sportlichen roten Badeanzug, der ein bisschen an ihr schlotterte und zwischen den Beinen etwas zu lang herunterhing. Isabella war schließlich doch ein Stück größer als sie.

„Na, ihr Badeschönheiten?", fragte Heinrich. „Wollt ihr Kuchen, oder zuerst ins Wasser?"

„Ins Wasser!" Die Mädchen flitzten los und sofort ging unter Geschrei und Gekreische eine Wasserschlacht los. Roland brüllte die Kleinen an, ob sie übergeschnappt wären, aber nach einem strengen Blick seines Vaters ergriff er sein Handtuch und verschwand im Haus.

Jacob hingegen fand das Geplantsche sehr anziehend. Er strampelte sich aus Xenias Griff frei und rannte auf seinen kurzen Beinen zum Pool, um ebenfalls zu spritzen und schrille Schreie auszustoßen. Natürlich wurde er sofort nass, aber Xenia nahm es gelassen. War ja nicht so wichtig. Es war sehr heiß und außerdem hatte sie ein Reserve-T-Shirt dabei.

„Sie scheinen mir einen gewissen ... Einblick in unsere familiäre Situation zu haben", setzte Heinrich das Gespräch fort.

„Hm." Xenia nahm schnell einen Bissen vom Kuchen, denn ein voller Mund war eine Entschuldigung, um nicht sofort antworten zu müssen. Sie konnte Dr. Mondel noch nicht gut genug einschätzen, um zu sagen, ob es ihm unangenehm war, dass Xenia einiges über ihn wusste.

Er nippte am Kaffee und sah sie über den Rand der Tasse hinweg verstohlen an. Anscheinend versuchte auch er, sein Gegenüber einzuschätzen.

„Sie hat mir ... ein bisschen was erzählt", gab Xenia zu.

Er setzte die Tasse ab. Seine Kiefermuskeln arbeiteten angestrengt. Als er sprach, war sein Tonfall beherrscht; doch die Art, wie er dabei die Serviette zerknüllte, verriet seine Anspannung. „Offen gesagt, wäre ich mittlerweile schon für jeden Rat dankbar."

29. Kapitel

Xenia nahm einen tiefen Schluck Kaffee und schaute gedankenverloren den Kindern zu, die das Wasser in funkelnden Fontänen aus dem Planschbecken spritzten. Ein Teil von ihr hatte gehofft, dass das Gespräch sich in diese Richtung entwickeln würde – sie liebte es, helfen zu können, und es schmeichelte ihr, um Rat gefragt zu werden. Ein anderer Teil von ihr hatte sich davor gefürchtet. Es war nie ganz ungefährlich, sich in anderer Leute intimste Angelegenheiten einzumischen und sie musste sehr taktvoll vorgehen.

„Ich denke, Sie haben sich immer Mühe gegeben, ein guter Ehemann zu sein“, begann sie.

Er nickte.

„Ich habe mich bemüht“, sagte er. „Aber offenbar habe ich trotzdem irgendetwas falsch gemacht.“

„Na ja, Sie haben ihr immer ein schönes Zuhause und materielle Sicherheit gegeben“, stellte Xenia fest. „Sie waren aufmerksam und zuvorkommend …“

Er nickte wieder und misshandelte die Serviette. „Mag sein. Aber können Sie mir verraten, was ich *nicht* getan habe?“

Xenia nagte an ihrer Unterlippe. Das war ja schon wirklich sehr intim. Aber andererseits – durfte sie ihm diese Information vorenthalten, wenn er sie schon so darum bat?

„Ich denke, sie hat vielleicht … etwas menschliche Nähe vermisst.“

Heinrich sagte nichts, nur seine Kiefermuskeln spannten sich an.

„Und … ähem … Leidenschaft“, fügte Xenia hinzu.

Er schwieg so lange, dass sie schon dachte, er hätte sie nicht gehört. „Leidenschaft?“, wiederholte er dann langsam.

„Na ja … wenn ich mich recht erinnere, hat sie darüber

geklagt, dass Sie sie als Frau nicht richtig wahrgenommen hätten“, gab sie zögernd preis.

Er runzelte die Stirn. „Das verstehe ich nicht. Ich hab ihr immer wieder Blumen mitgebracht, sie zum Essen ausgeführt, ihr Schmuck geschenkt … Wieso denkt sie, dass ich sie nicht wahrnehme?“

„Sie denkt, dass Ihre Sekretärin die Blumen besorgt und Sie an den Hochzeitstag erinnert.“

Darauf antwortete er nicht, nur sein Mundwinkel zuckte.

„Sie möchte sich begehrenswert fühlen“, versuchte Xenia zu erklären. „Sie wünscht sich, dass Sie es bemerken, wenn sie ein neues Kleid oder eine neue Frisur hat. Dass Sie ihr Komplimente machen. Wissen Sie, in unserem Alter hat man halt Angst, nicht mehr so attraktiv zu sein wie früher …“

„Aber ich *finde* sie doch attraktiv!“, sagte er verwundert.

„Dann zeigen Sie es ihr!“

Heinrich schüttelte den Kopf, als ob ihm plötzlich etwas eingefallen wäre. „Lieber Himmel, entschuldigen Sie bitte! Da sehe ich Sie zum ersten Mal und belaste Sie gleich mit meinen privaten Problemen! Was müssen Sie nur von mir denken?“

„Aber nein, ich helfe gern, wenn ich kann.“

„Darf ich Ihnen noch etwas anbieten? Der Pfirsichkuchen ist recht gut, sehr saftig! Bitte!“

Xenia begriff, dass das Thema damit beendet war. Auch gut! Sie hatte genug gesagt, jetzt musste Heinrich sehen, was er daraus machte. Die Sache mit dem Klavierlehrer und wie sich das auf ihr Selbstbewusstsein ausgewirkt hatte, konnte Judith ihm ruhig selbst erklären!

„Heuer soll ja ein sehr gutes Pfirsichjahr sein“, antwortete sie artig und nahm einen Kuchen.

„Ja, das macht die viele Sonne! Auch der Wein soll sehr gut werden.“

Verrückt, dachte Xenia, *die Ehekrise haben wir durch, jetzt kommt der Smalltalk übers Wetter!*

Ein melodisches Ding-Dong erklang durch den Garten. Isabella sprang aus dem Pool und flitzte zum Gartentor. Clara hintendrein. Jacob brauchte einen Augenblick, um zu realisieren, dass die Mädchen jetzt woanders hingingen, dann dackelte er ihnen nach. Heinrich erhob sich ebenfalls und ging zum Tor. Isabella hatte die neuen Besucher schon hereingelassen. Es waren Veronika und Titania.

„Siehst du, Mama, ich hab dir doch gesagt, wir sollen um *halb* vier kommen, nicht um vier!", sagte Titania leicht vorwurfsvoll, als sie hörte, dass Clara schon längst da war.

„Entschuldige", antwortete Veronika matt.

Titania wurde sofort unter Kichern und Schnattern ins Haus gezogen, um ebenfalls einen Badeanzug anzuprobieren. Heinrich führte Veronika zur Kaffeetafel und bot ihr etwas an.

Während die Kinder im Pool spielten – Jacob hatte sich inzwischen nackt ausgezogen und saß mit drin – speisten die Erwachsenen am halb leeren Tisch.

Hat er wirklich gedacht, die Kinder würden gesittet am Tisch mit uns essen?, dachte Xenia amüsiert. *Männer!*

Immerhin machte Heinrich charmante Konversation über das Haus, den Garten und seine Arbeit als Internist. Allerdings sprach er fast nur mit Xenia, denn Veronika saß schweigsam da, rührte geistesabwesend im Kaffee und probierte kaum vom Kuchen. Dabei war er von einer der besten Konditoreien der Stadt.

„Na gut", sagte Xenia schließlich und stand auf, „vielen Dank für die außerordentlich köstliche Bewirtung! Wann sollen wir unsere Töchter denn abholen?"

„Wenn es Ihnen recht ist, können sie hier noch zu Abend essen", schlug Heinrich vor und sah zu den Kindern hinüber, die vor Vergnügen kreischten. „So lustig hab ich Isabella schon lange nicht mehr gesehen. Ich bin wirklich froh, dass Sie Ihre Mädchen hergebracht haben!"

„Also sagen wir, acht Uhr?"

„Gerne. Darf ich Ihnen dann auch eine Kleinigkeit anbieten?"

„Du meine Güte!", lachte Xenia, „ich glaube nicht, dass ich schon so bald wieder etwas essen kann! Aber es war köstlich, wirklich!"

Sie holte den tropfnassen Jacob aus dem Pool, zog ihm die trockene Reservekleidung an und verabschiedete sich. Gemeinsam mit Veronika trat sie auf die Straße hinaus. Die Hecke verschluckte die Geräusche der spielenden Kinder. Die Villengegend lag in sommerlicher Samstagnachmittags-Lähmung still da.

„Ein heißblütiger Temperamentsbolzen ist er ja wirklich nicht gerade", begann Xenia ein Gespräch. „Aber ich finde ihn sehr nett, du nicht?"

„Hm", machte Veronika und schaute mit wässrigem Blick in die Ferne.

„He, sag mal, was ist denn mit dir los?"

„Mir geht's nicht so gut", murmelte Veronika.

„Das hätte mir auch ein Blinder sagen können. Was ist passiert? Möchtest du's mir erzählen?"

„Hm."

Ein paar Hms später fanden sie einen kleinen Park zwischen den Gärten, in dem es eine Schaukel und eine Rutsche gab. Das war die Gelegenheit, um Jacob beschäftigt zu halten. Während er auf die Rutsche kletterte und jedes Mal von oben rief: „Mami, ssau, Jako kann rutssen!", setzten sich die beiden Frauen auf eine Bank und winkten ihm zu.

„Ist was passiert?", fragte Xenia. „Bist du krank? Oder ist was mit deiner Mutter?" Dass Veronika sich mit ihr in den Park setzte, zeigte ihr, dass sie reden wollte, aber noch nicht wusste, wie sie es anfangen sollte.

„Nein. Nicht mit meiner Mutter."

Titania konnte es wohl auch nicht sein, die spielte ja gesund und munter bei Heinrich im Garten. Also was dann? Job weg? Wohnung weg?

„Meine beste Freundin hat sich am Montag umgebracht."

Xenia schlug erschrocken die Hand vor den Mund.

„Sie war schon seit einiger Zeit depressiv", berichtete Veronika. „Aber ich hätte nie gedacht ..." Sie verstummte und schluckte ein paar Tränen hinunter. Xenia legte ihr eine Hand auf die Schulter. Die andere brauchte sie, um Jacob zuzuwinken, der unermüdlich nach Aufmerksamkeit und Bewunderung verlangte.

„Ich frage mich", flüsterte Veronika, „wo sie jetzt ist. Ob es ihr jetzt besser geht. Was glaubst du?" Zum ersten Mal wandte sie Xenia ihr Gesicht zu und sah sie an.

„Na ja", sagte Xenia zögernd, „*ich* denke, dass jeder, der Gott sucht, ihn auch findet, und bei ihm ist es wunderschön ... aber unsere Glaubensüberzeugungen sind ja doch in manchen Dingen recht verschieden. Was glaubst denn du?"

„Ich weiß nicht ... ich habe immer gedacht, dass man wiedergeboren wird ... Weißt du, durch eine edle, gute Lebensweise hat man Einfluss darauf, als was man wiederkommt ... aber ..."

„Aber?"

„Na ja ... also, Morgana hat ja schon das diesseitige Leben zuletzt nicht mehr im Griff gehabt – sonst hätte sie sich doch nicht umgebracht, oder?"

„Ja, da muss ich dir wohl zustimmen", sagte Xenia und rief „Super, Jacob!" in Richtung Rutsche.

„Wie kann sie dann ihre Reinkarnation im Griff haben? Ich meine, vielleicht hat sie jetzt ein ganz mieses Karma ..."

„Und wird als ...", *Regenwurm wiedergeboren*, wollte Xenia sagen, aber sie unterbrach sich noch rechtzeitig und sagte: „als unterprivilegierte Person wiedergeboren, oder sogar als Tier?"

Veronika nickte und eine Träne rollte über ihre Nase.

„Vielleicht stimmt das mit der Reinkarnation aber auch gar nicht", gab Xenia tröstend zu bedenken. „In der Bibel steht, dass man nur ein einziges Mal stirbt. Nicht immer wieder von neuem. Und die Bibel ist schließlich auch ein uraltes Weisheitsbuch."

Veronika seufzte abgrundtief und griff nach den Talismanen an ihrem Halsband. Zu den beiden Milchzähnen und dem Ankh war eine kleine goldene Sonne hinzugekommen.

„Warum bin ich denn ständig vom Tod verfolgt?", klagte sie. „Jeder, den ich liebe, stirbt mir früher oder später weg! Erst vor einem halben Jahr meine Großmutter – gut, die war wenigstens schon alt –, Morgana, mein Vater, mein Bruder – hört denn das nie auf?"

„Dein Bruder?", wiederholte Xenia verblüfft. „Du hattest einen Bruder?"

„Ach, das ist so lange her!", seufzte Veronika. „Er ist gestorben, als ich vier war."

„Das hast du nie erzählt. Da kenne ich dich so lange, aber das hab ich nicht gewusst. Woran ist er denn gestorben? Unfall?"

„Leukämie. Er war acht. Ich habe ihn angebetet – Peter, meinen großen, starken, gescheiten Bruder." Sie zog ihre Talismane nach vorne, sodass sie sie sehen konnte. „Dieser Milchzahn hier ist von ihm. Meine Mutter hat auch einen. Sie hat sie nach seinem Tod in Gold fassen lassen. Ich habe ihn immer getragen. Auf diese Weise war Peter immer bei mir."

„Wie schrecklich", murmelte Xenia betroffen. Sie musste plötzlich an Clara denken. Die war auch acht … „Das muss sehr hart für euch gewesen sein – für euch alle!"

„Das Ankh hab ich von meinem Vater bekommen", fuhr Veronika fort und zeigte auf das ägyptische Lebenssymbol. „Er hat es mir von einer Dienstreise mitgebracht, als ich zwölf war. Und die Sonne hat Morgana gehört. Ich hab sie mir einfach genommen. Eigentlich wollte ich das Pentagramm haben, das sie bei ihrem Tod getragen hat, aber das ist noch bei der Polizei."

„Von wem ist der andere Milchzahn?“, fragte Xenia.
„Von Titania.“ Veronika betrachtete ihn nachdenklich. „Das ist das einzige Stück von jemandem, der noch lebt“, stellte sie mit zitternder Stimme fest. „Der Tod umgibt mich seit meiner frühesten Kindheit!“ Sie schloss die Faust um ihre Erinnerungsstücke, senkte den Kopf und schluchzte.

Xenia umarmte sie stumm und trug ihre Trauer mit ihr.

Jacob verließ die Rutsche und lief zur Bank. „Jako auch kusseln!“, verlangte er, drängte sich auf Xenias Schoß und rollte sich dort zusammen. „Bistu traurig?“, fragte er Veronika.

Überrascht sah sie ihn an. Sie hatte nicht erwartet, von einem Kleinkind bemitleidet zu werden. „Ein bisschen“, gab sie zu.

„Ei, ei!“ Jacob streichelte ihre Wange. „Tut nimma weh?“

Das rang Veronika ein Lächeln ab. „Ja, ist schon viel besser!“

„Jako wieda rutssen!“ Fort war er.

„Er ist wirklich süß“, schniefte Veronika.

Xenia nickte. *Herr, gib mir die richtigen Worte!*

„Möchtest du über den Tod reden?“

30. Kapitel

„Nein“, sagte Veronika. „Doch. Ach, ich weiß nicht! Ich hasse das Thema!“

Sie schwiegen.

„Weißt du“, fing Veronika dann wieder an, „der Gedanke an die Reinkarnation ist irgendwie tröstlich, weil ... na ja, weil der Tod dann nicht so etwas Ungewisses ist.

Wenn man wiedergeboren wird, dann weiß man wenigstens, was auf einen zukommt."

„Na ja, aber macht es das leichter?", fragte Xenia. „Möchtest du noch einmal ein Baby sein? In die Schule gehen und lesen lernen? Den ersten Liebeskummer haben? Alle Erfahrungen, die du mühsam und oft unter Schmerzen gesammelt hast, aufs Neue machen müssen, weil du alles vergessen hast?"

„Vielleicht kann ich einige Erfahrungen aus diesem Leben mitnehmen", warf Veronika ein.

„Erinnerst du dich an irgendwelche früheren Leben?"

„Nicht wirklich."

„Also musst du wohl jedes Mal wieder bei Null anfangen", stellte Xenia fest. „Ich finde diese Vorstellung nicht besonders tröstlich. Es ist wie am Ende eines schweren Arbeitstages – ich will nur noch schlafen. Aber ich weiß, dass ich bald wieder aufstehen und von vorne anfangen muss. Nein, das ist keine schöne Aussicht."

„Hm."

Veronika versank in dumpfes Grübeln. Endlich fragte sie: „Und du glaubst an dieses Paradies-Zeug?"

„Ja. Das tue ich."

„Und ... wie stellst du dir das vor? Alle hüpfen nackt im Garten rum und essen Äpfel?"

„Wie es genau sein wird, das weiß ich nicht. Aber auf jeden Fall wird es sehr schön sein, weil ich ganz nah bei Gott sein werde. Und Gott ist alles, wonach ich mich je gesehnt habe. Irgendwie stelle ich mir vor, dass es ein Ort ist, wo man ausruft: ‚Ah! Endlich zu Hause!'"

„Hm."

Wieder folgte eine Pause. Xenia wusste, dass sie Veronika Zeit geben musste.

„Paul hat so was Ähnliches gesagt ...", murmelte Veronika schließlich. „Weißt du, mein Nachbar in Altenburg, der so viel Kuchen essen kann ... Worauf gründet sich diese Vorstellung?"

„Auf die Bibel. Jesus selbst sagte kurz vor seinem Tod, dass es viele Wohnungen im Haus seines Vaters gibt, und dass er dort einen Platz für uns vorbereitet. Dort wird es dann keine Trauer mehr geben, keine Klage und keine Mühsal. Und auch keinen Tod!"

Veronika schüttelte den Kopf und seufzte: „Es klingt ganz gut, aber ... Wenn ich es nur glauben könnte!"

„Du kannst Gott darum bitten, dass du es glauben kannst."

„Sehr witzig! Ich soll jemanden, an dessen Existenz ich – zumindest in dieser Form – nicht glaube, darum bitten, dass ich an ihn glauben kann? Ist das nicht ein bisschen paradox?"

„Es ist ein Vertrauensschritt", räumte Xenia ein. „Aber einen Versuch ist es wert! Was kann es schon schaden?"

Veronika zog eine Grimasse. „Ich weiß nicht ... ich hab so lang an etwas anderes geglaubt ... und eigentlich hab ich mich all die Jahre ganz wohl damit gefühlt."

„Aber wenn es um den Tod geht, reicht es nicht aus!", gab Xenia zu bedenken.

„Keine Ahnung ... ich bin momentan etwas daneben ..." Veronika stützte die Ellbogen auf ihre Knie und den Kopf in die Hände, sodass ihr mausbraunes Haar wie ein Vorhang vor ihr Gesicht fiel. Xenia winkte Jacob zu, der wundersamerweise noch immer unermüdlich rutschte und sie in Ruhe reden ließ.

„Du bist verwirrt und verunsichert?", half Xenia nach.

„Hm. Ja."

„Genau wie Judith! Du hast selbst gesagt, dass der christliche Glaube für Leute, die verwirrt und verunsichert sind, okay ist, erinnerst du dich? Aber wir sind *alle* von Zeit zu Zeit verunsichert – stimmt's?"

„Okay." Veronika wischte sich über die Stirn. „Genug davon. Ich geh nach Haus und leg mich hin. Ich bin ziemlich fertig."

Hoppla! Xenia erkannte, dass sie Veronika beinahe überfahren hätte. Sie lief oft Gefahr, Leute zu drängen und zu schnell zu viel zu erwarten. Veronika befand sich in einer Extremsituation, so kurz nach dem traumatischen Tod ihrer Freundin, man musste ihr vor allem zuhören. Und Zeit lassen.

„Wenn du willst, kann ich dir Titania bringen", wechselte Xenia schnell das Thema. „Dann musst du nicht noch einmal den weiten Weg hier heraus fahren."

„Das würdest du wirklich tun?" Veronikas Tonfall verriet ungläubige Erleichterung.

„Ja, schreib mir nur noch mal deine Adresse auf, ich liefere sie bei dir ab. Dann kannst du dich ein bisschen ausschlafen."

„Danke. Das ist eine große Hilfe."

*

Es war schon spät, als Xenia die Kinder von Familie Mondel loseisen konnte, und noch später, als sie endlich bei Veronika eintraf. Daher setzte sie Titania nur schnell ab und verkniff es sich, noch einmal auf das Thema des Nachmittags zurückzukommen.

Tatsächlich dauerte es dann über eine Woche, bis Veronika sich bei ihr meldete. Bald darauf trafen sie sich am Abend in Xenias Wohnung. Veronika brachte Titania mit, worüber Clara hocherfreut war.

„Ich habe sehr viel nachgedacht", sagte Veronika endlich, nachdem sie mit dem Smalltalk fertig waren, Höflichkeiten ausgetauscht und Getränke angeboten hatten. „Über den Tod … und was du gesagt hast. Ich gebe zu, deine Ideen über das Leben nach dem Tod haben etwas Ansprechendes. Aber … das ganze Glaubenskonzept rundherum, diese Schwarzweißmalerei, dieses ohnmächtige, demütige Ausgeliefert-Sein des Menschen … ich glaube, damit kann ich mich nicht anfreunden. Nie."

„Aber ist das besser, was viele Leute heutzutage tun, sich

eine eigene Religion zu stricken?", versuchte Xenia sie zu provozieren. „Ein bisschen Christentum, ein Stück Buddhismus, eine Prise Neuheidentum, etwas Mythologie und ein Hauch Zauberei, dreimal umrühren und fertig? Schon hat man, was man braucht?"

Veronika schüttelte matt den Kopf. „Das ist es ja. Wie Judith sagt: Es muss eine Wahrheit geben! Ich will mir nicht irgendeinen Glauben zusammenbasteln, der mir gut gefällt, sondern ich will wissen, was wirklich wahr ist!"

„Das ist das Problem mit dem Glauben", seufzte Xenia. „Glauben ist nicht Wissen. Ein Rest Unsicherheit wird immer bleiben."

„Bis zum Tod", bemerkte Veronika. „Danach wissen wir's."

„Mhm", nickte Xenia.

„Hast du denn keine Probleme damit, dass du immer brav sein musst, um deinem Gott zu gefallen?"

„Nein", sagte Xenia. „Weil ich es nämlich nicht muss."

„Hä? Was?"

„Ich muss nicht ‚brav' sein. Alles, was nötig ist, damit ich erlöst bin, hat Jesus getan. Ich muss nichts mehr tun. Ich *kann* auch gar nichts tun, was groß genug wäre, um Gottes Gnade zu verdienen. Ich nehme das Geschenk von Jesus an und das ist alles. Mehr ist nicht nötig."

„Ja, aber ...", stotterte Veronika verwirrt. „Was ist dann mit diesen Geboten ... du sollst dies, du sollst das?"

„Warte!" Xenia griff nach ihrer Bibel, die griffbereit auf dem Tisch lag, und blätterte darin. „Hier, Römer 6: *Ihr steht nicht mehr unter dem Gesetz, sondern unter der Gnade*. Verstehst du?"

„Nein", gab Veronika zu.

„Das heißt, dass ich als Gottes Kind nicht mehr dem Gesetz verpflichtet bin", versuchte Xenia zu erklären. „Dass ich trotzdem gut zu sein versuche, hat jetzt einen anderen Grund: nicht, weil ich mich vor irgendwelchen Geboten oder einer Strafe fürchte. Sondern weil ich *aus Liebe* meinem Vater im Himmel gefallen will! Liebende erfreuen sich doch gern gegenseitig, nicht wahr? Na ja, und Gottes Liebe macht mich froh, also werde ich ganz automatisch irgendwie gut."

Veronika runzelte die Stirn. „So hab ich das noch nie gehört!"

„Ja, der Römerbrief ist nicht ganz leicht zu verstehen. Aber, kurz gesagt: Wer sich Schuldgefühle einreden lässt und davon Neurosen kriegt, der hat irgendwas falsch verstanden. Das Opfer von Jesus *befreit* uns von aller Schuld. Warum sollte er uns neue Schuldgefühle aufbürden?!"

„Hm." Veronika stützte den Kopf in die Hände, als ob er ihr langsam zu schwer würde. „Vielleicht hab ich ja manches bisher wirklich nicht ganz richtig verstanden. Aber trotzdem ... dieser ganze Kirchen-Firlefanz! Diese komischen, unpersönlichen Rituale ... Also echt, das ist nichts für mich."

„Das ist aber auch fürs Erste nicht so wichtig", beschwichtigte Xenia. „Ich glaube – und das sag ich dir jetzt als Angestellte der Kirche nur ganz leise und im Vertrauen –, dass du dich zunächst nicht einmal einer bestimmten Gruppe anschließen musst. Wichtig ist einzig und allein, dass *du* mit Jesus Freundschaft schließt. Ganz persönlich."

„Ganz persönlich", wiederholte Veronika nachdenklich. „Aber wenn ich ... – also, angenommen, ich würde das tun – mich persönlich mit Jesus befreunde – wie steht es dann mit der Magie?"

Xenia presste die Lippen zusammen. „Damit würdest du dann aufhören."

„Warum?"

„Weil Gott es nicht will. Schau, alle Gnade kommt von Gott, du musst dich nicht an irgendwelche anderen ominösen Geistwesen wenden, um dein Heil zu finden. Gott ist für alles zuständig. Kein Problem ist ihm zu klein oder zu groß. Aber er ... wie soll ich sagen ... er legt großen

Wert auf Exklusivität. Er allein ist Gott und sonst keiner."

„Und was stört ihn an ein bisschen Magie?"

„Was denkst du denn, warum Magie funktioniert?"

„Das hab ich doch erklärt – das hat mit der göttlichen Energie zu tun, die überall fließt, und ..."

„Augenblick! Der Gott, an den ich glaube, der ist keine Energie, die überall fließt und die jeder sich für seine Zwecke nehmen kann. Er ist eine Person. Und er lässt sich nicht benutzen, so wie *du* es willst, sondern er handelt so, wie *er* es richtig findet – was übrigens auch viel besser ist."

„Ja, aber ...?" Jetzt war Veronika verwirrt. „Tatsache ist doch, dass Magie funktioniert! Und zwar so wie *ich* will. Wie passt denn das jetzt mit deiner Theorie zusammen?"

„Also, ich fürchte, ein Teil von Magie ist schlicht und einfach Betrug. Und ein anderer Teil ist, denke ich, so was wie Autosuggestion: Ich rede mir ein, dass ich mich besser fühle, also geht es mir auch besser. Oder wenn ich weiß, dass jemand an mich denkt und mir ‚gute Energien' schickt, dann fühl ich mich stärker. Na ja, und der Rest – also, wenn es *wirklich* mal funktioniert ..." Sie verstummte.

„Ja? Was?", drängte Veronika.

„Hm ... dann sind womöglich ... wirklich Geisterkräfte im Spiel."

„Und?"

„Geister, die nicht von Gott stammen", präzisierte Xenia. „Da kommen wir jetzt wieder zu dem Schwarzweißdenken, tut mir Leid. Aber es gibt Mächte, die uns Menschen in Verwirrung stürzen und von Gott weglocken wollen."

„Da sind wir jetzt beim so genannten Teufel, was?", spottete Veronika.

„Ich fürchte, ja."

„Das ist aber unmöglich. Bei schwarzer Magie, da sind vielleicht irgendwelche bösen Mächte im Spiel. Aber weiße Magie bringt nur Gutes hervor. Menschen werden geheilt, man erlangt innere Ruhe, Glück und Zufriedenheit ... du wirst doch zugeben, dass der böse, böse Teufel so was nicht machen würde!"

„Aber sicher, gerade das!"

„Jetzt komm ich aber wirklich nicht mehr mit. Du erzählst mir dauernd genau das Gegenteil von dem, was ich erwarte. Ist dein Teufel denn nicht böse, oder was?"

„Gegenfrage: Womit hat die Hexe die Kinder in ihr Knusperhäuschen gelockt? Mit verschimmeltem Käse? Mit stinkenden, verfaulten Eiern?"

„Mit Lebkuchen natürlich."

„Genau. Und der war süß und gut und hat satt und glücklich gemacht. Und – er hat die Kinder in die Falle gelockt! Verstehst du? Nur etwas Gutes, Süßes konnte sie anlocken. Aber in Wirklichkeit war es nicht gut. Das haben die Kinder aber leider erst bemerkt, als es schon zu spät war."

„Hm ... Ich verstehe, was du mir sagen willst", nickte Veronika. „Du meinst, dass all die guten Effekte der Magie nur ein Lockmittel sind, um mich – ja, wohin? In die Hölle zu locken?"

Xenia zuckte die Achseln und zog eine Grimasse. „Irgendwie ja. Von Gott weg, jedenfalls."

Veronika schüttelte den Kopf. „Also nein, das ist mir echt alles viel zu hoch." Sie spielte unbewusst mit den Talismanen an ihrem Halsband. „Ich muss über alles nachdenken und es irgendwie einordnen ..."

„Ja, das ist eine gute Idee", lächelte Xenia. „Ruf mich an, wenn du wieder reden willst."

31. Kapitel

Das Handy tirilierte „Lobe den Herrn, meine Seele". Xenia war noch im Pfarrbüro. Sie wollte den Anruf abweisen, doch dann sah sie, dass es Veronika war, und hob ab. „Hallo! Ja, ich weiß von unserem Termin am übernächsten Wochenende, aber ich dachte, Judith bringt diesmal das Essen mit ..."

„Ich ruf nicht wegen des Essens an", unterbrach Veronika sie. „Ich muss dir unbedingt was erzählen!"

„Du, ich bin noch im Büro, und danach muss ich Jacob abholen. Kann ich dich in zwei Stunden zurückrufen?"

„Dann platze ich! Ich brauche auch einen ... äh ... geistlichen Rat von dir. Ist das nicht dein Job?"

Xenia grinste. „Ach so, du möchtest Seelsorge? Na ja, kannst du zu mir ins Büro kommen?"

„Aber sicher! Bin sofort da!"

Das Fahrrad war im Wiener Stadtverkehr das schnellste Transportmittel, und nach zwanzig Minuten traf Veronika etwas abgehetzt bei Xenia ein.

„Wir gehen ins Seelsorgezimmer!", rief Xenia ihrer Kollegin zu.

Das Seelsorgezimmer war klein und gemütlich. Die Nachmittagssonne fiel schräg durch das Fenster. Sie setzten sich gegenüber an den kleinen Tisch, auf dem eine Bibel lag und eine blühende Topfblume stand. Unbewusst nahm Xenia ihre „einfühlsame-Seelsorgerinnen"-Haltung ein: Sie schlug die Beine übereinander, lehnte sich zurück, legte die Hände locker in den Schoß und signalisierte wohlwollende Bereitschaft zum Zuhören.

„Wie du wahrscheinlich mitgekriegt hast, war ich im letzten Monat ziemlich daneben", begann Veronika und strich sich die zerzausten Haare aus dem Gesicht. „Nach Morganas Tod war ich einfach so aus der Bahn geworfen ... Und dann diese Gespräche, mit dir ... und mit Paul ...

Zuletzt hab ich schon wirklich nicht mehr gewusst, was ich noch glauben soll. Also hab ich gemacht, was ich immer gemacht hab, wenn ich einen Rat gesucht oder Orientierung gebraucht hab: Ich hab mich mit meinem inneren Führer in Verbindung gesetzt."

Xenia blieb unbewegt und lächelte aufmunternd. Hier in diesem Raum waren sie nicht einfach zwei alte Freundinnen, sondern Ratsuchende und professionelle Helferin.

„Heute hab ich früher Büroschluss gehabt, und Titania ist noch in der Schule, also hab ich mir endlich wieder einmal Zeit genommen für eine schöne lange innere Reise. Mit allem Drum und Dran. Ich habe gehofft, ich könnte vielleicht Kontakt zur Morgana aufnehmen – ich meine, sie hat früher auch solche Reisen gemacht, sie müsste schließlich wissen, dass ich auf sie warte ..." Veronika beugte sich vor und sah Xenia um Verständnis bittend an. „Ich geh also in Gedanken runter an meinen geheimen Platz – ich hab mir so eine Stelle an einem Flussufer ausgedacht. Ähnlich wie die Donau, aber nicht mit einem regulierten Ufer, sondern viel Natur, Schilf und so. Ich mag so breite, langsam fließende Flüsse. Also, mein Führer ist da und wartet auf mich ..."

„Der Mann mit der Kapuze?", warf Xenia ein.

„Genau. Das hab ich mal erzählt, ja?"

„Mhm. Sein Gesicht ist von der Kapuze verdeckt, aber du glaubst, dass er dich anlächelt."

Veronika verzog einen Augenblick lang das Gesicht. „Dazu komme ich noch", sagte sie. „Also, ich bitte ihn, mich zur Morgana zu führen. Er geht los, ich hinterher, es geht in einen Wald, wird immer finsterer. Ich fürchte mich normalerweise nicht, solange er bei mir ist, aber diesmal ist es mir irgendwie ein bisschen unheimlich. Manchmal kommt es vor, dass man bei einer inneren Reise etwas aus seinem Unterbewusstsein aufrührt, was besser noch verborgen geblieben wäre, und ich hatte das Gefühl, als wäre das diesmal der Fall ... Ich gehe also immer zögernder hinter ihm her. Er merkt das und winkt mir, treibt mich zur Eile an. Und plötzlich ..." Veronika verstummte und sah Xenia forschend ins Gesicht. „Es klingt so verrückt – du lachst mich nicht aus, ja?"

„Natürlich nicht." Xenia war ganz die berufsmäßige Beraterin.

„Plötzlich musste ich an dich denken ... und an all diese Sachen, die du über Gott und Jesus erzählt hast ..." Sie verstummte.

„Ja?"

„Und dass Morgana vielleicht dort ist, bei Gott ..."

„Ja, und?"

„Na ja ... als ich so an Jesus denke, da wird mein Führer plötzlich unruhig, und ... – du lachst nicht, gell?"

„Nein, ehrlich nicht!"

„Auf einmal knurrt er mich an – das hat er noch nie gemacht! Und dann", sie schüttelte den Kopf, als könnte sie es selbst nicht glauben, „ist seine Kapuze verrutscht und ich hab zum ersten Mal sein Gesicht gesehen." Ihre Augen verrieten noch nachträglich ihr Entsetzen. „Er hat ausgeschaut wie ein Werwolf. Und er hat die Zähne gefletscht und geknurrt!"

Xenia schnappte überrascht nach Luft.

Veronika flüsterte nur noch. „Er knurrte: ‚*Geh weg von mir, lass mich in Ruhe!*' Ich hab es genau gehört. Ich war so geschockt – vor Schreck bin ich aufgefahren und aus meiner Trance gefallen! Ich war total wirr im Schädel. Und dann hab ich dich angerufen."

Die Gedanken in Xenias Kopf rasten herum wie in einem Wirbelsturm. Was sollte sie davon halten? Was war diese Erscheinung, die Veronika gehabt hatte? Ein Dämon?

„Was ... denkst du?", fragte Veronika zaghaft. Sie war offensichtlich durcheinander. Die Instanz, bei der sie sonst immer Rat und Orientierung gefunden hatte, hatte sie im Stich gelassen, und jetzt wusste sie nicht weiter.

„Ich ... äh ...“ Xenia griff sich an die Stirn, als ob sie Kopfweh hätte. Wie sollte sie diese ungeheuerliche Geschichte einordnen? Langsam nahm inmitten des Aufruhrs in ihrem Kopf ein Gedanke Gestalt an.

„Ich denke, mit ‚*Lass mich in Ruhe*‘ hat der – dieser Werwolf nicht dich gemeint, sondern Jesus.“

„Was? Wieso?“

„Alle Geistwesen kennen Jesus. Das kannst du in der Bibel nachlesen. Die guten beten Gott an, die bösen zittern vor ihm. Ja, Schwarzweißdenken, ich weiß. Sorry. Aber ich glaube – also, versteh mich nicht falsch, ja? –, ich glaube, dass Gott dort bei dir war, in deiner ... äh, Meditation, und dich beschützt hat. Indem er dir das wahre Gesicht deines ‚Führers‘ gezeigt hat.“

Xenia merkte, dass ihre Hände zitterten. Sie konnte die Geschichte kaum glauben. Was Veronika getan hatte – Kontakt zu Geistern von Verstorbenen suchen – war in Gottes Augen eine Gräueltat. Und trotzdem hatte Gottes Liebe Veronika sogar dort gesucht. Gott war überall, auch außerhalb der Grenzen, die er den Menschen gesetzt hatte. Und wenn es sein musste, ging er seinen verirrten Kindern auch dorthin nach.

Xenia griff nach der Bibel auf dem Tisch und suchte Psalm 139, eine ihrer Lieblingsstellen. Es dauerte eine Weile, bis sie sie fand, weil ihre Hände so zitterten:

Steige ich hinauf in den Himmel, so bist du dort;
bette ich mich in der Unterwelt, bist du zugegen.
Nehme ich die Flügel des Morgenrots und lasse mich nieder am äußersten Meer, auch dort wird deine Hand mich ergreifen und deine Rechte mich leiten.
Würde ich sagen: ‚Finsternis soll mich bedecken, statt Licht soll Nacht mich umgeben‘,
auch die Finsternis wäre für dich nicht finster, die Finsternis wäre wie Licht.

„Und? Was soll ich jetzt tun?“, fragte Veronika ängstlich, weil Xenia so lange schwieg.

„Ich … ich denke, dass du etwas ganz Außergewöhnliches erlebt hast“, krächzte Xenia. „Du bist zu diesem … Geistwesen gegangen, um Hilfe zu erhalten, aber Gott hat … dort auf dich gewartet.“

Sie zeigte Veronika die Bibelstelle, die sie aufgeschlagen hatte.

„Siehst du, da? *Bette ich mich in der Unterwelt, bist du zugegen.*“

„Du … du meinst, Gott … *wartet* auf mich?“

„Ja.“ Endlich bewegten sie sich wieder auf einem Terrain, auf dem Xenia sich sicher fühlte. „Ich weiß, dass er Sehnsucht nach dir hat. Spürst du es nicht, dass er dir sogar bis in deine … äh, Geisterwelt nachgegangen ist?“

Veronika nickte unschlüssig. „Ja, doch …“ Sie grinste schief. „Es passt mir eigentlich nicht so recht, aber … Jetzt bleibt mir eigentlich gar nichts anderes mehr übrig, als mich deinem Verein anzuschließen, nicht wahr?“

„Möchtest du es denn?“

Veronika zog die Schultern hoch. „Ich glaube schon“, flüsterte sie. „Sagst du mir, wie es geht?“

Xenia war mit ihren Gedanken noch bei Veronikas Erzählung. Sie schüttelte überwältigt den Kopf. „Ich hätte nicht gedacht, dass es so was … äh, so ein Bekehrungserlebnis … heute noch gibt.“ Sie blätterte wieder in der Bibel. „Dem Apostel Paulus ist so was Ähnliches passiert – hier, siehst du? Eigentlich hat er zuerst die Christen verfolgt, aber dann hörte er plötzlich Jesus zu sich sprechen: ‚Saul, Saul, warum verfolgst du mich? Ich bin Jesus, den du verfolgst.‘ Danach war er drei Tage blind. Und ab dann nannte er sich nicht mehr Saulus, sondern Paulus, glaubte an Jesus und verbreitete den Glauben über die halbe Welt.“

Veronika beugte sich interessiert über das Buch und las die Stelle über die Bekehrung des Saulus.

„Dann kommt einer zu ihm und legt ihm die Hände auf und …“ Veronikas Stimme erstarb.

„Da wird er mit dem heiligen Geist erfüllt, ich weiß.“

„Können wir … kann ich …?“ Veronika sah Xenia unsicher an.

Endlich kapierte Xenia, was gerade geschah. *Danke, Herr!* In ihrem Herzen stieg Freude auf und verbreitete sich warm in ihrem ganzen Körper. Dann sagte sie: „Aber sicher können wir das! Möchtest du, dass ich dir die Hände auflege?“

32. Kapitel

„Und ich darf ganz sicher nicht dableiben?“, fragte Paul und überprüfte den Gartentisch auf Standfestigkeit.

„Nein“, lächelte Veronika und umarmte ihn von hinten. „Das ist ein reines Frauenwochenende. Da sind keine Männer erlaubt, die älter sind als drei.“

Er drehte sich in ihrer Umarmung herum, legte seine Arme um sie und küsste sie. „Ich möchte nur wissen, was ihr immer für Frauengeheimnisse zu besprechen habt“, murmelte er.

„Hauptsächlich reden wir natürlich über Männer“, behauptete sie grinsend.

„Na, dann kannst du ja diesmal auch was zur Unterhaltung beitragen!“ Er küsste sie wieder.

„Mama!“ Titania war in zwei Schritten Entfernung stehen geblieben und musterte die beiden mit einem halb missbilligenden, halb belustigten Grinsen. „Bist du fertig? In einer halben Stunde geht’s los!“

„Oh, ja ja! Entschuldige! Hast du das Zelt schon aufgestellt?“

„Schon längst!“ Titania schüttelte altklug den Kopf und sagte „Ts, ts, wenn *ich* mich so aufführen würde!“

„Du bist zu jung!“, behauptete Paul.

„Und ihr seid zu alt!“ Titania duckte sich lachend, um einer imaginären Ohrfeige auszuweichen.

„Für die Liebe ist man nie zu alt!“, stellte Paul fest, griff sich Titanias Jacke und zog sie in ihre Umarmung mit hinein. Titania ließ es sich gefallen. Von der Mutter umarmt zu werden war zwar ur-uncool, aber solange es keiner sah, doch irgendwie sehr schön! Und seit ihre Mutter endlich geschnallt hatte, dass sie in Paul verliebt war, war plötzlich die große Zärtlichkeit ausgebrochen – von der Titania auch ihren Teil abbekam.

*

Judith und Isabella kamen schon kurz vor vier, weil sie diesmal für das Essen verantwortlich waren. Gemeinsam schleppten sie Steaks, Grillhühner, Schüsseln mit Nudel- und Kartoffelsalat und zwei ganze Bleche voller Apfelstrudel in die Küche. Dann liefen die Mädchen zur Ecke vor, um Clara entgegenzugehen.

Claudia hatte Veronika und Xenia nichts von ihrem kleinen Unfall am Bahnhof erzählt. So etwas war kein Grund, das geplante Treffen abzusagen. Zwar hatte sie noch ein paar Pflaster im Gesicht und ihr rechter Arm war grün und lila, aber davon ließ sie sich nicht unterkriegen. Und so saßen die vier Freundinnen bald bei Kaffee und Apfelstrudel auf der Veranda und Claudia erzählte, wie sie zu ihren neuen Blessuren gekommen war. Jacob und Napoleon balgten sich unterm Tisch und Titania, Isabella und Clara saßen bei Eistee und Apfelstrudel vor ihrem Zelt.

Alle brannten darauf, Neuigkeiten zu erfahren oder zu erzählen. Während die Mädchen sich keinen Zwang antaten und sofort munter drauflosschnatterten, hielten die Erwachsenen sich alle zurück, obwohl sie fast platzten. Das

Ritual erforderte es, dass wichtige und bedeutsame Neuigkeiten erst abends beim Schein des Feuers ausgetauscht wurden. Also verbrachten sie den Nachmittag mit heiteren Gesprächen, einem kleinen Spaziergang zur Donau – Claudia kam auf ihren Krücken ganz gut vorwärts, jetzt hatte sie schon Übung, denn der Rollstuhl war ja kaputt – und den Vorbereitungen für das Abendessen. Obwohl es noch sommerlich warm war, merkte man doch da und dort, dass es herbstlich wurde. Einzelne Bäume verfärbten sich, der Himmel hatte ein durchsichtigeres Blau, und es wurde früher dunkel.

Endlich waren alle satt, Jacob schlief oben im Haus, Napoleon unterm Sessel und die Mädchen hatten sich ins Zelt zurückgezogen. Die vier Freundinnen saßen allein unterm Sternenhimmel um das heruntergebrannte Feuer herum.

„Wenn es in den nächsten Monaten kalt wird, müssen wir uns in einem Haus treffen", meinte Claudia. Damit sprach sie aus, was alle irgendwie empfanden: dass ihre Treffen zu einer regelmäßigen Institution geworden waren.

„Man kann ja auch im Zimmer Kerzen anzünden", fand Xenia.

„Wir haben einen Kamin", warf Judith ein.

„Ein Kamin wär toll – genauso gut wie ein Lagerfeuer", fand Veronika.

„He, Moment – was heißt ‚wir'?", fragte Xenia langsam.

Es dauerte einen Augenblick, bis die Tragweite von Judiths Bemerkung in alle Köpfe gesickert war.

Judith kicherte wie ein Kind, dem eine Überraschung geglückt war.

„Soll das heißen, dass du wieder mit deinem Mann zusammen bist?", fragte Claudia.

Judith nickte heftig.

„Na so was! Und du hast vorgestern überhaupt nichts gesagt!" Xenia drohte der Freundin spaßhaft mit dem Finger. Judith kam seit ein paar Wochen in Xenias Bibelrunde, aber sie hatte sich nichts anmerken lassen.

„Mit dem langweiligen Spießer, bei dem du dich wie ein Möbelstück gefühlt hast? Wieso?", wunderte sich Claudia.

Judith zog die Schultern bis zu den Ohren hoch.

„Vor ein paar Wochen hat er mich angerufen", berichtete sie bereitwillig. „Er wollte mich nur treffen, um ein paar Details zu besprechen – wegen Isabella. Hat er zumindest gesagt. Aber dann hat er mich abgeholt und mir eine rote Rose mitgebracht. Ich hab mich zuerst geärgert. Ich war auf eine geschäftliche Besprechung eingestellt und er kommt mit so einem plumpen Annäherungsversuch daher? Dann hat er mich in ein teures Lokal ausgeführt, in dem wir in der ersten Zeit unserer Beziehung manchmal waren. Edles Tischtuch, Kerzenschein, Klavierspieler und so weiter."

„Ich dachte, du hasst Klavierspieler?", warf Veronika ein.

„Nein, ich hasse es nur, wenn ich selbst spielen soll. Klavieruntermalung zum Essen finde ich, ehrlich gesagt, sehr romantisch. Na ja, und dann hat er angefangen, mir Komplimente zu machen – was ich für eine super Figur habe, wie toll mir das Kleid steht, und wie attraktiv ich überhaupt bin …"

„So ein Schleimer!", entrüstete sich Claudia.

„Das hab ich zuerst auch gedacht … aber früher war er nie so, auch nicht, wenn er was von mir wollte … Und ehrlich gesagt war es doch genau das, was ich vermisst hab! Also, es ist sehr spät geworden an diesem Abend. Möglicherweise hab ich auch ein bisschen was getrunken …" Sie zierte sich, die Geschichte zu Ende zu erzählen, und ließ sich bitten. „Er hat mich nach Hause gebracht, in meine Wohnung", sagte sie schließlich. „Und dann hat er ganz scheu gefragt, ob er noch raufkommen darf!" Sie kicherte. „Wie damals! Und plötzlich war da wieder dieses Kribbeln …"

„Dann hattet ihr Sex und alles war wieder gut“, beendete Claudia die Geschichte, doch Judith wehrte ab.

„Nein, nein! Er ist also mitgekommen, ich hab Kaffee gekocht und dann haben wir … geredet. Er hat gesagt, dass er sich immer Mühe gegeben hätte, ein guter Ehemann zu sein, und dass er nicht genau weiß, was er falsch gemacht hat, aber er wäre bereit dazuzulernen und es besser zu machen. Ich soll ihm nur sagen, was es war, und ihm noch eine Chance geben.“

„Und? Was hast du ihm gesagt?“

„Ich hab ihm das von meinem Klavierlehrer erzählt“, sagte Judith leise.

„Was hat er gesagt?“

„Er war sehr verständnisvoll. Er hat gemeint, dass sich so was ganz bestimmt auf die Beziehungsfähigkeit und … äh … auf die Einstellung zur Sexualität auswirkt. Und er hat mir vorgeschlagen, eine Therapie zu machen, um dieses Missbrauchserlebnis aufzuarbeiten.“

„Das ist vielleicht wirklich eine gute Idee“, fand Xenia.

„Er würde sogar mitgehen“, fügte Judith hinzu.

„Das ist doch toll!“, freute sich Veronika. „Und hast du ihm auch gesagt, was dir gefehlt hat?“

„Ich hab so Andeutungen gemacht. Aber er war an dem Abend eh so … so leidenschaftlich und romantisch wie schon lange nicht mehr. Also, für seine Verhältnisse. Ich weiß gar nicht, was mit ihm los war …“

Xenia grinste heimlich in ihr Weinglas. Sie hatte da schon so eine Idee … Aber sie freute sich, dass es Heinrich so gut gelungen war, ihre Hinweise zu nutzen.

„Na ja, wir haben uns dann ein paar Mal getroffen“, fuhr Judith fort, „und ich glaube, ich – na ja, ich möchte es noch einmal versuchen. Nächste Woche ziehe ich wieder zu Hause ein.“

„Wow, super!“

„Gratuliere!“

„Wie haben die Kinder es aufgenommen?“

„Isabella ist überglücklich und hat gleich für nächste Woche alle ihre Freundinnen der Reihe nach eingeladen."

„Und dein Sohn?"

Judith zuckte mit den Schultern. „Aus dem werde ich nicht schlau. Der tut, als käme ich aus dem Urlaub zurück und als wäre nie was gewesen. Ich fürchte, das dauert noch, bis ich zu ihm durchdringe." Sie lächelte Xenia zu. „Vielleicht hast du Recht – ich glaube, ich könnte es wieder lernen, Heinrich zu lieben. Ich hätte nicht gedacht, dass es möglich ist. Aber ..." Sie sah Claudia und Veronika an. „Wir haben dafür gebetet, und Gott hat es möglich gemacht."

Das war Veronikas Stichwort. „Ja, Gott ist erstaunlich", sagte sie. „Ich gehör jetzt auch zu dem Verein."

„Waaas?"

„Moment einmal, hab ich schon wieder irgendwas nicht mitgekriegt?", fragte Claudia überrumpelt. „Was für ein Verein?"

„Ich folge jetzt Jesus nach", grinste Veronika verschämt. „Ich bin Christ geworden."

„Und ... und was ist mit deinem inneren Führer? Und der machthungrigen Kirche, die die Leute durch Geschichten über Hölle und Teufel in Abhängigkeit hält?" Claudia war entgeistert.

Veronika berichtete von Morganas tragischem Tod, von ihrer eigenen Verwirrung und schließlich von ihrem bemerkenswerten Bekehrungserlebnis. Judith und Claudia waren platt, jede auf ihre Weise.

„Gott hat sich wirklich persönlich um dich gekümmert!", staunte Judith bewundernd.

„Ich kann es nicht fassen, dass du wegen eines Albtraums all deine Glaubensüberzeugungen um 180 Grad umkehrst!", japste Claudia.

„Das war kein Albtraum, das war eine innere Reise – eine Reise in die Welt des Übernatürlichen!", belehrte Veronika sie.

Claudia zog die Augenbrauen hoch. „Na ja, wahrscheinlich fehlt mir einfach der Sinn fürs Übersinnliche", seufzte sie in einem gespielt-resignierten Ton. „Ich bleibe lieber auf dem Boden der Tatsachen. Hast du denn wenigstens auch von deinem Nachbarn geträumt", sie machte mit dem Kinn eine Bewegung in die Richtung von Pauls Haus, „und dich endlich in ihn verliebt?"

„Was?" Veronika glotzte sie an, dass ihr fast die Augen rausfielen. „Woher weißt du denn das?"

„Aha, Volltreffer!", freute sich Claudia. „Ist mir letztes Mal schon aufgefallen. Ich hab mich nur gefragt, wie lang es wohl noch dauert, bis du's auch bemerkst!"

„Na so was – jetzt hast du mir die Überraschung aber ordentlich verdorben!", schmollte Veronika.

„Aber ganz im Gegenteil!", fand Xenia. „Ich bin sogar doppelt überrascht! Dass du einen neuen Freund hast und dass Claudia hellsehen kann! Stimmt es denn?"

„Ja, es stimmt!" Veronika strahlte, wie nur frisch Verliebte strahlen können. „Es ist noch alles so neu, aber ..."

„Aber wir können uns schon mal als Brautjungfern vormerken lassen!", bemerkte Claudia. „Glaubt mir, so was hab ich im Gefühl!"

„Gratuliere!" Judith umarmte Veronika.

„Na und du, Xenia? Was gibt's bei dir Neues?", fragte Claudia. „Bist du Buddhist geworden? Hat ein Millionär um deine Hand angehalten? Oder hast du endlich eine Hauptrolle in Hollywood bekommen?"

33. Kapitel

Xenia starrte in die Glut und grübelte. Was gab es bei ihr Neues? Eigentlich gar nichts. Sie war nach wie vor die allein erziehende Exfrau eines gut aussehenden Alkoholikers, die täglich Kinder, Küche und Kirche unter einen Hut zu bringen versuchte und dabei häufig ins Schleudern kam. Im Vergleich mit den anderen hörte sich das ja nicht gerade interessant an!

Doch halt. In Wirklichkeit war ja doch eine ganze Menge passiert! Der Herr hatte sie gesegnet – mit seiner spürbaren Anwesenheit; mit kleinen Zufällen, die manches erst möglich gemacht hatten. Wäre Veronika zum Beispiel nicht eine halbe Stunde zu spät zu Heinrichs Einladung gekommen, dann hätte Xenia nicht in Ruhe mit ihm reden können. Und dann hätte Heinrich keinen neuen Anlauf bei Judith gemacht – oder zumindest nicht so schnell. Hätte sie Veronika hingegen überhaupt nicht bei Heinrich getroffen, dann hätte sie nicht mit ihr über Morganas Tod reden können, und dann hätte Veronika Jesus nicht kennen gelernt. Oder zumindest nicht so schnell. Xenia lächelte zufrieden in sich hinein. Natürlich konnte Gott jedes Wunder vollbringen, das er wollte, und war dabei nicht auf die Mithilfe von Xenia Moorhofer angewiesen. Aber es war ein gutes Gefühl, an so einem Werk mitarbeiten zu dürfen!

Zwei ihrer Freundinnen hatten zum Glauben an Jesus gefunden, und Xenia hatte die Ehre, ihre geistliche Mentorin und Führerin zu sein. Eine große Aufgabe! Aber Gott stand ihr auch bei und gab ihr im richtigen Moment die richtigen Worte ein. Sie stand ja nicht allein in diesem geistlichen Ringen!

Und zu guter Letzt hatte er sie vor Schmerz und Unglück bewahrt. Alle Menschen, die sie liebte, waren gesund und glücklich. Sogar Leonhard war schon seit längerer Zeit nicht mehr unangenehm aufgefallen. Bei diesem

Gedanken fühlte Xenia einen kleinen Stich im Herzen. Leonhard! Sie hatte sich lange nicht eingestehen wollen, dass sie ihn immer noch liebte. Aber jetzt … ach, wer weiß! Vielleicht war er wirklich von seiner Sucht geheilt? Vielleicht gab es ja sogar eine gemeinsame Zukunft für sie beide? Wenn die Kinder etwas größer waren …? Sie seufzte glücklich und ein bisschen wehmütig. Das Leben war voller Wunder!

„Bei mir gibt's nichts ...", setzte sie an, aber ein schriller Schrei unterbrach sie. Vom Nussbaum her ertönte ein Krachen und Poltern, dann aufgeregte Stimmen.

Die drei Mütter sprangen sofort auf und stürmten zum Ort des Geschehens.

„Ist was passiert?"

„Ist jemand verletzt?"

„Isabella!"

Der Strahl einer Taschenlampe irrte umher und fiel auf Isabella, die im Gras hockte und sich das Knie hielt. Judith stürzte hin und umarmte sie.

„Was ist los? Tut's weh?"

„Bin vom Baum gefallen", presste Isabella hervor.

„Du bist viel zu weit außen auf den Ast gestiegen", piepste Titania erschrocken, die die Taschenlampe hielt. „Er ist gebrochen, weil er zu dünn ist."

„Kannst du das Knie bewegen?"

Isabella nickte und demonstrierte die Beweglichkeit ihres Beins.

„Ist nur aufgeschürft!" Ein paar Blutstropfen quollen aus den Schrammen am Knie. Sie musste an der Baumrinde entlanggerutscht sein. Judith blies ein paar Küsse drauf.

„Möchtest du ein bisschen bei mir sitzen?", fragte sie fürsorglich.

„Geht schon wieder."

„Warum müsst ihr aber auch im Stockfinstern auf den Baum steigen?", fragte Veronika streng. „Wir haben geglaubt, ihr schlaft schon!"

„Sehr witzig, Mama", fand Titania. „Es ist grad erst halb zehn vorbei!"

„Ihr könnt ja meinetwegen noch wach sein, aber bleibt gefälligst auf dem Boden, ja?"

„Okay."

Alle Kinder wurden noch einmal Gute-Nacht geküsst, dann kehrten die Frauen zum Lagerfeuer zurück.

„Ist es nicht erstaunlich, wie locker Isabella das nimmt?", fragte Veronika.

„Ja, denk nur, wie verstört sie nach ihrem Abenteuer beim Schwimmen war", fand auch Xenia.

„Ich denke, sie fühlt sich jetzt … sicherer", gab Judith zu. „Weil ich nach Hause komme."

„Das ist schön."

„Ja."

Sie setzten sich wieder um das Feuer und berichteten Claudia, was passiert war.

„Na, dann ist es ja glimpflich verlaufen", bemerkte Claudia. „Xenia, du wolltest gerade erzählen, was du erlebt hast!"

„Nein, ich wollte nur sagen, dass ich nichts erlebt habe!", grinste Xenia und lächelte in sich hinein. „Erzähl lieber du! Von deinen Eskapaden am Bahnhof haben wir ja schon am Nachmittag gehört. Aber in Wahrheit brennen wir alle darauf, zu hören, wie es mit deiner Freundin Nadine jetzt weitergehen soll."

„Hab ich mir doch gedacht!", sagte Claudia selbstgefällig. „Also, Freund Mehmet ist tatsächlich am Ferienende nach Wien zurückgekehrt, um die Schule fertig zu machen. Das hatte ich erwartet. Seine Familie versucht zwar weiterhin, ihn von Nadine fernzuhalten, aber der Bursche scheint ganz in Ordnung zu sein. Die beiden werden schon Mittel und Wege finden … Nadines Mutter war auch geschockt, als sie von der Schwangerschaft erfahren hat, aber die beruhigt sich schon wieder. Inzwischen wohnt Nadine bei mir. Ich meine, wozu brauch ich allein drei Zimmer?

Ich glaube, so einen geregelten Lebenswandel wie jetzt hat das Kind noch nie gehabt. Wir stehen gemeinsam auf, bevor ich ins Ministerium gehe. Sie hilft mir beim Anziehen und Frühstück machen. Dann gehen wir arbeiten – sie hat jetzt einen angemeldeten Job, damit sie Anspruch auf Mutterschutz und Kindergeld erwirbt – und abends reden wir oder schauen uns einen Film an. Fast wie ein altes Ehepaar", grinste sie. Aber es war offensichtlich, dass Nadine für sie sehr wichtig war. „Es ist für mich auch praktisch, weil sie mit dem Hund gehen kann, oder schnell was einkauft. Das fällt mir doch jetzt schwer."

Sie verstummte und schaute nachdenklich in die Glut. „Aber ich wollte eigentlich was anderes erzählen", sagte sie dann zögernd. „Du, Xenia, hast mir geraten, mit meinen Eltern über meinen Sohn zu sprechen."

Xenia nickte und sah sie aufmunternd an.

„Ich hab es getan", berichtete Claudia. „Am 28. August, seinem Geburtstag. Ich hab mich für diesen Tag bei den Eltern zum Essen eingeladen und dann ganz beiläufig gefragt: ‚Wisst ihr, was heute für ein Tag ist?' Sie haben schnell einen Blick gewechselt und da wusste ich schon, dass sie's wissen. Meine Mutter hat noch gesagt ‚Donnerstag, warum?', und ich hab gesagt: ‚Nein, welches Datum?' Und dann haben sie schon ganz besorgt geschaut, und dann ..."

„Dann was?"

„Dann hat meine Mutter zu weinen angefangen. Und mein Vater hat ganz betreten geschaut und mir nicht ins Gesicht sehen können. Und da ... hab ich auch zu heulen begonnen." Claudia starrte konzentriert ins Feuer, als hätte sie Angst, es könnte gleich wieder passieren, dass ihr die Tränen kamen. „Und ich hab gesagt ‚Ich bin ja nur froh, dass ihr's nicht vergessen habt!' Und sie hat gesagt, dass sie all die Jahre daran gedacht hat, aber sie hat sich nie getraut, mich darauf anzusprechen. Sie dachte, ich hätte es vergessen oder verdrängt, und wollte nicht daran rühren. Ist das nicht dumm?" Claudias Stimme versagte und sie wischte sich verstohlen die Augen.

„Habt ihr euch ausgesprochen?", fragte Xenia leise.

„Mhm", nickte Claudia.

„Ist die Beziehung zu deinen Eltern jetzt besser?"

Claudia wiegte nachdenklich ihren Kopf hin und her und entschied sich schließlich für ein Nicken. Xenia bohrte nicht weiter. Eine so tiefe Verletzung brauchte viel Zeit, wenn sie heilen sollte.

Claudia räusperte sich, um den Hals wieder frei zu bekommen. „Ich weiß natürlich, dass Nadines Baby meinen Sohn nicht ersetzen kann", fuhr sie fort. „Aber wenigstens wird *ihr* niemand ihr Kind wegnehmen, dafür sorge ich. Sie und das Baby können bei mir wohnen und ich werde mich bemühen, den beiden Geborgenheit und Liebe zu geben."

Die du deinem eigenen Kind nicht geben durftest, vollendete Xenia den Satz in Gedanken.

„Das finde ich sehr großzügig von dir!", stellte Judith fest. „Weißt du was? Ich hab noch Isabellas Babybett und eine Menge schöne Strampelhosen und solche Sachen, die gebe ich dir!"

„Danke!", lächelte Claudia. „Es … es gibt da noch etwas."

„Was denn noch?"

„Ich hab mir überlegt … wenn ich jetzt bald ein Baby im Haus haben werde … da wäre es gut, wenn ich … also, ich will ja Nadine nicht zur Last fallen, weil ich ein Krüppel bin … kurz gesagt, ich habe mich entschlossen, mich nun doch operieren zu lassen! Der Arzt, der mich nach dem Sturz am Bahnhof versorgt hat, hat gemeint, dass ich ganz gute Chancen hätte. Er war viel optimistischer als der letzte."

„Bravo!"

„Großartig!"

„Das ist gut!"

„Es ist nicht ganz ohne Risiko“, gab Claudia zu. „Aber da ihr ja nun alle drei in der göttlichen Bodentruppe seid … vielleicht könnt ihr ja ein bisschen dafür beten?“

Xenias Herz stolperte und machte einen Extra-Schlag. Sollte Claudia etwa auch …??

Claudia hatte offenbar ihren Gesichtsausdruck gesehen und richtig gedeutet, denn sie wehrte lachend ab: „O nein, das heißt jetzt nicht, dass ich eurem Verein auch beitreten will – aber schaden kann es ja nicht, oder?“

„Ja“, murmelte Xenia in sich hinein, „schaden kann es bestimmt nicht.“